The

La petite gare
qui avait enfin trouvé sa voie

ROMAN

THOMAS VILCOT

DU MEME AUTEUR

Les Copains à bord, 2021

Les Copains à bord – L'échappée belle, 2021

©Thomas Vilcot

Illustrations ©Julia Saghrouni-Breider / #Arshessdsign / facebook.com/arteliercreations

ISBN : 979-8-4191-2108-9

Dépôt légal : Février 2022

Comme tant d'autres, je croyais dur comme fer que l'entrée en gare, tout au bout de la ligne, marquait la fin du voyage.

C'était sans doute que, jusqu'à aujourd'hui, je n'avais pas pris le temps d'y réfléchir sérieusement.

Maintenant, je savais que c'était là que tout commençait vraiment.

Les voyages étaient comme les conversations : une fois lancés, on ne savait jamais jusqu'où ils pouvaient vous mener. Ils n'avaient pas nécessairement de but ni de fin. Parce qu'au fond, ils aimaient prendre leur temps.

Ce temps qu'on ne pouvait étirer davantage. On pouvait en revanche choisir de lui donner davantage d'épaisseur. En commençant par être attentif aux jolies choses, qu'on croisait trop souvent sans les voir. A chaque lever de soleil, elles se répétaient. L'important était de savoir en profiter.

Dans la vie, on disait aussi qu'il fallait accueillir ce qui arrive. Et quoi de mieux pour cela qu'une gare ?

Cela passait souvent par un train qui était pris, ou qui ne l'était pas.

Dans la nuit, les trains voyagent

Vers des villes et des visages

Creusant dans nos cœurs

Un écart lourd

Tellement lourd

3

Plus je m'éloigne et plus je t'aime,
C'est le paradoxal système.

Laurent Voulzy[1]

´

[1] *Paradoxal système*, 1992, © Sony ATV Music Publishing LLC

Prologue

Cette histoire commence là, entre les lignes. Entre *les grandes lignes*, surtout.

Le charme des bons romans de gare, ces petits livres sans prétention qui tiennent dans votre poche et ont le super pouvoir de mettre votre journée sur de *bons rails*.

Ce matin, j'étais le premier sur ce grand quai. Personne pour me tenir compagnie, une nouvelle fois. Mais je savais bien que cela ne durerait pas. La force de l'habitude voyez-vous. Le vent glacial vint me cueillir et me claquer la *bise*, littéralement, tandis que mes mains cherchaient encore un peu de chaleur au fond de leurs poches. L'humidité était pénétrante et glaciale. Le froid était plus vif que mort. Le charme des matins d'automne, aux portes de l'hiver. J'étais comme dans la chanson de Cabrel. *Mes poches étaient vides et mes yeux pleuraient de froid.*[2]

Le panneau de composition des trains était lui aussi frigorifié. Même à l'arrêt, même la goutte au nez, il ne manquait pas d'*allure* celui-là ! Toujours debout, fidèle au poste, qu'il vente comme aujourd'hui, qu'il pleuve ou bien qu'il neige. Ce serait pour très bientôt, si j'en croyais les nuages cotonneux qui roulaient dans le ciel en me faisant les gros yeux. Des yeux de western, tout en défi. Pour l'occasion, le quai s'était fait aussi désert que les décors des films du même nom.

En attendant que le temps accélère sa course, je tournais en rond, dans le sens des aiguilles d'une montre.

---

[2] Francis Cabrel, *Petite Marie* © Warner Chappell Music France, Sony/ATV Music Publishing LLC

L'heure tournait avec moi, n'en faisant naturellement qu'à sa tête.

-Elle ne changerait donc jamais ?

Elle allait trop vite pour les uns et bien trop lentement pour les autres. Oui, le temps était relatif, mais sa fuite universelle. Le temps nous coulait entre les doigts. Même les mains dissimulées dans les poches, tant bien que mal.

Autour de ce panneau, la vie défilait sous nos yeux. Nos destins se croisaient, se rencontraient vraiment, ou finissaient au contraire par s'ignorer dans une indifférence plus ou moins polie, pour le restant de leurs jours. Les uns *tomberaient dans le panneau* pour de vrai, pas les autres. C'était ainsi. Certains continueraient de pleurer la vie qu'ils n'avaient pas eue, d'autres celles qu'ils avaient. Moi je disais juste que si le passé vous manquait, c'était que votre présent vous décevait.

Je commençais à bien le connaître, le bougre : le destin savait se travestir pour brouiller les pistes. Il pouvait être redoutable et effrayant, mais aussi charmeur et imaginatif. Il pouvait surtout passer de l'un à l'autre sur un simple coup de tête.

J'avais décidé de *prendre au mot* et *au pied de la lettre* ce tableau qui se vantait de servir aux *correspondances*. Ni vraiment départ, ni vraiment arrivée, il semblait hésiter, peser le pour et le contre. C'est ce qui le rendait sympathique, aussi sympathique qu'un vieil ami à qui l'on pourrait tout dire.

Aux deux extrémités du quai sur lequel il veillait, il n'y avait rien. Ou plutôt, en regardant mieux, il y avait tout.

Des lendemains meilleurs, pour tout de suite ou pour plus tard.

Des retrouvailles tant attendues, au bon goût d'amitié sincère et d'authentique : une famille enfin réunie, un ami d'enfance, nos *madeleines de Proust*.

Les promesses d'une nouvelle vie et d'un futur qui restait à écrire.

Des regards complices qui se passaient fort bien des mots.

Des envies d'enfance.

Des bras accueillants pour vous serrer très fort avec, tout au bout, une main qu'on ne lâcherait pour rien au monde.

La course folle des gamins, qui se perdait dans un grand éclat de rire, sans vraiment jamais disparaître vraiment.

La vie courrait, la vie allait vite, et dans tout ça, les voyages nous prenaient *au trip*.

Le bonheur se tenait là, juste sous nos yeux, à portée de main, dans ce qu'il avait de plus simple et de plus beau. Inutile de le chercher ailleurs. Ici on le servait sur place et à emporter.

S'égarer (j'étais certain que cela venait de 'gare'), fuir, s'évader, rêver encore et toujours, rebattre les cartes, partir vraiment à la rencontre de l'autre par-delà la ligne d'horizon, se retrouver : les gares bourdonnaient comme des ruches.

Le bonheur était un art, et comme tout art, il nécessitait de la pratique.

Surtout lorsque les vrais beaux rêves étaient une espèce en voie de disparition. Il devait en rester bien moins que les ours polaires.

Les gares, c'était toute ma vie.

Celles qui, aussi, à leur manière, la rendaient meilleure.

A condition, pour cela, d'envisager les gens plutôt que de les dévisager.

-*Notre train va partir, prenez garde à la fermeture automatique des portes, attention au départ !*

Le bonheur s'amuse très souvent à glisser ses pas dans les nôtres.

Un à la fois, quitte à se faire attendre.

Chapitre 1

Une grande malle, un maigre baluchon, et des valises sous les yeux

Moi, la petite gare qui avait bien grandi, j'étais sur le point de devenir le personnage principal de cette histoire. Pour tout vous dire, je n'en étais pas peu fière. Une célébrité, une héroïne : ce n'était pas rien, tout de même !

Les autres passaient. J'aimais les regarder aller et venir. Puis ils disparaissaient, comme les trainées nuageuses derrière les avions.

Je n'avais pas de visage. Ou plutôt j'en avais plusieurs. Tantôt entière, tantôt toute en nuances. Parfaitement imprévisible, je faisais selon mes humeurs, et jouais avec les vôtres. Comme vous, elles allaient et venaient avec les saisons et la course du soleil.

Souvent gare variait, bien fol qui s'y fiait.

Autant vous prévenir tout de suite, j'avais mes têtes et mon petit caractère.

#Un averti en valait deux.

Je ne manquais jamais de *panache*. Mon toit aimait pointer vers le ciel et regarder s'élever la fumée des vieilles locomotives diesel que l'on mettait en route.

Je ne dormais pour ainsi dire jamais. Sans doute parce que l'on m'avait chargée de veiller sur la recette du bonheur et des plaisirs simples. Depuis le siècle dernier. Et même celui qui l'avait précédé. Insomniaque par nature, je pouvais vivre pleinement mes rêves. J'en avais de la chance.

Sur les vingt-six lettres de l'alphabet, je n'en empruntais que quatre. Mes créateurs pouvaient se vanter d'avoir réalisé sur mon dos l'économie des syllabes superflues. Au début, ils n'avaient vu en moi qu'une chose utile, écartant du coup l'agréable, la romance, et tout le reste.

-Ce que l'on conçoit bien s'énonce clairement, et les mots pour le dire arrivent aisément[3] : tu parles !

Sans me consulter au préalable, ils avaient donc décidé, par définition, que je ne serai qu'un lieu 'destiné à la montée et à la descente des voyageurs', et au 'chargement/déchargement des marchandises', si d'aventure j'avais le cœur suffisamment accroché pour cela.

Cela me révoltait. Car tout au fond de moi, je savais que je valais bien mieux. Avec ces quatre petites lettres, je voulais changer le monde.

-Rien que cela !

Vous faire tourner la tête, bousculer votre *train-train* quotidien, vous *transporter* de joie. Vous permettre de rêver plus grand, bien plus grand, chaque fois que je croisais votre route. J'étais du bonheur en petites coupures. J'étais un trait d'union entre un ici et un ailleurs. Un maintenant et un plus tard. Entre quelques vieux souvenirs sur le retour et des rêves comme s'il en pleuvait. J'étais l'antidote à l'ennui, en plus d'être une gare pas comme les autres. Comment avaient-ils donc pu passer à côté de tout cela ? Je n'en revenais pas.

---

[3] Nicolas Boileau

Je soignais, je raccommodais et j'offrais au destin la chance de vous déposer à l'intersection de son choix.

J'étais la petite dernière d'une grande famille, présente sur tous les continents, à-travers le globe, souvent là où on ne nous attendait pas.

Prendre un peu de hauteur dans la vie ? Les *aéro-gares* étaient faites pour cela.

Ne pas *perdre le fil* ? Les gares de départ et d'arrivée des remontées mécaniques répondaient toujours présentes.

Se remettre dans le droit chemin ? Plutôt du genre terre à terre, les gares routières avaient ce qu'il vous fallait. *Gare* à vous !

Mais toutes nous avions en commun de dévorer la vie avec un appétit féroce. Un appétit *gare-gantuesque*, que rien ne semblait devoir rassasier.

Un seul mot d'ordre : vous séduire, vous attirer, vous *à-guichets*, vous faire perdre la tête en plus de vos moyens. Nous étions comme les catapultes d'autrefois, capables de vous projeter très loin, à l'assaut du monde.

-Vous *voyez le tableau* ?

C'était naturellement celui des départs et des arrivées, dans le grand hall.

Au fil des ans, nous avions même réussi à nous affranchir de notre infinitif. Car 'se garer' n'était au fond rien d'autre qu'une pirouette sémantique, un verbe en trompe-l'œil. Et pour cause ! Ici, les gens passaient, les voyageurs voyageaient, et tous ces trains entraient et sortaient comme dans un vaudeville.

Rythmé par la course du soleil et la régularité des marées, cet incessant mouvement de va-et-vient se répétait jour après jour. Nous maillions le territoire, en même temps que vos existences : une maille à l'endroit, une maille à l'envers. De fil en aiguille, de fil en *aiguillage*. Il faut dire que les voyages pouvaient vous envelopper avec autant de douceur qu'un pull bien épais et tricoté avec amour.

Ainsi donc, l'air de rien, nous faisions se croiser des milliers de destins, dans un sens le matin, puis dans l'autre le soir. Jusqu'à ce qu'ils finissent par se télescoper.

-Faîtes-donc attention où vous mettez les pieds !

-Ça va, vous n'avez rien ?

-Regardez un peu devant vous !

Malgré mon jeune âge, je sentais les choses. Et j'avais compris depuis longtemps que la routine méritait un grand coup de pied au derrière. Je tenais cela des gares de triage, de lointaines cousines par alliance : faire le tri d'abord, pour ensuite réunir ce qui était épars, et recoller les morceaux. J'étais drôlement fière de moi.

Je pouvais aussi, à loisir, infléchir la courbe de l'espace-temps. Quelques centimètres carrés par personne, car vous n'aviez pas besoin de plus. Les voyages n'avaient-ils pas été pensés pour rapprocher les Hommes ?

Le tourbillon de la vie et des voyages faisait de moi un accélérateur à particules. Ces particules élémentaires qui ne savaient pas se passer des sentiments. Impatience, joie, colère, tristesse : tout était là, réuni en même lieu, et multiplié à la puissance dix. J'étais comblée.

Les jours de grands départs, j'aimais vibrer au son de vos pas et de vos courses folles, me regarder dans vos lunettes de soleil, poser un regard amusé sur toutes vos malles et vos volumineux bagages. Vous étiez ma comédie musicale, même sans musique. Vous me faisiez envie. S'égarer dans l'azur du ciel, revoir la mer. Dans vos yeux, je pouvais admirer les reflets du soleil d'été, qui faisait scintiller le sable, au loin…

Pour me joindre à vous, et prendre part à vos aventures, je tendais l'oreille.

-On a bien pris doudou ?

-C'est toi qui as les billets ?

-Tu as bien mis la trousse de toilette dans la valise ?

-Quelle valise ?

- ...

-Non, je plaisante chérie, calme toi.

-Et les devoirs de vacances ?

-Tu n'as pas oublié les clés de la maison, comme la dernière fois ?

-La lumière de l'entrée était bien éteinte en partant ?

Je guettais les premiers signes de la 'tourista', cette maladie qui portait bien son nom : stress, anxiété, palpitations, transpiration excessive, perte de mémoire, tendance à parler fort, agitation, moment d'absence, panique, apnée subite, dédoublement de la personnalité, malaise vagal. C'était ce truc fulgurant, capable de vous prendre en grippe, sans *crier gare*. Un *mal des transports* qui pouvait apparaitre simultanément chez les deux conjoints, puis se répandre à une vitesse folle.

-Cela vous arrive souvent de dérailler ainsi ? Vous n'avez plus toute votre tête mon ami.

A force, j'avais appris à en poser le diagnostic avec un degré de certitude qui frisait l'absolu : poussée d'urticaire, abandon d'enfants, de conjoint ou de belle-mère. A récupérer aux objets trouvés, ou pas en cas de passage à l'acte avec préméditation.

-A qui est cet enfant qui hurle ?

-Belle maman, où êtes-vous ?

Pourtant, les voyages en train avaient un charme incomparable, qui dépassait de loin tous les autres. Une dinguerie. Ils offraient dans un même mouvement le flacon et l'ivresse qui allait avec. Celle du bonheur retrouvé, du retour à l'essentiel.

Voyager depuis ici, c'était tout mettre de côté pour enfin retrouver la sophistication du simple : le murmure des feuilles qui dansent dans le vent, la course d'un écureuil pressé, les nuits à la belle étoile sous le grand saule, la cabane au fond du jardin, le plaisir simple d'être assis sur un banc pour saluer la vie. Courir après les abeilles, sauter dans les flaques, se rouler dans l'herbe, encore et encore, regarder passer les saisons, tout simplement. S'émouvoir d'une coccinelle posée sur le dos de sa main. Regarder par la fenêtre, laisser entrer le monde et l'air du dehors. Oui, c'était là le plus beau des voyages. Il était aussi intérieur.

J'en étais. Je le rendais possible. Et je ne comptais pas m'arrêter en si bon chemin, ça non !

Le bonheur aime se cacher
derrière nos envies d'ailleurs.

Chapitre 2

Un peu plus à l'ouest !

J'étais là, à vos côtés, trouvant mon prolongement naturel dans cette voie ferrée qui traversait la campagne pour ouvrir le *champ des possibles*. Elle n'avait que cela à faire de ses journées, entre deux trains. Elle fredonnait un air de circonstance qui ressemblait furieusement à la *ballade des gens heureux*.[4]

Dès qu'il s'agissait de votre bonheur, je ne faisais jamais les choses à moitié.

Sous la grande verrière, j'accueillais ainsi un piano demi-queue, laqué avec tellement de soin qu'il servait aussi de miroir. Disposés tout autour, il y avait ces quelques fauteuils, afin que chacun puisse entrer en résonnance, *prendre des notes,* et se laisser emporter. Les plus belles *fugues* étaient celles qui invitaient au voyage.

Comme *le cordonnier, le simple cordonnier* de la chanson de Goldman, je *changeais la vie*[5]. J'étais là pour vous permettre de *raccrocher les wagons* et de sauter dans *le bon train*. Il y en avait un pour chacun. Surtout l'été, ma saison préférée. La vôtre aussi.

---

[4] Gérard Lenorman, 1975

[5] *Il changeait la vie*, Jean-Jacques Goldman, ©JRG Editions Musicales, 1987

Vous étiez intarissables sur le sujet. Vous pouviez en parler pendant des heures. Comme si la vie n'avait que ces deux mois-là à nous offrir : Juillet et Août, point final. Points de suspension, plutôt. Vous tentiez coûte que coûte de faire rentrer vos projets dans ces huit petites semaines qui en paraissaient deux ou trois, c'est-à-dire à peine de quoi tenir le reste de l'année. Une grande croix rouge les mettait à l'honneur dans le calendrier. C'était ce moment où les vacances cessaient de *zoner*. Plus rien ne pouvait se mettre entre elles et vous.

Alors, dans un savant mélange de compassion et d'envie, je vous regardais vous agiter dans tous les sens. Descendre à la hâte les valises du grenier, s'y prendre à plusieurs pour réussir à fermer les bagages, tout vérifier une dernière fois, pour la route. Espadrilles de Mauléon, tatanes de piscine ou petites baskets à strass : *être à côté de ses pompes* était une vertu enviée à l'heure d'été. Les vacances, c'était *le pied* !

-Je rajoute une paire de plus, juste au cas où.

Certaines de vos valises avaient bien plus qu'un double fond : elles en avaient au moins trois ou quatre, un peu comme celles des magiciens. Vous les remplissiez avec un grand chausse-pied. Il eut sans doute été plus simple d'équiper la penderie d'une sangle, puis de l'enfiler en bandoulière.

Oui, les vacances vous démangeaient comme une piqûre de moustique. Et c'était partout pareil lorsque sonnait l'heure du grand départ dans toutes les gares que comptait la capitale. Six en tout, guère plus, mais pas moins.

J'étais celle qui faisait face à l'occident. Il en fallait du courage pour défier le vacarme de l'océan, le Golfe du Morbihan, les côtes de la Bretagne authentique ! J'avais aussi une vue imprenable sur le Pays Basque et ses traditions, solidement accrochées aux premiers contreforts des Pyrénées. Les roches du Massif Armoricain bombaient le torse, et faisaient semblant de soutenir la comparaison.

Les Alsaciens, les gars du nord et les méridionaux me regardaient comme une bête curieuse, hermétiques à ce que nous pouvions bien nous raconter. Ils *mettaient l'accent* sur toute autre chose, voilà tout.

J'avais grandi un peu trop vite, et sur plusieurs étages à la fois. De grands escalators tentaient de suivre le rythme que je leur imposais. Les voyageurs de *tous niveaux* avaient fini par s'en accommoder, bien aidés en cela par l'apparition, fort à propos, des roulettes sur leurs valises.

Célébrités, notables et anonymes, juges et brigands, médecins et patients, cadres supérieurs et employés, jeunes filles, vieux messieurs, célibataires, amants, croyants et athées, sportifs, oisifs, actifs ou retraités : toutes et tous vous preniez plaisir à vous retrouver ici, réunis par la magie des chemins de fer. Les chemins de *faire*.

Peu m'importaient vos statuts, vos occupations, vos vocations plus ou moins contrariées. J'étais juste contente de faire votre connaissance, puis de vous retrouver.

Parfois, il fallait tout de même que je me fasse entendre et que je donne un peu de la voix. C'était pour vous aider à trouver la vôtre, avec un 'e' à la fin.

A une lettre près !

Bavarde comme une pie, je crachais dans les haut-parleurs pour accompagner vos déambulations, du matin jusqu'au soir. Tantôt je vous guidais en vous tenant la main. Tantôt je vous faisais les gros yeux, pour vous rappeler à l'ordre. A juste titre (de transport).

-Madame, monsieur, nous vous rappelons que les voies sont affichées vingt minutes avant le départ des trains.

Mais ce que je préférais par-dessus tout, c'était jouer à *guichets fermés*, afficher complet, qui se disait *full* en anglais. *Full sentimental*, comme dans la chanson d'Alain Souchon.

-Te voilà enfin !

-Comme tu as changé !

-Toi en revanche, tu es resté le même. Je suis tellement heureux de te retrouver.

Que ce soit à Pâques, pour la Toussaint ou pour Noël, pour les petites comme pour les grandes vacances, vos retrouvailles me mettaient du baume au cœur. Sans oublier les longs week-ends de Mai, qui pouvaient traverser les départements et avaler les kilomètres, comme par enchantement.

Ces jours-là, le bonheur décidait de *prendre le train en marche*. Il faisait bien. Rien ne pressait davantage que l'urgence d'être heureux. N'avais-je pas raison ?

A cheval entre deux arrondissements, je cultivais ma singularité et ma différence. Je faisais l'originale. A ma manière, je m'inspirais de la voie neuf trois-quarts du Poudlard Express[6].

J'avais du mal à me tenir tranquille, et cela ne datait pas d'hier. Née le 10 Septembre 1840, j'étais l'unique gare parisienne à avoir changé plusieurs fois d'emplacement. Mais peu de gens connaissaient réellement mon histoire. Elle fut parfois agitée. Mais même lorsque le monde avait décidé de ne plus tourner rond et d'entrer en guerre, je restais fièrement debout. Les bombardements

---

[6] JK Rowling, *Harry Potter à l'école des sorciers*, 1997

m'épargnaient. La *gare* ne mourrait pas, pas plus qu'elle ne se rendait.

Je mettais en revanche à chaque fois dans le mille dès qu'il s'agissait de vous prendre par les sentiments.

-Coup au but !

Je vous le devais. Vous faisiez battre mon cœur. Et c'est peu dire qu'il battait vite ! Merci pour cela. Vous étiez ma chair. Vous faisiez de moi celle que j'étais.

Mais mon bonheur ne s'épanouissait vraiment tout à fait que dans le partage avec mes amis d'ici.

Curieusement, personne ne les regardait vraiment. Souvent vous passiez sans même leur jeter un regard.

-Saviez-vous seulement ce que vous perdiez ?

Aujourd'hui, j'ai comme une irrésistible envie de vous parler d'eux. Parce qu'ils le méritent.

Et puis, j'ai besoin d'un peu de distraction. Pas vous ?

Rien de tel pour cela qu'une bonne vieille partie de *Cluedo*[7]. Prenez place. Le temps de tout installer et je suis à vous…

---

[7] Célèbre jeu de société de 1949 dans lequel les joueurs doivent découvrir le meurtrier d'un crime.

Le bonheur est un drôle d'animal de compagnie.

Chapitre 3

Les destins qui n'en faisaient qu'à leur tête

C'est pour moi : je vous laisse lancer les dés et jouer en premier. Le temps de convoquer et de réunir mes souvenirs, car je ne suis plus toute jeune. Mais attention, j'ai encore toute ma tête !

Encore un peu de patience je vous prie. Voilà, j'y suis.

Tout commence avec la folle histoire de la petite Camille et de Loïk. Une histoire vraiment pas comme les autres. La vie avait en effet décidé de placer nos deux personnages sur des voies parfaitement parallèles.

Parallèle : se dit de deux droites qui ne se rencontrent jamais.[8]

Tout aussi facétieux que je pouvais l'être, le destin avait décidé de les rouler comme le faisaient les vagues avec les nageurs imprudents.

Leur démarrage dans la vie me faisait un peu penser au jeu de l'oie. Lorsque l'on avançait, mais pas sur les mêmes cases, en sautant du six au douze grâce au pont pour l'un, et en se traînant de case en case pour l'autre. D'ailleurs, jouait-on la même partie ? C'était juste avant de tomber dans le puits (case trente-et-un), ou de s'arrêter en case cinquante-huit et de devoir repartir de zéro.

Les destins, encore eux.

---

[8] *Wikipédia*

23

Loïk était né à Roscoff, entre deux genêts et un vieux morceau de granit, face à l'Ile de Batz et tous ses vélos. La vie l'avait bercé au milieu des cailloux, des épaves, et des vieux loups de mer. Chaque soir il entendait l'océan, et la pluie tomber. C'est là qu'on lui avait révélé que *l'églefin* n'était pas un rapace svelte, que le *lieu noir* n'était pas un endroit obscur, et que les *seiches* persistaient à s'épanouir et se développer dans l'eau. Ce qui, je vous l'accorde, n'allait pas de soi. En bonne parisienne, je n'allais pas vous dire autre chose.

Ils étaient trois frères, plus ou moins bien *élevés*, et d'ailleurs de tailles très différentes. Aucun ne ressemblait aux deux autres. Pourtant, les légumiers du coin étaient connus et reconnus pour leur savoir-faire. Ils avaient cela dans le sang. Comme ces secrets que l'on se transmettait d'une génération à l'autre. Pour le coup, c'était *bête comme chou.*

Dans la Bretagne de Loïk, les gens étaient beaux, rieurs et simples. Ils étaient comme on les aime. Là-bas, les états d'âme se faisaient états d'Hommes. Ils étaient comme l'océan, toujours en mouvement.

C'était le pays du rayon de soleil entre deux ondées. Le pays des guetteurs de sémaphore. Le pays des tourteaux, des étrilles, et des poêlées de Saint-Jacques.

Loïk avait passé des journées entières sur le rivage, les yeux fermés, à deviner la mer. A sentir l'empreinte de sa langue salée sur son visage. Loïk était un initié. L'iode saturait l'air autour de lui. Les embruns voyageaient. Loïk avait les yeux qui piquaient.

-Que c'était bon de se sentir vivant !

Le monde pouvait bien faire ce qu'il voulait, lui était à sa place, heureux. C'était la seule chose qui comptait. En rentrant par le chemin des contrebandiers qui longeait la côte, il y avait aussi l'odeur des grillades…

Plus que turbulent, il avait mené son enfance comme un pirate plein de gouaille. Il fallait souvent lui faire entendre raison.

-Loïk, calme toi. Tu as le temps devant toi, alors prends-le, pour ne rien regretter plus tard.

Mais parfois, cela partait tout de même *en galette-saucisse*, comme on disait par chez lui.

Bien loin de là, Camille avait grandi dans ce petit village de Seine et Marne dont j'avais oublié le nom. A bonne distance du tumulte et des mouvements d'humeur de l'océan, dont elle ne connaissait pas grand-chose. Il faut dire que ses tourments intérieurs lui donnaient déjà suffisamment de fil à retordre comme cela.

Ses parents vivaient heureux, loin de la grande ville. Ils n'avaient eu qu'un seul et unique enfant. C'était une fille. Leur petite Camille. Elle était le centre de leur univers.

Pourtant, malgré tout l'amour qu'ils lui donnaient, elle trainait derrière elle une tristesse douce-amère, et des regrets qui n'étaient pas de son âge. En fait, elle semblait triste de ce qui aurait pu être, et ne serait sans doute jamais. Dès les premiers jours du mois de Janvier, elle pouvait commencer à compter les dodos qui la séparaient du Noël suivant. Elle écoutait régulièrement le silence se faire couper la parole par ses doutes. La vie, en fait, ce n'était pas trop son truc.

Heureusement il y avait les câlins à plusieurs, dans le lit de ses parents, tous les dimanches matins.

Elle grandissait trop vite à son goût. Un peu comme si les dents de sagesse avaient décidé eu le culot de précéder les dents de lait.

Elle avait beau passer des heures à jouer dans la petite impasse, sous l'œil vigilant des voisins, on ne l'avait jamais vue revenir les chaussures pleines de boue ni les genoux écorchés. Elle ne faisait pas non plus de trous à ses chaussettes ni à ses pantalons. Du coup, elle traversait l'année avec deux jeans et une seule paire de chaussures.

-A force de rentrer dans le moule, tu vas finir par devenir tarte, lui lançaient les garçons du quartier avant de s'enfuir en courant. Ils avaient une peur bleue de son père et de sa grosse voix. Elle pouvait mettre en fuite même les plus gaillards d'entre eux.

Loïk, lui, avait toujours eu des parents qui n'avaient pas l'air de s'aimer beaucoup. Mais il avait fait avec. Ils avaient bâti une jolie maison, mais il n'y avait pas d'amour dedans. Ou alors il était bien caché. Il disait que la famille, c'était des ennuis en sursis.

Dans ses souvenirs, les repas du dimanche finissaient systématiquement mal. Du genre tenace, la rancune qui les accompagnait s'accrochait aux gènes de la famille. Ces disputes-là ne manquaient jamais de *ressort* : de leur propre chef elles décidaient de *sauter* d'un dimanche à l'autre. Ces dimanches où la salle à manger semblait traversée par une ligne à haute tension. Ces dimanches où même la pluie ricochait sur la mauvaise humeur des convives, sans jamais la pénétrer. Ces dimanches qu'on traînait comme un boulet, et qu'on se refilait comme le mistigri.

Puisque dans la famille, personne n'écoutait personne, Loïk aurait tout aussi bien pu naître sourd.

Par leur faute, il s'était endurci trop vite. Son regard avait perdu son innocence d'un coup. Il muait, laissant sa peau d'avant derrière lui. On le forçait désormais à enfiler une peau de grand par-dessus la sienne. Il flottait dedans. Ce qu'il détestait par-dessus tout c'était cette atmosphère de bonheur obligatoire.

Avec la famille, venait aussi la messe du dimanche, la prière du soir en passant à table, le vouvoiement de 'mère' et de 'père'… et tous ces petits rituels qui hantaient leur grande bâtisse. On avait beau frotter fort, ils tenaient bon.

-Loïk, combien de fois vais-je devoir te le répéter ? On ne met pas les coudes sur la table !

Le poêle peinait à réchauffer l'atmosphère. L'humidité avait fini par élire domicile ici. Cela ne choquait personne.

-Rien de bien grave, les beaux jours seront bientôt là.

Loïk ne manquait pourtant de rien, sa vie défilait en accéléré. Il embrassait d'un seul regard l'infini du grand large, droit devant. Il regardait le soleil tomber derrière la ligne d'horizon. Il savourait ce qu'il considérait comme le plus grand privilège sur terre : faire face à la mer.

Elevée avec davantage de sérénité, mais nettement moins de confort matériel, Camille comptait les jours, les mois, les années. Elle fixait le plafond de sa chambre avec une telle intensité qu'on pensait qu'elle cherchait à distinguer les étoiles et le ciel à travers.

Elle doutait de tout, et surtout d'elle-même. Elle fixait ses chaussures et les interrogeait du regard. Mais elles ne lui répondaient jamais. Rien que pour cela, elle ne les aimait pas. Alors, la plupart du temps, elle traînait pieds nus.

Chaque soir, en plus d'avoir les pieds froids, ses pensées lui jouaient un bien vilain tour. Elles se faisaient aussi noires que cette nuit d'encre qui envahissait tout, avec une assurance inversement proportionnelle à la sienne. Même la flamme des bougies cessait de danser. Son inquiétude était généralement si dense qu'elle aurait presque pu la saisir entre ses doigts.

Elle chuchotait, d'une voix effrayée.

-On dirait que le jour ne va jamais revenir.

27

Parfois, sa météo intérieure pouvait être tellement sombre. Elle contemplait un horizon bouché.

Et si elle décidait de s'éclipser elle aussi ? Si elle s'absentait du monde pour un moment ? Pas longtemps, mais juste ce qu'il fallait pour se poser. La terre lui donnait le tournis. Et l'ennui, avec les rotations, c'était qu'elles vous ramenaient inlassablement à votre point de départ.

Heureusement, entre elle et le vrai monde, il y avait la sécurité de son édredon et de cet oreiller dont elle avait fait son confident. Chaque soir, elle lui parlait longuement avant de parvenir enfin à s'endormir. Même si ce devait être d'un sommeil agité et régulièrement interrompu.

Etre fille unique, c'était porter tous les espoirs de ses parents. Il fallait pour cela des épaules solides, bien plus solides que les siennes.

Camille était plutôt dans la moyenne. Un vieux rêve d'élèves et d'enseignants. Alors qu'une vie exceptionnelle l'attendait quelque part. Elle allait bien devoir s'y mettre un jour ou l'autre.

La peau mate, façonnée par une enfance au bord de l'océan, Loïk avait ce corps d'athlète qui semblait hésiter en permanence entre carottes Vichy et poireau vinaigrette. Le corps des gens qui vivaient dehors. Contrairement à la petite Camille, il parvenait sans mal à dompter et remonter le courant de ses pensées. Même par gros temps, quand la houle rentrait. Il saisissait le présent. Sa philosophie tenait au final en cinq mots : on verra bien après tout. Les marins aguerris comme lui savaient bien qu'il ne fallait pas s'épuiser à lutter contre le courant.

Camille avait la bouille toute ronde de celles qui avaient bien profité. Sa peau claire, ses moustaches en chocolat, ne connaissaient de l'été que les coups de soleil et les taches de rousseur, qui apparaissaient comme par

28

enchantement. Un peu comme ces champignons dans les sous-bois, *tombés de la dernière pluie*, et, ma foi, tellement heureux d'échapper à toute logique. Comme un triste rappel de sa vie en pointillés.

-Il faudra bien qu'un jour je finisse par relier les points entre eux, répétait-elle, mais sans trop y croire. Un peu comme pour tout le reste d'ailleurs.

A force de transparence, et parce que les autres en oubliaient parfois sa présence, Camille avait fini par s'oublier elle-même. Il y avait là une certaine logique.

Camille et Loïk avaient tout de même un petit quelque chose en commun, pas bien grand, à surtout brosser dans le sens du poil. Un vieux matou leur tenait compagnie. A moins que ce ne soit l'inverse.

Un rien hautain, le persan de Loïk n'en finissait pas de *prendre du poil de la bête*. Très sélectif dans ses fréquentations, il traînait son épaisse fourrure gris souris comme un pied de nez aux proies du même nom, qui ne l'intéressaient que très modérément. Quand il ne dormait pas, il passait son temps à grogner ou à se gaver. Tout juste tolérait-il la présence de ces drôles d'humains.

-On n'est plus chez soi !

Le chat de Camille était un jeune Sacré de Birmanie à poils courts. Sa fourrure blanche aux pointes de crème et aux nuances de daim engloutissait bien volontiers la main intrépide qui s'aventurait à sa rencontre. Incroyablement bavard, ce chat-là dégoulinait de bons sentiments comme de la glue. Il faisait en sorte de toujours occuper la même pièce qu'elle dans la maison. Il ne quittait que rarement le confort et la douceur du grand plaid qui traînait sur le dossier du vieux fauteuil club. Il pouvait rester là des heures, à réfléchir à l'avenir du monde, en regardant fixement l'intérieur de ses paupières, dans un doux ronronnement. Il faisait partie des meubles, pour de vrai.

Décidément, Camille et Loïk avaient peu de choses en commun. Comme s'ils devaient jouer à *chaud ou froid* pour toujours.

Et leurs destins contrariés avaient décidé de ne pas en rester là.

Loïk fréquentait les gens 'de la haute' au dernier étage de la gare. L'étage des grandes lignes, en pleine lumière, au grand jour. Tandis que Camille se contentait du niveau intermédiaire, dans une obscurité que seuls venaient troubler quelques néons hors d'âge. Ici, la seule lumière était artificielle. Elle tombait du plafonnier, de jour comme de nuit.

Ils étaient finalement comme les deux faces d'une même pièce, qui passaient leur vie à s'ignorer et se tourner le dos. Si d'ordinaire la vie brillait, il fallait bien qu'elle vienne de temps en temps avec *le revers de la médaille*.

Mais c'était sans compter sur les supers pouvoirs des gares en général, et de celle-ci en particulier...

Le bonheur retrouve des couleurs avec l'été.

Chapitre 4

Les trains de nuit

[Je dois dire qu'on m'avait beaucoup parlé de Ludivine. Aussi ne fus-je pas vraiment étonnée lorsque je la vis pour la première fois.

En plus de son gros sac, elle traînait derrière elle une odeur familière, celle des grands voyageurs. Je l'aurais reconnue entre mille. Dès que je la regardais d'un peu plus près, je pouvais distinguer ses souvenirs qui remontaient à la surface. Ils avaient cette saveur unique qui se mêlait subtilement à l'insouciance de l'enfance.

Un petit rire pas bien sûr de lui leur tenait compagnie.

Nous étions le 4 Juillet 1986, Gare des Brotteaux à Lyon. Une gare qui avait depuis perdu de sa superbe (bref instant de recueillement). Il était presque vingt heures. Le ciel était encore d'un bleu profond, qui tirait peu à peu sur l'orange. C'était un de ces moments qu'on voudrait retenir, en le serrant très fort contre soi.

A l'est, le soleil ne veillait jamais bien tard le soir. Juste avant de s'échapper, il savait flatter le regard et nous en mettre plein la vue, en donnant cet éclat unique aux vieux immeubles du centre-ville.

Pour une fois, toute la famille était à l'heure. Enfin, presque.

Hasard du calendrier, c'était le jour où l'on célébrait aux Etats-Unis la Fête de l'Indépendance. De ce côté-ci de l'Atlantique, flottait le même parfum de liberté. Celui qui allait avec le coup d'envoi des grandes vacances. A douze ans, elles avaient pour Ludivine une saveur toute particulière. D'ailleurs, depuis le début de la journée, elle n'avait pas quitté son sourire.

Ludivine traversait l'adolescence comme d'autres traversaient cet océan qui sépare l'Europe des Amériques : avec des hauts et des bas. *Débats*, surtout. *Des ébats*, aussi. Les premiers. Pour être honnête, ils sonnaient un peu creux. Ces creux qui accompagnaient en général le *vague à l'âme*.

Ludivine était cette petite fille aux cheveux de paille qui ne savait pas encore qu'elle serait belle. Cette adolescente un rien extravagante qui n'osait pas basculer tout à fait dans le monde des adultes.

Ses parents lui rappelaient sans cesse que la vie était un apprentissage. Pour une fois, ils avaient raison : elle ne lui épargnait rien, lui filant au passage de grands coups de coude dans l'estomac. Ses papillons n'appréciaient que modérément.

-Cela passera Ludivine, cela passera. Comme ton enfance, l'adolescence finira par s'en aller. Un beau matin, elle sera derrière toi. Et elle finira par te manquer, tu verras.

Elle avait tellement envie de les croire sur parole.

Pas très loin, on entendait son père pester. Il faisait progresser péniblement le break familial vers ce wagon qui n'attendait plus que lui. Ludivine voyait bien qu'il était sur le point de perdre patience. Elle le connaissait par cœur.

Sa voiture de fonction c'était sa plus grande fierté. Il lui parlait affectueusement, cherchant par tous les moyens à s'attirer ses bonnes grâces. Il tenait cette superstition de son propre père, à une époque où les moyens de locomotion allaient et venaient encore à leur guise, entre deux caprices.

Elle sentait encore le neuf. Ludivine pensait que son père irait jusqu'à la conserver dans sa housse d'origine. Il succédait à une vieille Citroën dont les suspensions 'sauvages' avaient laissé à Ludivine comme une drôle de saveur en bouche. Celle des virages de montagne où elle vomissait ses tripes par-dessus le parapet, secouée par les spasmes et les haut-le-cœur. A peu près aussi verte que si elle proposait des crédits à la consommation.

Son père conduisait aussi mal qu'il cuisinait. Il conduisait surtout beaucoup trop vite et trop durement pour les routes qu'ils empruntaient en famille.

L'ennui, c'était que les grandes vacances étaient prévisibles. Elles commençaient toujours par un long trajet, de préférence sinueux et *indigeste* ! Bien au-delà du raisonnable pour les enfants impatients et malades en voiture. Comme Lulu.

C'était le voyage à la carte. Celle de monsieur *Michelin*. Il en fallait même plusieurs, puisque les grandes vacances avaient le toupet de ne jamais se contenter d'une seule. Elles en prenaient de la place ! Il fallait du coup avoir *le bras long* pour les consulter et les garder à l'œil. Avoir *les cartes en mains* : tout un programme !

Elles avaient le don de s'évaporer comme par enchantement. C'était toujours la même chose. On les retrouvait dans le coffre, une fois lancés à pleine vitesse sur l'autoroute. Elles pouvaient aussi disparaître dans ce minuscule interstice entre le siège passager et la portière, d'où elles pouvaient nous narguer tranquillement pendant un bon moment. Elles étaient capables de tout.

-On vient juste de s'arrêter, rien à faire, la prochaine pause c'est dans deux heures maintenant !

34

Décidément impayables, ces fichues cartes refusaient parfois obstinément de se joindre à nous. Elles pouvaient ainsi traîner paresseusement sur la console de l'entrée, et y rester là tout l'été, comme un enfant turbulent laissé sans surveillance.

Complètement perdue sans elles, sa mère finissait par s'étrangler. La faute aux *fausses routes*.

Chez elle, cela se manifestait toujours par de grands gestes et de gros mots. Des très très gros. Ils auraient pu remplir un cochon-tirelire par pièces entières de deux ou cinq francs. Ludivine avait toujours cru qu'elle tentait de dissimuler ses vraies origines, et que du sang italien coulait dans ses veines. Dans un énième moment d'égarement, elle finirait par faire couler le sang tout court. Et les faire *disparaître de la circulation*, au sens propre.

-Dès que possible, on fait demi-tour !

Des années plus tard, les GPS reprendraient à leur compte la phrase favorite de sa mère sur le chemin des vacances. Les très gros mots en moins. C'était heureux.

Depuis la place passager (la place du mort, rappelait alors son père, avec un rictus énigmatique), elle avait décidé que seuls les constats d'accident resteraient *à l'amiable* :

-'Soyons simples, restons courtois'. C'est ce qu'ils se tuaient à répéter, en lettres blanches sur fond bleu. Cela leur allait comme un gant. Comme celui de la boîte dans laquelle ils reposaient en attendant que l'on fasse appel à eux. Le moins souvent possible.

Ludivine devait bien l'avouer, les relations parentales à bord tenaient souvent du *zéro de conduite*. Elle regardait ailleurs, et faisait mine de ne rien entendre. Pour sa propre sécurité, la *sécurité enfant*. Au point de pouvoir afficher deux cents kilomètres de silence au compteur, malgré le doux babillage de sa mère.

-Allez Ludivine, le premier qui voit une voiture de couleur rouge !

Du rouge, justement, il y en avait partout. Celui des feux stop des voitures qui les précédaient. Elles formaient une file ininterrompue, à perte de vue.

Ludivine aurait préféré une autre couleur, pas une qui énerve, cela suffisait comme cela. Elle aurait aussi aimé que sa mère comprenne qu'elle avait bien grandi.

-Maman, je viens d'avoir douze ans, je ne suis plus une gamine !

Enfin, plus tout à fait. Enfin, disons que cela dépendait.

-A quel département correspond le numéro quarante-trois ? Le soixante-et-un ? Et maintenant, le numéro complémentaire...

-Maman, sérieusement, tu n'en as pas marre ? (C'est 'chelou' diraient les jeunes d'aujourd'hui...)

En retour, sa mère lui souriait, de ce sourire qui semblait s'excuser.

Un coup de klaxon désagréable s'invita à leur bord. Puis un second, tout aussi mal embouché.

-Abruti, regarde où tu vas ! Parisien !

Inutile d'en dire davantage. Vous l'aviez reconnu, ça c'était son père ! La bienveillance et lui faisaient toujours chambre à part. Depuis qu'il avait eu son permis, en fait. Au bout de la troisième fois.

-Mais enfin chéri, calme toi, nous sommes en vacances !

Ça c'était sa mère. La même qui vociférait, tendue comme une arbalète, quelques instants auparavant. Elle n'était jamais à une contradiction près. Ludivine, qui tenait d'elle, vous l'aurait bien dit.

Pour le moment, gare des Brotteaux, la berline familiale n'en menait pas large. Les deux pieds -ou plutôt les deux roues- dans le même sabot, elle n'avait d'autre choix que de se tenir tranquille.

-Parfait, encore un peu. Doucement. Voilà, ne bougez plus. Je vous laisse couper le contact.

Ils voyageaient chaque été en train auto-couchette. Les habitués disaient *train de nuit*.

D'ailleurs, l'heure tournait et minuit approchait dangereusement.

-Si notre carrosse se transformait en citrouille, je crois bien que papa en ferait une jaunisse. Rien qu'en imaginant la scène, Ludivine riait de bon cœur. Intérieurement, pour des raisons évidentes de sécurité.

Lorsqu'il s'agissait d'enjamber la France et les distances, les trains de nuit n'avaient pas leur pareil. Ces périples la *transportaient* littéralement de joie. Ludivine tournait son regard une dernière fois vers la Basilique de Fourvière qui veillait sur la Cité des Gaules, puis elle fermait les yeux (pour de faux, elle faisait semblant). Elle les pourrait les rouvrir face à l'océan, quelques heures plus tard.

Comme à chaque fois, ils étaient six à partager un même compartiment. Dont trois inconnus suffisamment courageux pour partager une tranche de vie. Leur bravoure forçait l'admiration. C'était drôlement curieux de ne pas se connaître et, pourtant, de déjà coucher ensemble. Vraiment curieux. Ces nuits-là s'affranchissaient de l'ordinaire, tout simplement, et cela les rendait extra.

Une climatisation excessive faisait souffler sur elles un vent de fraîcheur. Il précédait généralement ce mal de gorge tenace dont les antibiotiques du médecin de famille viendraient à bout en quelques jours. Ludivine avait toujours eu les amygdales très sensibles, été ou pas. Avec les écarts de température, c'était même pire.

-Ludivine, tu as encore attrapé froid ? Je ne vais pas passer mes vacances à te soigner !

Elle regardait alors sa mère avec des excuses dans les yeux.

De nombreux arrêts improbables se mettaient en travers de leur route, au milieu de nulle part. Là où l'herbe faisait encore la folle, entre les rails. Elle baissait la tête au dernier moment, au passage de leur train. Le ballast et les traverses n'avaient pas meilleure mine. A chaque halte, leur convoi peinait à reprendre son souffle. Percluse de rhumatismes, la locomotive diesel toussotait, là-bas, tout à l'avant. Une toux bien grasse. Ses freins gémissaient tellement fort que ses tympans avaient envie de se suicider. Ludivine s'accrochait du mieux qu'elle le pouvait à sa couchette. Elle prenait toujours celle du haut.

Voyager la nuit, c'était avoir le rare privilège de poser le regard sur ce que les autres ne voyaient pas, occupés qu'ils étaient à rêvasser. Ludivine se laissait porter par ce sentiment grisant d'avoir le monde pour elle toute seule. C'était le songe d'une nuit d'été. La nuit, il n'était plus vraiment nécessaire de jouer à cache-cache avec la réalité des choses : plus d'ombre, plus d'éclairage à contre-jour. Chaque moment passé là, sous la voûte étoilée, était comme un cadeau.

-Dis maman, c'est encore loin la mer ?

-Dors, sinon tu vas être fatiguée demain.

Mais l'excitation était décidément trop forte. Elle était du genre à tout emporter sur son passage, heure tardive ou pas.

Derrière la fenêtre, la nuit n'avait pas bougé. Elle collait à la vitre, telle une nappe de goudron. Ludivine avait beau plisser les yeux, impossible de distinguer quoi que ce soit à-travers. La vitre s'obstinait à lui renvoyer son propre reflet, en pleine figure.

L'instant d'après, le marchand de sable la remit *sur les rails*. Il le fit avec un certain *entrain* de circonstance, qui ne fut pas pour déplaire à sa mère. Lulu cessa de lutter. Le balancement régulier du train sur les rails pouvait enfin bercer ses rêves d'été. Il fonçait dans la nuit. Dans quelques heures, le jour gagnerait.

Un courant d'air tiède et iodé sembla traverser le compartiment. Avait-elle rêvé ? Se pourrait-il qu'elle se trouve posée entre deux mondes ?

En ouvrant les yeux, Ludivine fut cueillie par le salut des patrons pêcheurs et le soleil qui se reflétait sur l'océan, entre deux récifs. Ils venaient d'arriver *à bon port*, pour de vrai. Même son père souriait. Une mouette rieuse embrassait la vie d'un vigoureux battement d'ailes, dans l'air frais du matin. Elle fut rejointe par d'autres. Le temps de l'été était là. On ne l'avait que trop attendu. Cœur avec les doigts.

Entre Ludivine et l'océan, il y avait ce lien de parenté unique et troublant. Quelque chose de grand, de fort, de puissant, que le vacarme de l'écume ne parvenait pas tout à fait à recouvrir. C'était une passion dévorante. La plupart des gens ne venaient lui rendre visite que l'été, quand il semblait calme et apaisé. Au contraire, elle l'aimait tel qu'il était : imprévisible, tempétueux, changeant, hostile ou séducteur, dans tous ses états. Elle était tombée en amour.

Dans quelques heures, promis, ils seraient de nouveau réunis.

En attendant, sur ce quai de la gare des Brotteaux, le petit vent frais du soir se faisait joueur. Il taquinait ses orteils, qui prenaient l'air au bout de leurs sandales. Ludivine dansait d'un pied sur l'autre. La fraîcheur n'expliquait pas tout. Je crois surtout qu'elle ne tenait plus en place. L'appel de la mer, toujours lui.

-Voie A, attention au passage d'un train. Eloignez-vous de la bordure du quai s'il vous plaît.

Les grands lampadaires lui lançaient des clins d'œil complices. A cette heure, ils veillaient sur la gare, tout en faisant mine d'ignorer son père, qui trainait la savate en maugréant sur ce fichu train encore en retard. Comme souvent. Comme chaque été.

Mais l'essentiel était ailleurs, à plusieurs centaines de kilomètres de là. L'appel de la mer. Rien à faire. Encore lui. Il était terriblement insistant. Et c'est pour cela qu'on l'aimait tant.

Il avait la fidélité des meilleurs compagnons.

Il y a les bonheurs éphémères, et puis, heureusement,

il y a tous les autres…

Chapitre 5

Maudits dimanches

Gare du Croisic, temps présent. On voyait poindre le crépuscule.

Les gares avaient l'art de se lever avec le soleil et de se coucher avec lui.

-Le TGV numéro 6841 à destination de Paris Montparnasse va se mettre en place. Eloignez-vous de la bordure du quai s'il vous plaît.

C'était étonnement la même voix que celle des souvenirs de mon enfance. Elle, au moins, n'avait pas vieilli. J'étais jalouse comme un pou.

#C'était un euphémisme, un de plus, pour la route.

La gare des Brotteaux me semblait bien loin. Ce soir, le bord du quai n'avait plus rien de sympathique. Il ressemblait à un précipice, un gouffre dont je peinais à distinguer le fond. Je me tenais juste au bord, aussi immobile qu'un photomaton. On avait glissé une enclume dans mon sac à main, en plus de tout le reste. En arrière-plan, résonnait une petite voix, celle des moments de doute et de découragement. Animée de fort mauvaises pensées.

-Tu viens, on va se promener au bord de la falaise ?

Ce gouffre-là séparait irrémédiablement les samedis et dimanches des autres jours de la semaine. Et les grandes vacances du reste de l'année. Il était sans pitié, et ne faisait pas de sentiment. Cela le rendait particulièrement odieux.

Alors je regardais ailleurs, comme lorsque j'étais petite, assise à l'arrière de la voiture familiale. J'avais toujours autant de courage. Pareille aux baignoires et à tous ces récipients à un moment ou à un autre, je me mettais à *fuir*. Puis je finissais comme mes fins de mois, *à sec*.

En ne les affrontant pas, j'espérais que mes peurs se dissipent, comme par enchantement. Mais, chaque fois, j'entendais mes espoirs se fracasser contre la dure réalité, dans un boucan d'enfer.

Je devais me ressaisir, faire fonctionner un peu ce que j'avais entre les deux oreilles, à savoir mon cerveau. Mais rien à faire. C'était un déchirement, qui revenait avec une fréquence hebdomadaire. Cela me désolait.

Les rochers qui surplombaient la grande plage n'aimaient pas que je les abandonne ainsi. Je m'y dressais sur la pointe des pieds, essayant d'apercevoir l'Amérique. Il y avait aussi la petite chapelle en granit et son muret. Il délimitait avec goût le petit jardin de curé, qu'embellissaient un genêt et un grand tamaris. La petite chapelle parvenait à se tenir debout malgré les rafales et la houle. Elle faisait la fière, les pieds bien au sec. Le soleil, lui, pouvait passer des heures à s'admirer dans l'eau. Si Dieu avait réellement créé le monde, alors je me disais qu'il avait insisté pour cet endroit.

Mais les dimanches soirs et leur *train-train* n'en avaient que faire, emportant tout sur leur passage. Malgré moi. Malgré tout le reste. Avec une force peu commune, qui me mettait chaque fois au bord des larmes.

Deux jours durant, l'air de la plage m'avait rappelé que j'avais un corps. Il m'avait offert du chaud, du froid, du sec, du mouillé. Ce que je préférais, c'était entrer dans l'eau. Cela m'apaisais. Je flottais, libre comme l'air. Mais un air qui mouillait. Mélanger nos fluides, sentir que *le courant* passait, saisir toute la richesse de l'océan qui m'entourait. Respirer l'eau salée pour mieux la sentir infuser en moi par tous les pores de la peau. Etre une *poule mouillée* pour de vrai. L'océan était ma thérapie.

Chaque fois, je regardais avec émerveillement ces parasols qui imitaient les tournesols. Sagement alignés sur le rivage, ils suivaient le soleil du regard, en assumant *leur part d'ombre*. Les souvenirs de l'océan habitaient en moi depuis l'enfance. Ici, le bonheur était normal, on ne le remarquait pas.

Mais j'avais quand même besoin de le toucher du doigt. Son relief allait bien, je trouve, avec ma nature tactile. La matière était ancrée dans le réel. Elle était. Elle ne se prenait jamais pour une autre. Elle ne trichait pas, ne faisait pas semblant.

Pour accéder à ce bonheur simple, les gares étaient faites de la même matière. Faites de fer et d'acier, on leur avait même greffé tout plein de lumières. C'est ce que j'aimais chez elle. De la matière solide, pour mieux m'élever.

-Attention, contrairement à ce qui est indiqué sur le panneau de composition des trains, les voitures numérotées de 1 à 10 se trouvent à l'arrière du train.

Le dimanche soir, même les choses les plus simples refusaient de rentrer dans l'ordre. Elles s'obstinaient, faisaient la forte tête. Nos beaux week-ends faisaient de la résistance. Ils s'accrochaient bec et ongles à nos sacs de plage. De là, ils tentaient de défier l'ordre établi. Autant dire que la composition des trains ne pouvait pas leur échapper !

Une mauvaise surprise pouvait toujours en cacher une autre. Je trouvai ainsi un vieux monsieur déjà installé à ma place, drapé dans sa dignité et dans une veste sans âge. Une veste qu'on ne portait qu'au bord de la mer. Le sel s'y était incrusté, sans logique apparente si ce n'était celle du vent qui l'avait déposé là. Le vieux monsieur somnolait. Il peinait visiblement à récupérer d'un repas dominical aussi copieux qu'arrosé.

J'hésitai à le réveiller. Sans doute mon côté bonne poire (pas celle que contenait la fameuse bouteille de l'oncle Grégoire[9], l'autre !). Je cherchai une solution de repli du regard. En vain. Aucun siège de libre. C'était sans doute le sens de l'expression *'train complet en seconde classe'*. J'aurais dû écouter plus attentivement l'avertissement de la grande borne jaune, à l'entrée de la gare. Celle qui distribuait les billets, quand il en restait. Quand elle n'était pas, comme moi, *au bout du rouleau*. En attendant, l'un de nous deux n'était visiblement *pas à sa place*.

-Excusez-moi, s'il vous plaît.

Ma main se fit la plus légère possible sur l'épaule du vieux monsieur. Pleine de ce respect qu'on devrait toujours avoir pour nos anciens. Elle était là pour le cas où son grand âge le pousserait à faire la *sourde oreille*.

-Monsieur…

-Vous voyez bien qu'il dort.

Que les gens pouvaient être aimables et perspicaces ! Surtout en direction de la capitale, et tout particulièrement les dimanches soirs. On annonçait un temps pourri pour la semaine à venir, et certains avaient décidé, semble-t-il, d'anticiper sur la tendance maussade.

---

[9] L'auteur vous recommande chaleureusement la poire de l'oncle Grégoire (*Les Copains à bord,* Mars 2021)

Je pris sur moi. Il faut dire que j'avais de quoi voir venir. Les dommages collatéraux des gaufres au caramel et au beurre salé dont j'aimais me délecter en arpentant la grande jetée... Surtout lorsqu'elles venaient par deux. Un peu serrée dans mon short, j'avais les cuisses qui se frottaient les mains rien que d'y penser. Mais passons.

J'adressai mon plus beau sourire de façade au charmant monsieur qui venait de m'adresser la parole.

-Ah tiens, vous croyez ? D'un naturel plutôt timide, je ne me vois pas m'asseoir sur ses genoux. Ce serait un peu trop direct, non, pour une première fois ?

-Oui, surtout que vous n'avez-plus l'âge d'être sa petite-fille.

Cet homme-là, la cinquantaine et l'impolitesse en bandoulière, avait l'élégance d'une vache anorexique en train d'engloutir une botte de foin. Il avait un faciès à peu près aussi avenant qu'une grille d'Alcatraz : la tête de l'emploi. Il devait être absent lors de la distribution de neurones. Ça non, il n'avait pas inventé le fil à couper l'eau chaude. Il m'agaçait tellement que j'en perdais mon latin...

Soit-dit en passant, il semblait également désapprouver l'usage du déodorant. Je le tabassais du regard avec une envie grandissante de le démonter comme un meuble *Ikéa*. Je faisais ma méchante, même si c'était, je l'avoue, un rôle un peu contre-nature.

Ce qui devait arriver arriva : je n'eus cette fois pas le temps de rattraper mes pensées. C'était tout moi : je faisais partie de ces gens qui n'avaient pas suffisamment de distance entre leur bouche et leur cerveau.

-Vous aboyez seulement, ou vous mordez aussi ? Attendez un peu, maintenant cela me revient : vous étiez à l'affiche de *Moi moche et méchant*...

Je le regardai ramasser ses dents, au sens *figuré* bien entendu. Du genre *en pleine figure*.

Le vieil homme sauta sur l'occasion pour retrouver ses esprits, tandis que le grondement des autres passagers enflait derrière nous. Les quolibets s'abattaient désormais sur moi *comme la vérole sur le bas clergé breton*. Une manière comme une autre d'en avoir *plein le dos*, pour de vrai.

Oui, vraiment, les bonnes manières avaient décidé de rester à quai. Les bonnes résolutions du week-end étaient mortes et enterrées, sans cortège ni encens. Il était dit qu'à partir de maintenant, chacun garderait son sourire pour l'intérieur de ses joues.

-C'est moi où il fait de plus en plus chaud ici ?

Cette foule courroucée me faisait penser à celle que l'on croisait autrefois sur le chemin conduisant à l'échafaud. J'en aurais mis *ma tête à couper*. Autrefois, les bourreaux avaient un semblant de patience. Les choses avaient bien changé.

Pour la petite histoire, le vieux monsieur assis à ma place avait un jour d'avance sur son billet. Je n'eus pas le cœur d'insister davantage et décidai de m'asseoir ailleurs. Une valise me roula sur les pieds en guise de remerciements, et un sac à dos plus grand que son propriétaire manqua de peu de m'envoyer valser au beau milieu du 'carré' le plus proche. Vous savez, cet espace étriqué qui accueillant les voyageurs malchanceux en leur confiant un épineux sujet de réflexion.

-Comment se plier en quatre lorsque l'on a de grandes jambes ? Vous avez quatre heures !

Carré comme dans *tête au carré* me dis-je, rattrapée par une nouvelle bouffée de mauvaises pensées. J'eus cette fois le temps de les retenir, juste avant qu'elles ne sortent prendre l'air. Il fallait que je me calme.

D'ordinaire, j'aimais les rencontres. Mais ce soir, la présence des autres voyageurs me faisait l'effet d'un frigo resté la porte grande ouverte. Ils avaient à peu près autant de bonne volonté et d'empathie qu'un employé des postes au mois d'Août.

Les dimanches soirs se suivaient et se ressemblaient. Ils faisaient tout pour se rendre insupportables.

Je les voyais venir à plein nez, celui que le soleil n'avait pas épargné. Cuisinée pendant des heures en croûte de sel, la peau de mon visage tirait. On voyait bien que je revenais de l'océan.

-J'avoue !

Les allées couvertes d'aiguilles de pins, les grenadines servies avec une paille, les accords d'une guitare dans le lointain, nos orteils dans l'eau salée. Le sable aimait s'y glisser. Ensuite, il pouvait rester là des heures. A force d'avoir les doigts de pied *en éventail*, cela devait bien finir par arriver. Ils ne manquaient décidément pas *d'air* ceux-là ! Et encore moins de *grand air*.

Même les week-ends étendus (de tout leur long), pouvaient avoir une fin.

Nous tentions d'en préserver les meilleurs moments. Dans le train du retour, nous les faisions défiler l'un après l'autre sur nos écrans. Puis nous les partagions avec ceux qui n'avaient pu se joindre à nous.

-La prochaine fois, promis !

La bonne humeur finissait alors par s'estomper avec les derniers reflets de la côte. Elle était attendue ailleurs, imitant en cela la course du soleil. Tout autour, les arbres eux-mêmes paraissaient céder au découragement. Les saules pleuraient dans le silence grandissant du crépuscule. La végétation toute entière semblait comme désolée, hébétée, accablée. La beauté du paysage ne parvenait plus à faire diversion. Elle se contentait de défiler. De se défiler.

Notre locomotive ne faisait pas de sentiment. Elle ignorait cela et avalait les kilomètres avec un appétit qui frisait l'indécence, bousculant tout sur son passage. Elle nous mettait sur avance rapide. On filait *bon train*, avec plus d'*allure* que d'élégance. Et, comme à chaque fois, la routine du lendemain nous attendait au bout de la route. Demain, c'était déjà lundi. L'infini beauté du monde venait avec son lot de contrariétés.

C'était le moment que choisissaient généralement les devoirs des enfants et les sandwichs triangle pour sortir prendre l'air. La saveur fadasse du sandwich kidnappait celle du week-end. Elle ne la rendait jamais vraiment.

Les micro-ordinateurs, en profitaient à leur tour pour se dévêtir et s'exhiber hors de leur housse. C'était à celui qui aurait le plus petit (sourires), tout l'inverse du week-end, dans le maillot *Vilebrequin*.

L'insouciance venait de partir sans laisser d'adresse. Retour à la case départ, en passant par celle des arrivées.

C'est le moment que le train choisit pour s'arrêter.

Serait-il enfin revenu à de meilleures dispositions ? L'espoir était de retour. Au moment où on ne l'attendait plus.

Le haut-parleur se mit à grésiller et crachouiller, avalant tant qu'à faire un mot sur deux.

-*Mesdames et messieurs, notre train est arrêté en pleine voie. Pour votre sécurité, nous vous demandons de ne pas tenter d'ouvrir les portes.*

Tiens, les enfants s'énervent.

Tiens, du coup les parents s'agacent à leur tour.

Tiens, la climatisation s'absente un moment.

Tiens, chacun téléphone de sa place et en fait profiter les autres.

Tiens, le vieux monsieur dort toujours, du moins cela m'en a tout l'air.

Tiens, son voisin de droite a toujours le charisme d'une poubelle de salle de bain.

Tiens, l'air de rien, il est déjà vingt-deux heures.

Tiens, s'il continue sur sa lancée, notre retard parviendra sans mal à ressusciter les trains de nuit de ma jeunesse.

Tiens, côté voiture bar, on fait des affaires comme jamais.

Tiens, les enfants ont délaissé leur rédaction pour un problème de mathématiques :

-Sachant que chaque voiture compte deux niveaux et que la voiture bar se situe au milieu de la rame, quelle longueur fera la file d'attente des voyageurs courroucés lorsque ceux des voitures numérotées de 1 à 3 croiseront ceux des voitures numérotées de 5 à 8 ?

-Bonsoir, vous désirez ?

-…

-Désolé, il ne me reste plus que des paquets de chips et de la bière.

-Pour les enfants, ce sera parfait. Mettez-moi trois bières. Il vous reste des baillons ?

Tiens, ici la petite bouteille d'eau plate se vend trois Euros et cinquante centimes. Cela fait tout de même du sept Euros le litre. Soit soixante Euros le pack de six fois un litre cinq. Soit... Non, j'arrête de parler à tort et à travers. A ce prix-là, la salive est bien trop précieuse. Gardez la monnaie je vous prie.

Tiens, nous repartons au ralenti.

Tiens, cela ne dure pas, nous sommes de nouveau arrêtés en pleine voie.

Tiens, il me reste deux ou trois friandises pour adoucir la pilule. Les fraises *Tagada*™ venaient toujours par plusieurs.

-Haribo c'est beau la vie, pour les grands et les petits.

Tiens, nous allions faire la fin du voyage en compagnie de ce petit jingle publicitaire bien connu.

Tiens un, puis deux, puis trois autres trains venaient de nous dépasser, provoquant colère et incompréhension. Dans la vie, on n'aimait jamais se faire doubler par les autres. Surtout les dimanches soirs.

-Mesdames et messieurs, notre train circule actuellement avec un retard de quarante minutes environ.

Tiens, nous prenons un nouveau départ (si seulement !).

Le retard du dimanche soir, c'était un peu le seau d'eau qui faisait déborder le vase. Et les dimanches soirs étaient, à leur façon, une petite mort.

On avait hâte d'être à vendredi prochain, dans l'autre sens cette fois. Parce qu'étrangement, en direction de la mer, les *contresens* étaient toujours dans le vrai.

Lulu en profita pour philosopher, histoire de tuer le temps.

Vivre se résumait-il à patienter jusqu'au vendredi soir suivant ? A n'avoir qu'une hâte et qu'une envie, celle de fuir la capitale et les jours de la semaine dans un même mouvement ? Au fond de moi je connaissais déjà la réponse. Aussi simple soit-il, le futur ne pouvait sérieusement tenir lieu de présent.

Moi qui, avant, aimait les licornes et les paillettes.

Je devais me ressaisir, ou plutôt me saisir tout court. Arrêter d'être sûre pour agir. M'écouter. Habiter enfin cet espace-temps qui s'appelait aujourd'hui. Et au passage, habiter mon corps tel qu'il était. Le remplir de la beauté de l'instant présent. De vous à moi, il était suffisamment grand pour cela. A condition d'ouvrir en grand mon cœur et mon regard. Pour laisser entrer tout cela à la fois, et voir où cela pourrait bien me mener.

J'avais beaucoup entendu parler de la pleine conscience. La prise de conscience me suffirait, pour commencer. C'était un bon début.

Je devais enfin cesser d'être là où l'on m'attendait. Au moins pour ne pas devenir une habitude. Pour transformer cette chose qu'était la vie en une autre chose, plus belle encore.

Les bonheurs de l'enfance n'aiment pas grandir trop vite.

Et on les comprend.

Chapitre 6

Les bons conseils de Lulu, façon de parler

Le dimanche s'était fait lundi depuis quelques heures. Six précisément, empiétant tant qu'à faire sur un bout de la septième.

Lorsque la soirée d'hier avait pris fin, elle était déjà devenue matin. Comme beaucoup de mariages, cette courte nuit ne fut pas tout à fait consommée.

La faute à mes pensées qui jouaient aux auto-tamponneuses dans ma tête. C'était ce qui arrivait lorsque le doute frappait trop fort à votre porte.

La faute à ce fichu retard, une bonne heure et demie tout de même.

La faute à 'l'incident voyageur', c'était comme cela qu'on disait pudiquement, sur la ligne de métro. Comme quoi, même sous les trottoirs de la capitale, les irritants pouvaient voler en escadrille.

La faute aux lessives qu'il fallait bien faire tourner en rentrant, une fois regagné mon domicile et ma solitude. Mon vieux lave-linge en fin de vie faisait un boucan de tous les diables.

Ne pas défaire les valises, disait-on, c'était éviter d'être rentrée pour de bon. En théorie. Mais dans la vraie vie, l'intendance finissait toujours par vous rattraper.

-Mince, je crois bien que j'ai oublié l'adoucissant.

La faute, ensuite, à l'isolation défaillante. Les cloisons de mon appartement avaient à peu près la même efficacité acoustique qu'un simple paravent.

-Nom d'un chien (et d'oiseaux... de nuit) ! J'en étais sûre. J'avais bel et bien oublié l'adoucissant !

La faute aux détails du plafond de ma chambre. A défaut de m'inspirer, ils m'avaient occupé une bonne partie de la nuit, une fois le cycle d'essorage terminé. Cette machine était habitée ou hantée. Peut-être même les deux.

Un silence de trente tonnes s'était immédiatement abattu sur moi, ravi de venir nourrir mon insomnie. Dormir d'une traite, c'était comme l'*Eau Précieuse* : j'oubliais deux soirs sur trois. J'enviais ma mère. Quand elle dormait, c'était comme si on l'avait débranchée. Elle me disait que la nuit était sensée *porter conseil*.

Pour ne pas faire les choses à moitié, j'avais décidé d'en faire mon métier.

-Qui pouvait en dire autant ?

Enveloppée dans un peignoir aussi épais qu'une couette, faiblement éclairée par la vieille ampoule à incandescence, je vous accorde que cela ne sautait pas aux yeux. Mais alors, pas du tout.

J'avais eu le ventre plus gros que les yeux.

-Prétentieuse va !

Le miroir de la salle de bains de mon petit appartement de rien du tout *n'en menait pas bien large*. Comme s'il avait bêtement oublié de *réfléchir* avant de me renvoyer cette image peu flatteuse de ma personne. De ma petite personne.

-Miroir, mon beau miroir (enfin, façon de parler, le pauvre...), dis-moi qui est la plus belle ?

Ce n'était jamais moi. Pour s'excuser, mon miroir avait appris à dire 'zut' plutôt que 'mince ' ! Lorsque je lui annonçais que je revenais de chez l'esthéticienne, il faisait l'innocent.

-Ah mince, c'était fermé ?

Il ne s'embarrassait jamais des formules de politesse. Il avait l'infinie délicatesse de ce sparadrap qu'on retire d'un coup sec. Pouvais-je pour autant lui en vouloir et lui en tenir rigueur ?

Les crèmes anti-âge, les fluides supposément réparateurs, ne trompaient désormais plus personne. Et surtout pas les miroirs. Je les sentais peinés de nous voir nous mentir à nous même. De nous voir ainsi *maquiller* la réalité, recourir à ces artifices qui avaient fait long *feu*. Je les sentais usés, las, *sans éclat*. Le printemps de la vie ne durait pas éternellement.

-Mais qu'est-ce que je faisais là ?

Bien à l'abri derrière mon fond de teint, j'éprouvai une soudaine envie de lui régler son compte une bonne fois pour toutes. Moi, Ludivine Petitjean, condamnée pour assassinat avec préméditation... Une occasion rêvée de faire la une, d'occuper enfin le devant de la scène sous le crépitement des photographes de presse. Pardon, je m'égare. Rien à faire, mon nom et mon prénom restaient d'une banalité consternante, d'un commun ennuyeux. Les traits de mon visage n'avaient fait que se mettre au diapason.

-Faîtes-moi plaisir, appelez-moi Lulu, comme mes collègues et mes amis.

Dans leur étui, les *Petits Beurres* venaient toujours par deux : *Lu*[10] et *Lu*. Et j'avais les fichues cuisses de bretonne qui allaient avec. A force de courir tout le temps, de prendre mes jambes à mon cou, même ma bouille avait fini par devenir toute ronde elle aussi. Ceci expliquait cela.

Avec la racine 'petit', mon nom de famille (pas de famine !) n'incitait guère à un optimisme débordant. Je crois bien qu'il me narguait, ravi de remettre mes rêves de *grandeur* à plus tard.

-Ludivine, tu n'as pas l'impression d'avoir cent-vingt ans ?

Je me sentais incomplète. Trop de tout, trop de rien. C'était fou ce que se tenir immobile pouvait être fatigant. Ma routine tenait dans ces soixante petits mètres carrés, au bout d'un couloir faiblement éclairé, au dernier étage. Dernier étage sans ascenseur.

Quatre murs et un plafond plutôt bas (attention à la tête !) délimitaient le dehors du dedans, l'extérieur de l'intérieur, mon intimité de celle des autres. C'était je, moi-même et moi contre le reste du monde. Ce monde que je voyais changer, se transformer. Il me flanquait la frousse. En perpétuel mouvement, il tournait sur lui-même, autour de son axe.

La vie était un drôle de voyage. Comme le disait Kipling, *il n'y avait que 2 sortes d'Hommes : ceux qui restaient chez eux, et puis les autres.* Venant d'un grand homme comme lui, j'y voyais un message important. Un truc à méditer, si possible avant mes vieux jours.

J'étais une hypersensible, fatiguée de se cacher derrière son personnage devenu trop encombrant. Une fille au passé simple et au futur terriblement compliqué.

-Mais assez parlé de moi !

---

[10] Abréviation de Lefèvre-Utile, célèbre biscuiterie Nantaise créée en 1846

Venons-en plutôt à mon métier, qui tenait en sept lettres : conseil.

-*Scrabble* ! Cinquante points qui venaient s'ajouter aux vingt-sept points du mot compte triple (inutile de recompter, je vois que la confiance règne…). Dans ce métier, c'était plutôt les années qui comptaient double.

Bien plus qu'une profession, c'était une *profession de foi*. De *mauvaise foi* s'il vous plaît. Je faisais du conseil comme d'autres exerçaient illégalement la médecine. Au moins j'entrais dans les pensées des autres plutôt que dans les miennes. Morte de trouille, je partais travailler chaque matin avec la boule au ventre. Comme un vulgaire faussaire de banlieue, qui craignait à chaque instant de se faire pincer par un enquêteur plus perspicace et malin que les autres. Je savais bien que je finirais démasquée et que ce n'était qu'une question de temps.

Pour mes clients (oui, j'avais des clients, et même des clients payants : la grande classe non ?) j'avais *les grands mots, mais rarement les grands remèdes* qui allaient avec. Alors, avec beaucoup d'aplomb, je faisais semblant. Un peu comme s'il était écrit sur mon front, visible à des kilomètres à la ronde : 'Ludivine Petitjean, spécialiste en tout, compétente en rien'. J'essayais de faire comme si de rien n'était. Mais voilà, le courage se situait à mi-chemin entre la peur et l'audace, et il se trouvait que j'avais beaucoup du premier et pas beaucoup du second…

Mission après mission, je persistais donc à expliquer leur métier à de vieux routiers des affaires. J'aurais dû faire *Wikipedia*. Ils avaient roulé leur bosse. Et moi je roulais leur *boss*.

A une lettre près, encore et toujours. On ne changeait pas une équipe qui gagne.

Je me faisais fort de ne jamais omettre la TVA sur la facture, payable à échéance. Pas d'escompte, ils devaient en avoir pour leur argent ! Pour ce prix-là, mon art consistait à leur dire ce qui n'allait pas chez eux. Et, lorsqu'ils n'allaient pas si mal que cela, je trouvais le moyen de leur parler de ce qui pourrait aller beaucoup mieux !

-T'es trop forte ma Lulu ! (Applaudissements nourris)
...

Pour commencer, je leur vendais ce dont ils n'avaient absolument pas besoin, leur faisant miroiter des lendemains qui chantent et des économies comme s'il en pleuvait. Je leur vendais du rêve. J'étais un mirage. Je faisais moi aussi dans le générique. Pas celui des séries *Netflix*, l'autre ! Les ordonnances et les traitements que je prescrivais d'une main tremblante se ressemblaient étrangement, d'une entreprise à l'autre. Où que l'on se trouve, petite ou grande banlieue, d'un côté du périphérique comme de l'autre, bouchons ou pas.

Je dois dire que les malades imaginaires étaient de bons clients, les meilleurs qui soient. Mal soignés on pouvait espérer qu'ils reviennent consulter très régulièrement. En insistant à peine, ils pouvaient se laisser prescrire tout un tas d'examens complémentaires censés les aider à identifier les origines du mal.

-Mieux que des clients, j'avais des habitués.

Du matin jusqu'au soir, je faisais tenir leur vie, celle de leurs produits et de leurs clients dans mes matrices de consultante Il suffisait pour cela d'un peu de méthode, d'un certain sens du rangement, et surtout d'un grand chausse-pied. Je faisais des tours de magie et de passe-passe.

Un jour, ma filleule m'avait interrogée sur la vraie nature de mon métier. Elle avait drôlement insisté sur 'vrai'. Elle reçut en retour davantage de questions que de réponses.

-Dis marraine, pourquoi tu restes alors ?

-Parce que... parce que... je n'en sais rien ! Et puis tu m'agaces avec toutes tes questions !

Les grands devaient toujours tout savoir. Et sur le bout des doigts. Pour ma filleule, le bout des doigts avait un bon goût de chocolat au lait. Son préféré, que je lui servais comme elle les aimait, bien brûlant. Faire diversion. Fuir, encore et toujours.

Au fond, elle sentait bien, comme seuls le sentaient les enfants, que moi, sa marraine, j'étais tout sauf heureuse.

Et pour cause. Mes compte-rendu et mes 'préconisations stratégiques' (ça en jetait n'est-ce pas ?) n'étaient rien d'autre qu'une farandole de bidules sortis d'on ne savait où, une galaxie de trucs qui sonnaient bien, et un amas d'évidences. Pourtant, mes clients les accueillaient tels des pèlerins devant une apparition.

Je posais les questions et j'y répondais juste après, déclenchant la même ferveur que le Pape à Rome. Surtout, j'avais appris à le faire avec l'attitude concentrée d'un grand chirurgien en train de sauver une vie.

Pendant mes rendez-vous d'affaires, j'éprouvais ce curieux sentiment de tuer le temps. Mais le bougre restait bien vivant. Et lorsque c'était à distance, pandémie oblige, même les pixels semblaient se décomposer sur les écrans qui nous servaient à communiquer. Ou à faire semblant, plutôt.

-Pas grave, j'avais toujours à portée de main mon sourire factice. Il faisait à peu près autant illusion que les moustaches des boutiques de farces et attrapes de ma jeunesse. Bref...

Je demandais à la vie de se prendre pour un *modèle*. C'était contre-nature. Alors, elle ne se laissait pas faire. Mais nous finissions toujours par nous arranger la cravate.

C'était juste avant qu'elles ne disparaissent. Les cravates, pas la vie !

-S'il te plaît, mets-y du tien, je dois boucler cette mission. Allez, sois chic, rien qu'un tout petit effort, mon manager passe en fin de semaine relever les compteurs.

-Ah celui-là !

Il était fait du même bois que moi. Sa spécialité à lui, c'était l'imposture dans l'accompagnement de ses équipes. Un vrai intermittent du spectacle. Parfois il en faisait trop. Parfois pas assez. Mais toujours il n'en faisait qu'à sa tête. Au fond, je ne lui en voulais pas. Parce que je ne savais que trop bien de quoi il retournait ! Nous nous comprenions d'un seul regard.

D'entreprise en entreprise, les nuages de points qui délimitaient les contours de mes *clusters* avaient fini par remplacer ceux qui dansaient dans le ciel. Je ne vivais plus, je survivais. Le jour se confondait avec la nuit. J'avalais les missions autant que les couleuvres. Je sautais d'un âne à l'autre. Bientôt, je me ferais tirer les *oreilles*. Après tout, aux *ânes* bien nés... Je m'étais trompée d'époque, de ville, de métier. Les trois à la fois. Je m'en voulais. Au fond, j'étais furieuse après moi. S'il y avait eu une porte, je crois que je l'aurais claquée.

Faute avouée, faute à demi pardonnée disait l'adage. Mais cette fois, je sentais bien que la petite voix ne me permettrait pas de m'en tirer à si bon compte. Je vivais *ma vie par procuration[11]*, comme dans la chanson de Goldman. Je gardais un tas de trucs pas nets à l'intérieur de moi. Ils avaient éclipsé la fantaisie et le culot de l'enfance. Ma vie professionnelle s'abattait sur moi

---

[11] *La Vie par Procuration*, Jean-Jacques Goldman ©JRG Editions Musicales, 1985

comme un violent orage sans parapluie. Une pluie froide et épaisse, pénétrante, qui me glaçait jusqu'à l'os.

D'un déplacement à l'autre, je tentais de semer mes insomnies, en changeant régulièrement de lieu et d'endroit. Je prenais l'avion plus souvent qu'une hôtesse de l'air.

Peu à peu, les week-ends au bord de l'océan étaient devenus ma raison d'être. Une parenthèse salvatrice. Dès qu'ils s'approchaient, j'étais parcourue de frissons. Puis ils me désespéraient lorsque je devais les laisser derrière moi. Je fermais alors souvent les yeux, comme pour empêcher ce moment d'advenir. Mais le monde continuait de tourner, et le temps passait quand même.

Du dimanche soir au vendredi suivant, je faisais le pont, façon de parler, en serrant les dents   et les fesses. Cela ne pouvait pas leur faire de mal. A force d'être assise dessus, elles finissaient, je trouve, par s'étaler. Comme si elles avaient décidé de se faire la malle. Ne riez pas, il n'y avait pas de quoi. J'avais les fesses d'une sculpture de Botero. Les fesses d'une petite vieille qui manquait de tenue. C'était *la fin du moi*. Pas celui de la paye, l'autre !

Pourtant, mes collègues de bureau trouvaient que je faisais encore trop jeune. Tout l'inverse de l'odieux personnage du train du dimanche soir. Facilement influençable, j'avais consacré les dix dernières années de ma vie à me vieillir du mieux que je le pouvais. D'abord par petites touches. Puis, ensuite, tout y était passé ou presque : les montures de mes lunettes (je n'en avais pas besoin, mais c'était déjà cinq ans d'âge de gagnés !), mes bijoux fantaisie (il fallait que jeunesse se passe, mais cette fois cela devenait vraiment urgent !), mes tailleurs avec leurs motifs de couleur (même remarque), mon sourire aussi, tant qu'à faire. Dans le conseil, passé un certain âge, les gens sérieux ne souriaient pas

-*Tout doit disparaître !*

Sauf mes pyjamas moches, que je gardais pour mes nuits de déplacement. Ils m'évitaient des rencontres imprévues. Je dormais ainsi toujours seule, pour récupérer.

En ce lundi matin, devant mon miroir, je me dis que j'avais enfin réussi ! Pour fêter cela, je décidai d'en pleurer. Avec une folle envie de dormir jusqu'à l'année prochaine. Et plus longtemps encore, si d'aventure c'était possible. Mais plus toute seule.

Certaines de mes vieilles copines prenaient une année sabbatique. Moi, j'avais fait beaucoup plus fort. Je bouclais une décennie sabbatique toute entière. Mais, contrairement à elles, il ne m'en restait rien de bon. Et même rien du tout. Vide de de l'intérieur, je ressemblais à un point d'interrogation. Il grossissait à vue d'œil, comme l'étoile mystérieuse de Tintin.[12]

Ma vie était ce texte à trous qui ne finissait jamais ses phrases. Mes bonnes résolutions avaient de faux airs de gruyère suisse. Je n'arrivais pas à me tenir bien droite face à la vie, ni à la regarder dans les yeux.

-Hé, ho, il y a quelqu'un ? C'est moi, Ludivine. Je suis là. Un petit coup de main ne serait pas de refus.

Le plus difficile, c'était lorsque ma mère m'appelait le soir. Avant de raccrocher et de me souhaiter une bonne nuit, elle me demandait toujours :

-Tu es heureuse, au moins, ma fille ?

Sa question se perdait alors dans le silence, un peu comme si je réfléchissais pour la première fois à cette question incongrue.

---

[12] Les Aventures de Tintin, *L'Etoile Mystérieuse*, Hergé, 1942

-Tu veux dire heureuse comment ?

-Heureuse sérieusement, heureuse sincèrement.

Alors, c'était une autre qui répondait.

-Mais bien sûr, ne t'inquiète pas. Bonne nuit maman.

-Bonne nuit Ludivine. Ton père n'est pas encore rentré, mais il t'embrasse.

Puis elle raccrochait.

Mon père devait sans doute prendre part à un rodéo sauvage, avec sa dernière voiture de fonction. En évitant soigneusement que les housses ne se prennent dans les roues...

Ce matin, j'aurais aimé être avalée par mon fauteuil. Qu'il me permette de disparaître en m'ouvrant les portes d'un monde meilleur, où je pourrais faire autre chose de ma vie.

Au passage, je réalisai pour la première fois que j'avais réussi à donner à mon intérieur un air parfaitement impersonnel. Un air inhabité, neutre et fonctionnel. Ici, tout sentait le neuf. Housses incluses (de père en fille...). Elles recouvraient les rares pièces de mobilier que j'avais laissé entrer dans un moment d'inattention. *Goliat, Falster, Fjallberget, Billy* : je vivais à la suédoise. Manquait juste le grand blond aux yeux bleus livrés censé être livré avec le lit à monter soi-même pour deux-cents-soixante-dix-neuf Euros. A récupérer (le lit pas le grand suédois façon *Krisprolls*[13] !) au service 'à emporter', en

---

[13] « *Spécialité boulangère craquante et délicieuse qui se conserve longtemps et authentiquement suédoise depuis la fin des années 70* » dit le site de la marque. Bon appétit ! Tâchez de ne pas *craquer*...

priant fort pour qu'il ne manque aucune vis, ni la clé pour les serrer comme il le fallait (le lit, toujours, j'insiste).

Les meubles avaient toujours eu pour moi quelque chose de terriblement encombrants : il fallait les changer de place à chaque mouvement d'humeur. Mais c'était surtout la nuit qu'il fallait s'en méfier. Le petit orteil de mon pied gauche pouvait en témoigner. Je ne le croyais pas capable de crier si fort.

Les meubles ne valaient pas mieux que les humains, voilà tout : ils vieillissaient très mal, et faisaient très vite plus que leur âge. Puis ils finissaient par se déprécier suffisamment pour ne plus rien valoir du tout, parole d'assureur. Au moins, les meubles suédois de monsieur *Ikea* ne mentaient pas sur leur prétendue espérance de vie. *Faire partie des meubles* n'avait aucun sens. Vraiment aucun. A part peut-être celui de faire vivre, pour encore un temps, les sociétés de déménagement et les entrepôts de stockage qui fleurissaient un peu partout. Comme les défunts, on mettait les meubles dans des boîtes, à l'abri des regards. Puis, au bout d'un moment, ils finissaient par ne plus manquer à personne. *Meubler les conversations* ne convenait pas davantage à mon bonheur.

Aujourd'hui j'avais pris une grande décision. Celle de ne plus regarder la vie filer sans moi. Restait à déposer ces sacs devenus bien trop lourds et encombrants pour moi, et envelopper le reste de ma vie dans du papier Carambar. Je me le répétai solennellement à voix haute, comme si je prêtais serment pour toujours. J'en profiterais aussi pour me libérer de mon inutilité.

Alors, ce lundi matin, j'ai ri en pensant à tout cela, à ma nouvelle vie. Ri comme je n'avais pas ri depuis un siècle au moins. Avec mon cœur, et des petites rides d'expression au coin des yeux. Le miroir faisant foi. Il semblait surpris de ce rire profond, de ce rire de joie retrouvée.

Pourtant, c'était bien moi. C'était toujours moi. Mais en mieux.

Le bonheur n'a pas souvent sommeil.

Chapitre 7

Entre chien et loup

A cette heure-ci, le réveil de Ludivine n'avait pas encore sonné. Le soleil trainait au lit. Et il avait bien fait. C'était la meilleure heure, l'heure des gens d'ici, l'heure de Léon.

Gare de l'ouest, les gens ne faisaient pas que passer en coup de vent les vendredis en fin d'après-midi ou les dimanches soirs un peu tard (le plus tard possible, en fait). Ils travaillaient, aussi. Ou, pour certains, ils faisaient semblant.

Léon disait que le matin était un commencement. Ce moment où s'éveillaient les projets et les envies. Il se levait toujours du bon pied. Il aimait quand le matin lui passait la main dans les cheveux, que la nuit et l'oreiller avaient laissés en bataille. Ce moment où la nuit rétrécissait. Il aimait voir le monde se lever. Lui parler en tête à tête. C'était l'heure des choses vraies, des choses qui comptent. Alors il disait aussi que dormir le matin était une perte de temps.

-Parfois, j'étais du matin, très tôt. D'autres fois j'étais du soir, très tard. Du coup, souvent, les deux se confondaient au point de me laisser à penser qu'en fait, j'étais de nuit.

Les paroles de Léon s'appréciaient à l'aune de la sagesse. Celle qui venait normalement avec l'âge. En ce qui le concernait, c'était un talent plutôt précoce.

- Oui, j'aimais cette gare. Je m'étais pris d'affection pour elle. Je m'y sentais tellement bien, en paix.

Regarder le soleil se coucher derrière l'horizon. Le voir disparaître derrière sa couverture de nuages. Venir le border. Lui faire de grands signes pour lui souhaiter bon voyage autour de la terre. Entre nous, un simple regard suffisait. Il n'en fallait pas davantage. Nos parties de cache-cache me ravissaient autant qu'un enfant. Je savais qu'il était là. Si loin, et pourtant si proche. Il me réchauffait, même les jours d'hiver, lorsqu'il se faisait plus distant.

Du genre contemplatif, un pas grand-chose me suffisait. Tant que j'avais les yeux suffisamment grands pour embrasser le monde qui m'entourait. Comme des bras grands ouverts. Mais pardonnez-moi, car pour un peu j'allais oublier l'essentiel : la présence de ces femmes et de ces hommes qui faisaient de la gare de l'ouest ce qu'elle était. Je ne me pouvais plus me passer d'eux. Un fil invisible nous reliait. Invisible, et pourtant d'une solidité à toute épreuve. Dans la vraie vie, nous étions encordés les uns aux autres. C'était pour cela qu'elle valait la peine d'être vécue.

J'aimais accueillir tous ces passagers comme à la maison, les porter là où ils allaient, avec leur maison sur le dos. Attachants et pleins de vie, ils se mettaient en chemin avec le superflu, puis revenaient de leur voyage emplis de l'essentiel. Les voyages les grandissaient, comme chacun d'entre nous. Ils étaient ma raison d'être. J'avais beau chercher, je n'en trouvais pas de plus belle.

Pour venir les retrouver, j'empruntais la gare de banlieue. Tapie dans la pénombre, elle se tenait à l'abri des regards indiscrets. Humble, modeste. Bien grandir, c'était prendre son temps. Une chose à la fois, sans pécher par excès de précipitation. Déjà que le temps passait tellement vite.

D'une nature discrète, elle fuyait la lumière et les vivats de la foule. Elle était comme les entrées dérobées de ces vieilles maisons : charmante, mais ma foi difficile à repérer. Chaque fois que j'en émergeais, plus ou moins bien réveillé, je restais bouche bée. J'avais la mâchoire qui traînait au niveau des doigts de pied. C'est que notre histoire remontait à loin. Les voyageurs des grandes lignes connaissaient-ils seulement son existence ? Il m'arrivait d'en douter, et de me dire que c'était peut-être mieux ainsi. Même si, au fond, je n'en pensais pas un traitre mot.

Pendant longtemps, on ne m'avait pas davantage remarqué. Nous avions cela en commun elle et moi. Je le devais à mon physique suffisamment quelconque pour passer un peu partout, ne froisser personne et ne pas imprimer dans les mémoires. Voilà, c'était exactement cela, j'étais quelqu'un d'*effacé*. En fait, cela datait, je crois, de la petite enfance : un jour j'étais né, depuis, j'improvisais.

Mon enfance avait été marquée par une courte scolarité. Mes genoux gardaient un souvenir ému de la cour de l'école communale. Pour tout le reste, je faisais preuve d'un enthousiasme très modéré lorsqu'il s'agissait de trouver une solution aux problèmes qu'on me soumettait en sciences, en mathématiques, en physique… Sans doute parce que je pressentais déjà que j'en prenais pour une vie entière.

-Des problèmes, encore des problèmes, toujours des problèmes ! Je ne découvrirais que bien plus tard à quel point j'avais vu juste.

Les avions en papier, confectionnés et lancés par mes camarades depuis le fond de la classe, tout contre le radiateur, ne me distrayaient même pas. Tout au plus m'arrachaient-ils péniblement un demi-sourire, lorsqu'ils parvenaient enfin à survoler le crâne du maître, à force d'insister. Un crâne *poli* (il devait montrer l'exemple) et aussi lisse que pouvait l'être une piste d'atterrissage en béton ciré. Lumières incluses, puisque l'enseignant censé nous éclairer, c'était lui.

Dès qu'il avait le dos tourné, je préférais plutôt lancer de petits bouts de gomme. En privilégiant le côté bleu, celui censé effacer l'encre (uniquement parce qu'il faisait des trous dans le papier). Je lui trouvais de meilleures propriétés aérodynamiques. Je *mettais la gomme* au sens propre. Un comble !

Malgré ma contribution enthousiaste au chahut, j'avais très peu d'amis. Pour ne pas dire aucun. Mes camarades de classe (façon de parler) passaient le temps à me dévisager, comme on le ferait avec une bête curieuse. Tout cela parce que je ne savais jamais trop quoi répondre à cette question qui revenait comme une obsession dans la bouche de mes enseignants successifs :

-Quand je serai grand, je serai…

La consigne était à peu près toujours la même.

-Vous prendrez une feuille grand format grands carreaux, que vous plierez dans le sens de la longueur. D'une écriture appliquée, en soignant l'orthographe et la ponctuation, vous raconterez vos projets pour votre avenir professionnel, ainsi que toute information que vous estimerez suffisamment importante pour la porter à mon attention.

Mon avenir à moi occupait le mur du fond, entre quelques écailles de peinture et beaucoup d'humidité. Sur cette grande carte de France, s'étalaient fièrement les côtes et les frontières de notre hexagone, ses reliefs remarquables, ses cours d'eau, ses lignes de chemin de fer. Déjà.

La grande pendule qui lui faisait face feignait l'indifférence et me laissait bien volontiers à mes réflexions. J'avais appris à la détester. Sans doute parce que ses aiguilles s'étiraient avec une paresse coupable. Elles tournaient en rond, pendant des heures, dans la chaleur encore moite de la mi-Septembre. C'était l'heure du coup de *blouse*.

-Plus que dix minutes avant la récré !

Dix longues minutes, rendez-vous compte... Elles en paraissaient au moins le double. A peine le temps de déterminer si la fameuse baignoire se vidait plus vite qu'elle ne se remplissait. Dans la vie tout était affaire de *volume*. Il fallait donner de *l'épaisseur* aux choses et surtout aux gens. Je pose trois. Je retiens deux. Ou plutôt, je retiens *d'eux*, quand il s'agissait des gens.

Je regardais mon pantalon qui me serrait et me tenait chaud. Je pensais bermuda et short de bain. L'été avait décidé de jouer les prolongations cette année-là. Aux heures les plus chaudes, il taquinait notre épiderme et nos cheveux courts de rentrée. Je regardais par la fenêtre en direction de la grande cour dont l'asphalte avait décidé de changer de texture sous les assauts répétés d'un soleil encore estival. C'était comme être coincé devant les grilles d'un parc d'attraction.

-Plus que cinq minutes (qui en paraitraient dix, si vous aviez suivi...)

Je griffonnais nerveusement sur mon cahier de brouillon, mon fidèle compagnon. Pour tout dire le seul cahier dont j'avais compris l'utilité.

-Si seulement on avait aussi droit à un brouillon pour nos décisions importantes dans la vie !

Ce serait mon cahier de la deuxième chance. Pour enfin faire les choses autrement que dans la précipitation. Pour laisser à mes idées le temps de grandir, plutôt que de vouloir les mettre en rang coûte que coûte. La vie ce n'était pas grand I, grand II, grand III. Cela se saurait. Non, ça c'était le meilleur moyen de rester *en plan*, sur le bord de la route, à faire du stop. J'avais toujours détesté quand on bridait l'imagination, qu'on tuait les rêves, et que l'on laissait mourir à petit feu le bonheur de se sentir libre. L'enfance passait suffisamment vite pour éviter d'en rajouter. La mienne n'échappait pas à la règle.

La sonnerie ne parvint pas à couvrir tout à fait la grosse voix du maître qui égrenait les retenues pour le samedi suivant, une à une, en prenant tout son temps. Il avait sa voix de Robespierre, bien tranchante. Lui aussi *avait ses têtes...* Le verdict me concernant ne faisait pas l'ombre d'un doute.

-Léon, collé ! (Voyez, je vous l'avais bien dit...)

Je trouvais curieux de punir les mauvais élèves en les retenant dans un lieu où l'on apprenait des anciens pour bien grandir. Et que dire des lignes d'écriture ? S'obstiner à en faire une punition était décidément une bien drôle d'idée.

-Vous trouvez cela normal vous ?

Cette année-là, le maître nous avait souvent parlé de la planète que nous laisserions un jour à nos propres enfants. Il nous avait demandé de bien y réfléchir. C'était tout réfléchi. Alors je m'étais lancé, tête baissée, posant ma seule question de l'année :

-Et quels enfants laisserons-nous à notre planète monsieur ?

En plus d'un accent aussi épais qu'un dictionnaire, mon maître avait la délicatesse d'un broyeur à métaux. Mais c'était le maître.

-Léon, regardez-moi quand je vous parle !

-Léon, baissez les yeux !

Il n'y avait rien à comprendre. C'était ainsi.

Et j'eus donc tout le loisir de poursuivre et d'approfondir ma réflexion (j'en étais toujours aussi fier) le samedi suivant, entre neuf heures tapantes et douze heures précises.

Le maître m'avait gâté pour la circonstance.

-Léon, vous me parlerez d'une boule de billard, sans parler de sa couleur ni de sa forme, en six pages soignées, d'une écriture irréprochable.

C'était en plus des cent lignes, sur le thème *'je veillerai à l'avenir à ne plus faire preuve d'insolence envers mon professeur'*. Les consonnes en rouge et les voyelles en vert, comme à l'accoutumée.

La semaine suivante, cette fois pour une histoire de bagarre dans les rangs, de nouvelles perspectives s'offrirent à moi.

-Léon, un gâteau à rien peut-il avoir quand même un certain goût lorsqu'on le partage ?

Et celle d'encore après aussi :

-Léon, l'océan est tout aussi profond par temps calme que dans la tempête. Les apparences pourraient-elles donc affecter notre jugement sur la réalité des choses ?

Colles ou pas, les idées continuaient à tourbillonner dans ma tête comme un essaim d'abeilles. Quelques retenues plus tard, le maître cessa de *prendre la mouche.* Il voyait bien que je n'étais pas un perturbateur, mais simplement un enfant qui découvrait le défi immense de la vie. Un défi de taille, qui me dépassait, et de loin. La nature ne m'avait pas gâté de ce côté-là. Il était dit que je ferais plus petit que mon âge, tout au long de ma scolarité.

Finalement, le maître avait raison : des problèmes de baignoires au *grand bain,* il suffisait en fait de sauter le pas. Le temps de le connaître un peu mieux, je crois que j'ai fini par le surprendre en flagrant délit d'homme attendri. J'avais l'avantage d'avoir appris à lire dans son jeu. Il avait, au fond, un cœur aussi grand que ses punitions.

Par la suite, nous avons beaucoup parlé. Je découvrais avec délice la profondeur de ses enseignements. Au début, elle ne m'avait pas franchement sauté aux yeux. Je l'aidais aussi à remettre la classe en ordre. Peut-être mon premier penchant pour la propreté et le rangement. Il m'était tombé dessus sans prévenir, comme un mauvais rhume au mois d'Août. Il n'y avait pas de bon moment pour une vocation. Elle arrivait, et on n'y pouvait rien. Personne n'était jamais prêt. Le moment arrivait, c'était tout.

Voilà donc comment tout avait commencé. Désormais, les voies ferrées de la grande carte du fond de la classe se tenaient là, devant moi, en chair et en os. Elles aussi avaient bien grandi.

On avait enterré le vieux maître il y a quelques années. Mais pas ses enseignements. Ils me manquaient je crois. Il nous répétait que si l'on ne pouvait changer le monde en entier, on pouvait au moins faire le bien autour de soi, par petits bouts. Il avait raison, une fois de plus. Aujourd'hui j'étais un gamin au milieu d'un plaisir d'enfance. Cette belle gare, c'était le pays des hommes qui n'avaient pas grandi.

J'étais fier de la personne que j'étais devenue. Et j'aimais aussi profondément mon métier. Il me permettait d'offrir à tous ceux qui passaient par là un sourire aussi large qu'une tranche de pastèque, les pépins en moins. Je le faisais avec le même enthousiasme que si j'étais chargé d'annoncer l'avènement de la paix dans le monde. Au moins…

J'étais aussi fidèle à ma vocation que ce vieux chewing-gum qui pouvait s'accrocher des heures à la semelle d'une godasse. J'aimais passionnément cette vie *bien rangée*. Le nettoyage s'accommodait fort bien de ma nature *effacée*.

Il était une heure du matin, passée de quelques minutes. Les écrans n'affichaient plus rien. Ni départ, ni arrivée. Les derniers trains venaient de prendre la poudre d'escampette, sous une poussière d'étoiles. La seule dont je tolérais la présence ici. D'une voie à l'autre, les feux rouges de signalisation brillaient dans la nuit. On ne voyait qu'eux. La nuit leur appartenait. C'était leur moment de gloire. Même le ronronnement rassurant et cadencé des grands escalators s'était tu. En apparence au repos forcé, la gare de l'ouest était en réalité comme tous les marins de cet océan auquel elle menait en quelques heures : elle ne dormait jamais. Tout au plus elle veillait et se reposait.

Ouvrez la parenthèse.

Ici ou là, quelques rares ombres traversaient la gare, pressant le pas et jetant un œil inquiet derrière elles. La nuit, les gares avaient mauvaise réputation. Depuis toujours. Je n'avais jamais compris pourquoi.

Les échoppes et les commerces se tenaient désormais tranquilles derrière leurs grandes grilles en fer. Ils devisaient, dans une sorte de conclave nocturne qu'ils convoquaient chaque soir.

La gare de l'ouest était à l'étale, moment de renverse entre la marée montante et descendante, où le courant est nul.

Réglé comme une horloge, j'étais arrivé par le train de banlieue de vingt-trois heures trente-sept (je vous fais grâce des secondes). Il me fallait ensuite quelques minutes pour me préparer. J'avais le souci du détail et des repères qui comptaient pour moi. D'abord mon badge, que je passais autour du cou comme un précieux sésame. Venait ensuite ma tenue impeccablement repassée. Puisque je menais un combat en plusieurs rounds contre la saleté, j'avais fait de mon bleu de travail mon peignoir de boxeur. Au lieu de mon prénom en lettres dorées, on y avait brodé celui de la société de nettoyage qui m'employait. Mon pantalon, lui, ne se souvenait même plus d'avoir jamais eu un pli. Toujours impeccable. Pour ne *froisser* personne, surtout pas les chefs. J'avais enfilé mon habit de lumière. Pour un peu, je clignoterais.

J'étais heureux comme au premier jour. J'avais posé mes bagages ici, et je n'en étais plus jamais reparti.

Ce matin, presque à mi-chemin de la nuit, à l'heure en tous cas où surgissaient les fantômes, le rideau s'ouvrait et je pouvais de nouveau entrer en scène. Le bruit de mon imposant trousseau de clés précédait mes pas. Et mes pas faisaient écho dans le silence de la gare. Les derniers escaliers roulants encore en service faisaient allégeance sur mon passage. Ma grosse voix prenait la relève de celle qui annonçait les départs et les arrivées. J'étais nettement moins bavard qu'elle.

La nuit donnait à nos visages un tout autre éclairage. Comme si la part d'ombre qui sommeillait en chacun de nous pouvait enfin se laisser aller et baisser la garde.

A cette heure-ci, ne restaient sur le pont que les habitués.

-Comme on se retrouve !

Nous étions tous du même bord. Vaillants, durs au mal. La nuit ne nous effrayait pas. Nous n'avions plus peur du noir. Nous étions unis, en simplicité, par le plaisir qui accompagne les départs de bon matin. Les chefs dormaient du sommeil du juste, à l'exception du responsable d'astreinte. Alors, comme une règle non écrite, notre travail pouvait s'accomplir à son rythme : une poignée de main, un salut amical, mille et une petites attentions, et la fameuse pause de la mi service. Conviviale, fraternelle, elle n'avait pas son pareil pour souder entre eux les Hommes et les noctambules. En l'absence des voyageurs, partis se reposer, nous étions là et bien là, refusant de la mettre *en veilleuse*.

Parfois, étrangement, les hommes et les femmes remarquables ne se distinguaient pas au premier coup d'œil. Sans doute parce que l'être s'accommodait fort mal du paraître. Léon, agent d'entretien, nettoyeur pour de vrai, mais aussi un peu comme dans les films, était de ceux-là. Libre et sans attaches, il n'était pas d'ici. Il était de partout. Comme s'il avait enfin mis ses pas dans ceux des voyageurs qui arpentaient sa gare. Il l'aimait par-dessus tout. Alors il les aimait eux aussi. Voilà sans doute pourquoi il leur pardonnait volontiers leur négligence. Les mégots, les papiers gras n'en étaient finalement que les indélicats témoins, bien malgré eux. Léon les faisait disparaître en un rien de temps. Il les mettait au secret grâce à son balai magique.

L'âge avait beau venir et se faire plus insistant, Léon n'avait jamais cessé de fredonner en travaillant. Un signe extérieur de richesse intérieure, disaient ceux qui le connaissaient bien. Il avait encore toute sa tête. Et, plus important encore, toute la légèreté de son être. Sa joie de vivre était unique, contagieuse. Pour avancer dans la vie, disait-il, il suffisait de *balayer* toutes les choses sans importance.

La nuit, plus encore qu'à tout autre moment, il sentait que c'était d'ici que partaient les branches de son Arbre de Vie. Et ici aussi qu'elles aboutissaient. Cette gare était suffisamment grande pour le retenir une vie durant. Et assez de hauteur sous plafond pour que ses drôles de projets puissent prendre leur envol.

Maintenant il comprenait pourquoi les gares étaient pleines d'oiseaux, des petits moineaux curieux aux *pigeons idiots*[14]. Il y avait même, disait-on, de grandes chouettes blanches[15] que l'on pouvait apercevoir de temps à autre, à condition de leur prêter attention. Elles aimaient traîner autour des chariots à bagages, surtout les jours de rentrée à l'internat.

Léon, était un oiseau de nuit.

La nuit t'habille dans mes bras

Pâles rumeurs et bruits de soie

Conquérante immobile

Reine du sang des villes

Je la supposais, la voilà.

Tout n'est plus qu'ombre, rien ne ment

Le temps demeure et meurt pourtant

Tombent les apparences

Nos longs, si longs silences (...)[16]

Fermez la parenthèse.

---

[14] Renaud, *Mistral Gagnant*.

[15] JK Rowling, *Harry Potter* (la chouette Edwige)

[16] Jean-Jacques Goldman, *Nuit* ©JRG Editions Musicales, 1990

Une fois semé, le bonheur se cultive avec persévérance,
puis enfin, un jour, se récolte.

Chapitre 8

Dîtes-le avec des fleurs

S'il *passait volontiers l'éponge,* Léon avait aussi ses têtes, un peu comme tout le monde.

Fleuriste de métier, Hortense était de celles-là.

Ils avaient tous deux appris à se connaître, au fil du temps. Puis à s'apprécier au point de se retrouver chaque jour autour d'un petit expresso bien serré, qui voyait parfois double ou triple. Il leur fallait bien cela pour ouvrir la carrière du jour. Incrusté dans leur routine quotidienne, c'était leur moment, leur rituel.

Il avait fait d'eux des 'inséparables'. C'était un surnom affectueux. Les marques du temps leur donnaient une beauté sincère qui acceptait la vieillesse. On enviait leur complicité, même s'ils n'allaient pas forcément ensemble. Les apparences n'avaient jamais arrêté personne.

La petite boutique d'Hortense avait poussé aussi vite que le haricot magique des contes d'enfants. Sa devanture affichait fièrement, en grandes lettres argentées : 'jardinerie urbaine créative. Maison de qualité depuis 1970'. C'était du plus bel effet. Une invitation explicite à entrer pour voir, puis se laisser happer par le décor et la mise en scène.

Hortense était en réalité bien plus qu'une simple fleuriste. Ici, elle faisait tout autre chose. Cela n'avait rien à voir. A peine le seuil franchi, cela sentait bon la terre et les feuilles mortes. Comme un petit air familier de campagne, qui vous saisissait dès les premiers pas. Une grande forêt, le creux d'un vallon, le bord d'un petit ruisseau sous le pont en vieilles pierres, des rochers couverts de mousse.

Belle plante, Hortense avait grandi là, avec un certain succès. Avec son mètre quatre-vingt-deux, elle semblait montée sur des échasses. Elle le devait pour partie aux conditions idéales de température et d'hygrométrie. Des conditions de *croissance* à faire pâlir d'envie tous les économistes du pays qui passaient par là de temps à autre. C'était une boutique dont on sortait toujours *grandi*, au sens propre du terme.

Hortense travaillait deux fois plus qu'un homme, avec en plus la frustration de ne pas l'être. Mais elle avait tout de même signé son bail avec son plus beau stylo quatre couleurs. Et tout son cœur. Celui qui allait avec les rêves d'une vie qui pouvaient enfin se concrétiser.

Depuis, Hortense veillait sur son petit havre de paix, parfum chlorophylle intense. Une oasis dans le désert de la gare, les pieds dans l'eau. Le sol en béton ciré s'arrêtait d'ailleurs précisément au seuil de sa boutique. Avec pour cela un solide alibi. Un alibi *en béton*, pour bien faire.

Dans cette véritable jungle, la longue chevelure d'Hortense ne jurait pas, bien au contraire. Telle une crinière, elle ondulait avant de tomber en cascade sur ses épaules. Elle tenait pour ainsi dire toute seule, et n'avait pas vu l'ombre d'un peigne depuis belle lurette.

Il faut dire qu'Hortense avait une *dent* contre les peignes. Cela la faisait rire. Un rire sonore et contagieux, qui s'était approprié l'espace depuis une bonne quinzaine d'années. Juste ce qu'il fallait pour atteindre la soixantaine. Bien qu'elle ne les fasse pas.

Elle était du coin, mais ne faisait pas de *quartiers* ! Fougueux et entier, son tempérament l'en empêchait. On l'aimait pour son carafon, cette petite carafe qui convenait aussi bien pour les soirées *bien arrosées* que pour ses plantes, qui ne manquaient de rien ici.

D'aucuns disaient que de la sève finirait un jour par couler dans ses veines. Et qu'à force de mâcher des fleurs, de ruminer le bon, il n'en resterait que des mots fleuris, à partager et donner sans compter. Des mots en forme de bouquet.

Ses fleurs avaient tout vu et tout entendu. Y compris ces jeunes enfants distraits qui pensaient réparer leurs bêtises en scotchant discrètement les tiges des tulipes qu'ils avaient maladroitement sectionnées.

-T'inquiète, elle n'y verra que du feu notre Hortense. Pas vu, pas pris !

Si la vérité sortait de la bouche des enfants, il faut croire que les plus grosses bêtises aussi.

Chez Hortense, la vie entrait quand elle voulait, sans frapper. On ne savait jamais avec qui.

Il y avait des fleurs pour tout. Pour ne pas arriver les mains vides. Pour dire 'je t'aime', pour faire la paix, pour ne pas rester fâchés. Des fleurs, toujours plus belles, pour donner du bonheur sans compter. Un peu, beaucoup, passionnément.

-Approchez, je dois avoir là ce qu'il vous faut.

On pouvait même décider d'affronter les petites contrariétés et les grands désaccords de nos vies avec *une fleur au bout du fusil*.

C'était aussi la petite boutique des amoureux, des amants aux joues bien rouges. Ils collectionnaient les futurs chagrins d'amour. Hortense avait toujours pour eux un bouquet délicat, aux couleurs pastels, aussi rond et coloré qu'un bonbon. D'une voix chaude et bienveillante, pimentée par son épais accent méridional, elle leur proposait toujours son aide :

-Vous avez trouvé votre bonheur ?

Que cette phrase était jolie.

-Non, mais nous y travaillons.

La réponse l'était tout autant.

Ici, les gens se retrouvaient. Et l'amour aussi. C'était un peu grâce à elle. Elle *leur faisait une fleur*. Souvent une belle marguerite, à effeuiller pétale après pétale, en rougissant.

Chez Hortense, on fêtait aussi les grands-mères. Un peu tous les jours. Ces dames d'un certain âge savaient rester élégantes jusqu'au bout. Le col impeccable, et l'*air* parfumé. Passés quatre-vingt ans, la vie était un enchantement qui se consommait sans compter. C'était surtout ce moment où l'on avait passé l'âge d'être raisonnable, vous ne croyez-pas ? La sagesse des anciens, ce n'était que pour les livres. Il fallait célébrer chaque matin la vieillesse, car elle était cette chance auquel tout le monde n'avait pas accès.

Hortense aimait beaucoup ces vieux maris qui rentraient dans sa boutique pour fêter leurs cinquante ans de mariage, et parfois davantage. Ils progressaient à pas comptés, entre les bouquets, l'air important. Un air de chef d'Etat se rendant au sommet de la dernière chance. Elle percevait le bruit de leur hésitation. Elle ne la comprenait que trop bien : pour eux, c'était une nouvelle fois le plus beau jour de leur vie. Je crois qu'elle était un peu jalouse. Non, envieuse serait plus juste.

Avec leur peau en parchemin, ils étaient comme ces villes antiques où l'on ne reconnaissait plus rien mais où, tout à coup, une pierre remarquablement conservée faisait renaître la splendeur d'antan. Une jeunesse encore vive et un sentiment de liberté retrouvée habitaient leur regard chargé d'histoire.

Ils avaient encore assez de force pour se moquer d'eux-mêmes.

-Vous savez, je suis sans doute bien trop vieux pour servir encore à quelque chose...

Passagers en correspondance eux aussi, ils poursuivaient leur route sur les chemins de cette vie qui n'en avait pas fini avec eux.

Au moment de régler leurs achats, ils fendaient l'armure et lui décochaient généralement un sourire à désarmer la Corée du Nord. Ils lui duraient toute la journée. Elle aimait en faire provision pour plus tard.

On était ici dans le saint des saints. A commencer par celui du jour. D'ailleurs, Hortense le consignait à la craie, sur un grand chevalet. Tous les jours, sans exception. Il n'y avait finalement pas d'âge pour *donner le saint...*

Son beau métier se résumait en une ligne, tout en haut de son carnet de commandes. Cette ligne annonçait fièrement la couleur, comme le ferait le *bouquet final* d'un feu d'artifice :

-*Plaisir d'offrir, joie de recevoir.*

Six mots (avouez, vous avez recompté derrière moi !), qui avaient ce pouvoir magique d'éclipser tous les autres, les rendant futiles et presque inconsistants.

Hortense servait le bonheur à toute heure, été comme hiver. Mimosa, tournesols, tulipes et pivoines n'oubliaient pas non plus le printemps. Avec elle, les fleurs coupées retrouvaient une seconde jeunesse, sur la grande table dressée pour les invités. Les fleurs pouvaient vivre plusieurs vies.

Hortense aimait quand les saisons étaient marquées et qu'elles osaient exprimer toute leur personnalité. Il y avait aussi les crocus, les jonquilles, les glaïeuls, les primevères, les chrysanthèmes…

Dans le calendrier de la vie et du temps qui passait, aujourd'hui était un jour pas tout à fait comme les autres. Hortense s'était ainsi vue confier une commande un peu spéciale. Elle s'y consacrait d'ailleurs depuis maintenant un *bon moment*, dans tous les sens du terme. Et le petit expresso matinal avec Léon en avait fait les frais. Remis à plus tard, pour la bonne cause. L'exception croquait parfois à pleine dents les rituels bien installés.

-Bon appétit !

Aujourd'hui, il fallait que tout soit encore mieux que parfait.

Décidément, souriait-elle en s'affairant, les belles histoires se mariaient fort bien avec du papier bolduc, une poignée de pétales, et un joli nœud en raphia. Loïk en avait de la chance. Il faut dire qu'avec son regard capable d'enflammer un barbecue, et ses yeux à vous faire sauter les bretelles de soutien-gorge… Dès qu'il entrait quelque part, c'était comme si quelqu'un avait craqué une allumette. Comme ces étés au bord du lac, lorsque le ciel et le feu s'embrasaient dans un même mouvement. Ces étés qui lui manquaient.

Léon lui fit un grand signe de la main. Il avait compris. Mais il ne lui en voulait pas. Comment le pourrait-il ?

Le bonheur a le bon goût
de ne jamais manquer d'appétit.

Chapitre 9

Les crêpes super complètes

D'humeur changeante, le vent soufflait aujourd'hui plein ouest. Il aimait tout balayer sur son passage, tout emporter. Les distances et les obstacles qui se dressaient sur sa route lui importaient peu. Il se sentait au-dessus de tout. A marée montante, il charriait avec lui les bruits de l'océan : le fracas des vagues qui cognaient sur les récifs, le bruit des drisses et des haubans dans le port, les bavardages débridés des sacs de plage et des jeux de ballon.

Ce vent d'ouest trainait le bonheur dans son sillage. Les grands, mais aussi tous les autres : la chasse aux nuages pieds nus dans l'herbe, les longues heures passées sous le pin parasol, nos fous-rires en tombant de la chaise longue, l'insouciance de nos jeunes années. Il redonnait vie à nos pensées, les faisait virevolter en les rendant plus légères. Elles prenaient l'air. Elles faisaient la course avec cet avion qui laissait son empreinte blanche tout là-haut. Si la vie ne tenait qu'à un fil, alors ce vent là nous rappelait que ce pouvait être celui d'un cerf-volant dans le ciel d'azur. Celui vers lequel nos regards ne devraient jamais cesser de se tourner.

Dans son sillage, les nuages filaient comme s'ils se rendaient à un rendez-vous de la plus haute importance. Les bourrasques s'amuser à taquiner l'écume des vagues. Elles jouaient avec le feu. Les bons moments aimaient mettre les voiles. Ici, ils étaient toujours les bienvenus.

On dit qu'une nuit de tempête, le vent qui soufflait du large fut suffisamment inspiré pour porter monsieur Loïk (avec un 'k', il y tenait) jusqu'à la capitale. La vie avait fait le reste. Il avait posé ici ses valises, et ses couteaux de cuisine. Un soupçon de talent, et beaucoup de lui.

Les petites crêperies allaient bien avec les grands Hommes. La sienne avait de faux airs de *grande Bretagne*, question d'origines. Elle lui allait comme un charme. Maintenant Loïk était d'ici. Et la vie lui tenait compagnie. Au passage, permettez-nous d'insister pour le 'k'. Ne serait-ce que parce que les drôles de personnages étaient toujours des *'k'* à part.

A Paris, on pouvait vite tourner en rond, comme le ferait une mouche sous un verre retourné, Loïk avait décidé d'en faire un *verre* solidaire, et un verre bien rempli. Le verre de l'amitié. En fait, ils étaient plusieurs. Tous les voyants étaient au *verre*.

-Pas plus haut que le bord, voilà, merci.

Quand ses clients l'interrogeaient sur ses origines, qui sautaient pourtant aux yeux, il répondait en faisant des mystères. Il entretenait le personnage, à sa façon.

-Tu sais, ici ce n'est pas ailleurs. Parce qu'ailleurs, c'est trop loin. Et que ce n'est déjà plus ici.

Ce genre de réflexion n'appelait pas de réponse.

Il était aussi têtu qu'un bout de menhir, et aussi taiseux que pouvaient l'être les bretons bretonnants. Quelques fils gris éclaircissaient ses tempes. Il fallait reconnaître que cela lui donnait un certain cachet.

Les crêpes qu'il préparait et servait de bon cœur étaient plus que généreuses. Elles tenaient à peine dans les grandes assiettes qui les accueillaient à l'insu de leur plein *grès* (ou était-ce de la terre cuite ?). Histoire d'en rajouter encore un peu, les galettes à l'œuf et au jambon étaient même servies avec des frites maison. Il les appelait les super complètes. Les galettes de Loïk étaient suffisamment fameuses pour couper court à toutes les discussions à peine entamées.

-On ne parle pas la bouche pleine, j'ai dit !

Avant de dresser le couvert pour ses convives, une petite vingtaine à chaque service, tout au plus, Loïk les entendait approcher. En fin connaisseur de la nature humaine, il lisait dans le rythme de leurs pas. Comme un vieux sorcier, rien ne lui échappait. Il avait l'œil, et l'oreille qui allait avec. Sans doute parce qu'on les lui avait souvent tirées lorsqu'il était petit. C'était le sort que l'on réservait aux gentils garnements. Ceux de son espèce.

Dans leurs pas, il pouvait percevoir l'impatience qui précédait les retrouvailles. Elles patienteraient bien encore un peu devant un café double ou rallongé, accompagné d'une crêpe beurre sucre citron.

-Un deuxième café, merci, et, surtout, veillez bien à ce qu'il soit équitable ! Au fait, vous auriez l'heure ?

La petite cuillère trahissait leur agitation et leur impatience. Elle tournait en rond, dans le sens des aiguilles d'une montre, cherchant à tout prix à accélérer la course du temps. Rusée, elle avait aussi appris à tourner dans l'autre sens lorsqu'il fallait faire semblant de retarder l'heure du départ. Elle pouvait y mettre une énergie hors du commun. A l'autre bout de la cuillère, il y avait ces femmes et ces hommes pas *dans leur assiette* et en *manque de bol*.

Le temps l'emportait toujours. Il faudrait s'y résoudre.

Chez Loïk, la vie passait. Certains entraient ici bien mal en point. Il fallait les voir. Parfois si tendus qu'ils en avaient les épaules comme nouées autour des oreilles. Le visage fermé. Un vrai chandelier de *Cluedo*. Les petites contrariétés aimaient aussi *se mettre à table*. C'est dans ces moments-là que Loïk se félicitait d'avoir du poil dans les oreilles. C'était bien pratique. Il disait que c'était le signe distinctif de ceux qui en avaient vu d'autres. Le commencement de la sagesse. Cela l'arrangeait bien : les quatre dents du même nom s'étaient fait la malle depuis belle lurette !

En bon breton, sa peau arborait en toutes circonstances une teinte rouge vif. Lui qui ne se mettait pourtant jamais en colère, malgré les contrariétés. A moins, bien entendu, que l'on n'oublie son 'k', dans un moment d'égarement.

-Je vous avais pourtant prévenus ! Mais non, je plaisante. Vous prendrez un dessert ?

Loïk avait le cœur sur la main. C'était un grand et beau gaillard, costaud comme il faut, et surtout un vrai gentil. Il avait au fond des yeux cette lumière qui brillait aussi fort que le filament d'une ampoule. Une ampoule à incandescence.

A condition de ne pas demander à son ex-épouse. Oui, autrefois, Loïk avait été marié. Il gardait un assez bon souvenir de son mariage. Et un souvenir encore meilleur de sa séparation. Cela commençait à dater un peu. Parfois, l'enthousiasme initial s'en allait. Et l'amour aussi, généralement très peu de temps après. Comme quoi les sentiments aussi pouvaient se faner. U de ces jours, il faudrait qu'il en parle à Hortense. Libre comme l'air, Loïk avait bouclé son maigre baluchon et s'était lancé à l'assaut de la capitale. L'aventure commençait aux frontières du massif Armoricain. Le temps de se faire un peu oublier des siens, et de mettre suffisamment de distance avec son premier karma.

-Tu reviendras voir tes vieux parents de temps en temps, n'est-ce pas ?

-Bien sûr maman. Tu me connais.

Il avait discrètement croisé les doigts, en pensant tout le contraire. C'était il y a six ans, jour pour jour. Depuis, il n'avait pas éprouvé l'envie de donner de ses nouvelles. Ni d'en recevoir d'ailleurs.

Gare de l'ouest, un petit restaurant cherchait preneur. Une brasserie sans âme, défraîchie, austère au point d'en paraître presque repoussante. Les acquéreurs ne se bousculaient guère, et ressortaient de leur visite avec un pincement aux lèvres.

Son cœur en était au même point. Alors les deux annonces se ressemblaient.

-Faire offre. Pas sérieuse s'abstenir. Aucune garantie. D'occasion.

Et contre toute attente la jeune Camille avait emporté le morceau. Ou plutôt l'ensemble…

Je vous raconte cette histoire ?

Le bonheur peut se consommer sur place

ou à emporter.

Chapitre 10

Sur ma route

En général, les belles histoires commençaient à peu près toutes de la même façon. Mais avec eux deux, c'était tout autre chose. Parce qu'ils ne faisaient rien comme les autres, la leur aurait tout à fait pu commencer par le mot 'fin'. J'en conviens, cela eut été drôlement curieux pour une histoire avec tant de relief et d'épaisseur.

Ils ne vivaient tout simplement pas sur la même planète.

-Vous avez un peu de temps devant vous ? Car je vous préviens, je suis du genre bavarde.

La petite Camille avait grandi loin du tumulte et de l'agitation de la ville. Petit rat des champs, ascendant rat de l'opéra, elle n'aimait pas les urbanités et tout ce qui avait la saveur du béton. Paris était son chemin de croix, sa *peine capitale* : du bruit, du monde, du mouvement. Trop de mouvement. Elle en avait le tournis. Admise à y étudier, elle avait plusieurs fois remis à plus tard sa rentrée universitaire.

La tenue de banlieusarde n'était pas taillée pour elle. Elle lui allait à peu près aussi bien qu'un grand sac à patates. Elle *flottait* dedans, au sens de prendre l'eau. Comme tant d'autres, elle dut apprendre à conjuguer à l'indicatif présent le verbe commuter. Ce verbe, elle ne l'aimait pas, vraiment pas.

#C'était un euphémisme.

Pourtant, il lui fallut se faire une raison : elle n'avait d'autre choix que d'enchaîner chaque jour les allers-retours dans des trains bondés et rarement à l'heure. Enchaîner, c'était le mot. Elle ne connaissait rien de plus aliénant. Camille pestait, s'agaçait, jurait comme un charretier. Le mal-être grandissait en elle. Bientôt elle s'indignerait elle aussi, suivant en cela les recommandations d'un certain Stéphane Hessel.[17]

-C'est une blague, non mais je rêve !

Vie de M... comme disaient les jeunes, leurs *airpods* incrustés dans les oreilles. Il y en avait partout autour d'elle (des jeunes, des oreilles et des *airpods*)...

Elle empruntait le train des mal-réveillés. C'est ainsi qu'elle les avait baptisés. Plus *hagards* qu'en gare, ils luttaient de toutes leurs forces contre la gravité de leurs paupières. C'était aussi celui des habitués, comme elle disait. Il y avait le 6h34. Puis le 7h01. Même destination, même temps de trajet, et pourtant les voyageurs des deux trains ne se croisaient jamais. Ils avaient pourtant bien plus en commun qu'ils ne l'imaginaient. A commencer par cette étranger habitude : elle consistait à choisir sa place en fonction de son arrêt.

-Alors, wagon de tête ou bout de la rame ?

Ils pensaient ainsi gagner de précieuses secondes lorsque le train daignerait ouvrir ses portes et les recracher sur le quai, avant de poursuivre vers son terminus.

[Pour être franc, cela insupportait également l'auteur, un temps obligé de pratiquer lui aussi, à l'insu de son plein gré.]

---

[17] Stéphae Hessel, *Indignez-vous*, Indigène Editions, 2010

Cette année-là, Camille découvrit que *prendre la porte* pouvait finalement être tout un art. *Garder la ligne* aussi. Décidément, à Paris, les heures de *pointe* ne manquaient jamais de *piquant.*

Au début, elle allait de surprise en surprise : les mêmes personnes, assises aux mêmes places, faisant leurs meilleurs efforts pour... s'ignorer. A force, elles semblaient connaitre le *bout de leurs souliers sur le bout des doigts.* On pouvait parfois se croiser sans jamais se rencontrer tout à fait.

-Tout simplement *Mythique*, songea-t-elle en pensant très fortement au site de rencontres du même nom. Et tout aussi triste et absurde.

Etrangère à tout cela, et pas vraiment du coin, Camille avait décidé de leur sourire quand même. Et elle s'y tenait. Parce qu'elle était comme cela. La marque de fabrique des belles personnes, que l'innocence habitait à plein temps. Elle leur souriait mais n'attendait rien en retour. Du coup, elle n'était jamais *déçue du voyage.* Façon de parler...

A chacun sa bulle, et chacun dans sa bulle, en quelque sorte. Contrairement à celles du champagne, elles n'avaient rien d'enivrant. Elles explosaient et se dissipaient avant même d'avoir eu le temps de pétiller.

-N'en jetez plus, *la coupe* était pleine.

-*Flûte*, mon arrêt !

Camille logeait pour le moment dans une commune dortoir. Avec en plus, pour bien faire, un nom *à coucher dehors.* Ce n'était plus une deuxième ou troisième couronne. C'était une couronne d'épines, du genre épine dans le pied. Elle avait dû troquer ses champs de blé et de maïs à perte de vue contre un bout d'asphalte grisonnant, avec vue sur vis-à-vis et une petite cour bien triste. Tout en haut, au sixième étage sans ascenseur, sous les combles. Sa chambre l'avait à la *bonne*. Chaque soir elle priait pour qu'une fuite de gaz ou une chaudière défaillante n'emporte pas tout le pâté de maisons. C'était déjà arrivé. La preuve, c'était dans le journal. Le bruit de ses inquiétudes était souvent couvert par les querelles de voisinage ou par son voisin du dessous qui s'initiait au solfège à des heures indues. Il devait être de Tokyo, de Johannesburg ou de Vancouver, ou peut-être des trois à la fois. Depuis des mois, il semblait vivre en plein décalage horaire, et en faisait profiter tous les autres. Ou peut-être bien qu'il ne dormait jamais.

Passé le choc initial, le 'r' de routine prit la relève, un jour à la fois. En majuscules, caractères gras. Bien gras. Et avec un fort mauvais *caractère* de surcroît.

Camille en était restée au 'e' d'études. D'autant que sa première année avait vu double. C'était un peu comme si Paris s'était finalement pris d'affection pour elle. Elle avait pourtant tout fait pour éviter cela, et ne l'entendait pas de cette oreille (sans poils cette fois, merci !). Cette affection soudaine, qui n'avait rien de réciproque, l'affligeait ! Ce n'était pas facile à dire ni à prononcer, mais c'était exactement ce qu'elle ressentait à cet instant précis. Il lui fallait trouver quelque chose. Une parade, une planche de salut. Mais laquelle ?

Il y avait bien cette petite crêperie, au deuxième niveau de la gare. Toute petite. Minimaliste même, avec ses vieux bancs en bois, son menu plastifié aussi épais qu'un roman et sa devanture au rabais. Elle s'excusait presque d'être là, encore debout. D'un naturel timide, elle semblait se cacher à l'angle d'une *Fnac* et un *Relay* aussi rouge qu'une adolescente prise en train de fumer derrière le préau du lycée.

Avec un peu de recul, Camille la trouvait accueillante et délicieusement gourmande. On y servait des galettes de blé noir comme nulle part ailleurs, ce qui ne gâchait rien.

Elle n'avait pas son pareil pour vous ouvrir l'appétit. Peu à peu, Camille en avait donc fait son remède favori contre la déprime et les coups de moins bien, il faut dire de plus en plus fréquents ces derniers temps.

C'était son lieu de débauche et de perdition préféré, celui où elle pouvait disparaître corps et bien. En commençant par le corps, tant qu'à faire, et surtout les fesses. Faite maison, la crème chantilly leur allait comme une seconde peau. Ses fesses, comme ses cuisses d'ailleurs, fonçaient tête baissée et de bonne *grasse*.

-Camille, ta ligne bon sang !

Mais c'était le genre de conseil qu'elle laissait bien volontiers en suspension dans l'air.

Elle n'avait généralement qu'une petite demi-heure, juste avant d'attraper son train. Le 18h02. C'était à peine suffisant lorsque l'on avait comme elle les yeux bien plus gros que le ventre. Avec un tel appétit, c'était comme pour les trains : une crêpe pouvait en cacher une autre. Et les bonnes résolutions, juré craché, n'y pouvaient absolument rien. Prises à chaque fois la main sur le cœur, elles s'évanouissaient aussitôt dans la pâte à crêpe, avec un degré de certitude qui frisait l'absolu.

Cette demi-heure à rallonge ne manquait jamais d'appétit. Elle avait décidé de se fondre dans le décor. Elle s'étalait, dégoulinait, sentait bon le sucre et la confiture de fruits frais. Son côté *bonne pâte*, sans doute. Ici, la chandeleur se célébrait tous les jours de l'année. Et Camille n'aurait manqué cela pour rien au monde. Elle répondait toujours présente au rendez-vous du goûter.

Il faut dire que le cidre brut fermier qu'on servait ici à la pression, était plus que fameux. Il ouvrait l'appétit et dissipait les soucis, comme par magie[18].

La terre pouvait enfin s'arrêter de tourner pour permettre à la petite Camille de descendre. Descendre pour se ressourcer. Redécouvrir le goût des vraies choses. Ces choses qui ne mentaient pas et qui lui manquaient terriblement. Cesser de paraître pour retrouver le bonheur d'être, tout simplement. Le temps d'une crêpe, Camille renouait avec ses origines.

Etre la forêt qui parle.

Etre le soleil du matin qui baigne les grands champs de céréales, à perte de vue.

Etre la lampe à pétrole qui éclaire l'amitié sous le grand saule, au crépuscule.

Etre la course folle des enfants.

Etre cette grande nappe à carreaux, posée négligemment sur l'herbe, l'air de rien.

Etre ce barrage construit pierre après pierre dans le lit de la rivière qui serpente.

Etre ce château de sable qui affronte fièrement la marée montante, vaille que vaille.

Etre ces souvenirs d'été qui durent toute l'année.

Etre… aimée. Tendrement. Passionnément. Etre aimée vraiment. Pour une fois dans sa vie.

C'était tout l'effet que lui faisait cette petite crêperie. Moelleuse comme un tas de coussins, enveloppante comme pouvaient l'être les édredons, douce comme un plaid, sucrée comme un bonbon à la fraise.

Ici, Camille se sentait de nouveau libre, vivante, heureuse.

---

[18] Consommez avec modération, on ne le répétera jamais assez.

Ce qu'elle préférait, c'était observer les gens, tout en restant à l'abri du regard des autres. Et cela, ça n'avait pas de prix. Elle pouvait enfin mettre de côté le vacarme incessant qui allait avec les bancs de l'université et leurs rencontres superficielles, qui n'en étaient pas vraiment. Les études, au pire c'était payant, au mieux ça ne payait pas ! L'université délivrait des diplômes, pas des amis pour la vie. Elle arrivait trop tard pour cela. Question amitié, la fac ne proposait qu'une *mise en examen*. Les parisiennes pure souche l'ignoraient. Elle n'était pas des leurs. Elle, la pièce rapportée, la petite provinciale comme ils disaient. Ils se moquaient d'elle et ne s'en cachaient même pas.

-Approches-toi de ce grand miroir. Tiens-toi droite nom d'un chien ! Maintenant, dis-nous ce que tu penses de la fille en face de toi…

Puis elles lui tournaient le dos, en riant entre elles. Ça ne volait jamais bien haut. C'étaient de petites gens. Mais ça lui faisait tout de même un mal de chien.

Camille était une fille de la campagne. Cela vous forgeait le caractère. Elle voyait bien que les mains de ses collègues (pas ses amies) de la fac n'avaient jamais *touché terre*. Le bon sens paysan n'était pas de chez eux. La politesse n'avait jamais franchi les portes de leur clapier de béton et d'acier.

Dans la petite crêperie de la gare de l'ouest, personne ne la prenait de haut. Elle pouvait s'y ressourcer, en profitant du confort et de la sécurité relative de l'anonymat.

Mais ça, c'était avant. Avant qu'elle ne finisse par s'attacher à cet endroit. Avant que la petite crêperie ne finisse elle aussi par s'attacher à elle. Camille se laisser aller, elle dérivait lentement en direction de l'autre rive, celle des habitués. Le courant de l'amitié était trop fort pour espérer lutter.

La 'petite demoiselle' avait fini par se dissoudre dans la douceur addictive de l'endroit.

-Bonjour Camille. Alors, ce sera comme d'habitude ?

Juste retour des choses, plus de 'patron' non plus. Bon débarras ! Elle lui donnait désormais du 'tu'.

-Avec plaisir Loïk.

Il disait que Camille était comme les galettes qu'il servait.

-Super complète, rien de moins !

Camille saisissait le compliment au vol, avant qu'il ne disparaisse. Prise en flagrant délit, le rouge de la timidité lui montait alors aux joues. Cela lui allait plutôt bien, je dois dire.

Elle trouvait ensuite un moyen de lui faire comprendre qu'il était comme les crêpes qu'il lui préparait.

-Sucré et salé, les deux à la fois. Avec la tonicité d'un zeste de citron en plus.

C'est ce qui faisait son petit charme. D'ailleurs pas si petit que cela, réflexion faite.

Aujourd'hui, ils en riaient encore, ravis d'avoir déjoué les pronostics et les projets du destin. Eux que tout semblait opposer. Ils racontaient leur histoire avec délice, encore et encore. Avec l'innocence de ce jeune chiot qui venait tout juste de déchiqueter une paire de chaussons neuve.

Leur histoire avait véritablement débuté un quinze Décembre, le mois des contes de Noël. C'était un jour de grand froid. Et un jour de *grève*. Pas celle du bord de mer, l'autre.

Drapeaux, chasubles et manifestants se massaient autour des braséros improvisés. On sifflait, on chantait, on frappait dans les mains. C'était un de ces jours où l'on montait sur les bidons et l'on tapait sur les gamelles.

Si d'ordinaire on ne fumait pas dans l'enceinte de la gare, les jours de grève, il n'y avait *pas de fumée sans feu*. L'interdiction ne valait pas pour les merguez. Surtout lorsque la 'haute direction', comme ils disaient, partait *en saucisse*.

Les passagers et les voyageurs avaient déserté. Les coiffeurs ne coiffaient plus, et les tabacs attendaient les fumeurs. Les cafés coulaient des heures heureuses, *sans filtre* pour une fois. Pour une fois, chacun prenait son temps. C'était comme une délicieuse revanche sur le cours établi des choses. En se croisant, on se serrait la paluche, on se prenait par les épaules. On se tapait ensuite sur le ventre, parce que les merguez étaient à point. On riait un bon coup, on parlait la bouche pleine, et tout devenait prétexte à passer saluer le voisin d'à-côté.

-Alors, qu'est-ce qu'il en dit ?

C'était ce drôle de moment où l'on réalisait d'un coup d'un seul que l'on pouvait être plus proche d'un ami au bout du monde que de son voisin de la boutique d'à-côté. D'ailleurs certains commerçants s'ignoraient sur plusieurs générations. Pas par rancune ou méchanceté, mais parce que c'était ainsi. Les marchandises, c'était avant tout ce que les *marchands disent*. Et certains n'étaient pas franchement du genre bavard.

Un peu comme Camille et Loïk, dont les existences n'avaient initialement pas prévu de se rencontrer. Le quinze Décembre devait être ce jour où le destin avait décidé de leur faire un signe de la main, comme il le faisait souvent ici, avec tous les autres. Leur patience était sur le point d'être récompensée. Les plaisanteries les plus courtes étaient aussi *les moins longues* !

Puisqu'on vous dit que la grande grève, c'était vraiment un jour pas comme les autres.

Un jour où le hasard faisait se rencontrer deux solitudes, pour le meilleur.

Leur chemin serait beau, ils le méritaient.

Le bonheur ressemble aux Hommes.

S'il se cherche, c'est pour mieux se trouver.

Chapitre 11

Les objets trouvés, et puis tous les autres

Dans la gare, tous n'avaient pas eu cette chance. Beaucoup cherchaient encore.

-Les objets trouvés, bonjour !

Tête en l'air, pour la première fois ou par habitude, on entrait ici l'air inquiet, contrarié, affligé, coupable.

-Comment pouvait-on être aussi distrait ?

Lucas savait trouver les mots justes pour vous offrir un peu de réconfort. Il vous accueillait avec un sourire aussi grand que la porte d'entrée. Il était le visage de l'espoir dans cette immense pièce sans fenêtres, qui semblait hésiter entre l'anonymat du quelconque et la praticité du fonctionnel. Tout ceci méritait réflexion. Et réfection aussi.

Elle lui rappelait un peu la résidence où il avait grandi. Un grand ensemble impersonnel des années soixante. Mal insonorisé, bruyant même. Avec toutes ces caves en enfilade, au sous-sol. Il trouvait qu'elles faisaient de drôles de cachotières. Comme dans cachot. Elles se succédaient en enfilade, lui faisant l'effet d'un mauvais présage.

-Le couloir de la mort !

Il ne connaissait pas le couloir de la mort, bien sûr. Seulement ce qu'il en avait vu à la télé. Ici c'était celle de tous ces vieux objets à l'agonie, remisés sur étagère. Et celle des souvenirs qu'ils emportaient avec eux.

105

Condamnés à l'oubli, dans l'épais silence du sous-sol. Puis au tri. Trier c'était mettre de côté pour toujours, se séparer. Et la mort avait une odeur. Celle de l'humidité et du noir. Par ici, dans les sous-sol de la vieille résidence, même la lumière n'aimait pas bien traîner.

Dans ses souvenirs, parmi les condamnés en attente d'exécution, il y avait un vieux mixeur en plastique orange. Il faisait de la soupe avec des fils. Il y avait aussi quelques trente-trois tours en vinyle, un ou deux albums défigurés par l'humidité, une vieille valise qui se languissait et n'avait pas connu de voyage depuis des lustres, deux ou trois abat-jour ravagés par la moisissure galopante, de vieux patins à roulettes bien mal en point auxquels il manquait une roue. Il y avait là un peu de tout, vestiges de leurs vies d'avant. Pourtant, il fallait bien avancer quand même, tourner la page. Parce que la nostalgie encombrait le passage. L'unique ampoule tombait du plafonnier avec l'enthousiasme d'une pendue. Elle ne suffirait pas à rallumer la flamme. Seulement à mettre de l'huile sur les braises. Ressasser le passé, encore et toujours.

Gare de l'ouest les objets trouvés attendaient de connaître un meilleur sort, nettement moins funeste et définitif. Lucas en faisait une affaire personnelle.

Il tenait enfin son Graal, lui qui aurait tant voulu être marin, chercheur d'épaves et de trésors.

Sous son œil bienveillant, les objets trouvés guettaient un semblant de réconfort et se secouaient de temps à autre pour éviter de prendre la poussière. Pleins d'illusion, ils espéraient encore échapper à l'oubli, à l'inexorable travail de deuil de leurs propriétaires. Ici plus qu'ailleurs, l'espoir faisait vivre.

Tout au long de la journée, les propriétaires déchus entraient ici en priant à voix haute. Espérant un miracle tout en confessant volontiers leur faute d'inattention coupable. Ils avaient égaré quelque chose. Un morceau d'eux-mêmes suffisamment précieux pour qu'ils reviennent sur leurs pas. Soyons honnêtes, peu d'objets avaient cette chance-là. Peu de gens aussi. Tellement peu.

Ils pouvaient compter sur Lucas, toujours prêt à leur venir en aide.

-Oui, au niveau de la Voie 24. Vous suivez le couloir des taxis. Parfaitement, nous faisons les 'deux huit', de huit heures à vingt heures. Plus ou moins les imprévus, naturellement. Je vous attends.

Lucas veillait sur cet inestimable trésor, qui racontait la vraie vie des gens. Il ne le quittait jamais tout à fait des yeux. Il jouait au grand professeur. Sa salle d'attente ne désemplissait pas. Il enchaînait les consultations pour ces cas d'Alzheimer précoces.

-Depuis quand commencez-vous à oublier des choses ? Est-ce vraiment la première fois ?

Il recevait comme le faisaient les grands professeurs en psychiatrie. Avec ces peintures étranges pour témoin. Et un canapé suffisamment grand pour s'y perdre. Mais aussi suffisamment confortable pour s'y retrouver.

-Cet oubli ne cacherait-il pas autre chose ? D'ailleurs, qui vous a offert cet objet ? Dans quelles circonstances ? Pourrait-on y voir un acte manqué ?

L'atmosphère lui avait tout de suite plu. Elle lui rappelait sa jeunesse égarée, elle aussi. Il était comme cela Lucas : il gardait tout et ne jetait rien. A commencer par les vieilles amitiés. Elles étaient toujours là. Il pensait souvent à ses copains de mobylette. Il aimait se souvenir et les *remettre en selle* de temps en temps. Pour cela, il lui suffisait de fermer les yeux.

Se tenir par la taille, face au vent. Garder son équilibre sans verser dans le fossé à force de rire. Tenir de l'autre main le vieux casque pour qu'il fasse semblant de rester en place. Klaxonner en entrant dans le village. Rire de plus en plus fort. Saluer l'épicier et le boucher d'un geste de la main. Pousser la poignée à fond. *Avoir de l'allure*, avec la nature pour témoin.

C'était le temps des copains. Le meilleur. Celui dont on voudrait qu'il ne cesse jamais. Qu'il soit toujours là pour nous. Parce qu'il nous faisait du bien. Et qu'il nous fait encore du bien aujourd'hui, rien que d'y penser. Les bons copains ne mourraient jamais vraiment. Juste, parfois, ils s'absentaient. Et, cela pouvait durer bien plus que de raison.

Ici, tout autour de Lucas, les objets avaient une âme. Et beaucoup de choses à raconter. Au moins autant que ses copains d'avant. Parmi tous ces objets trouvés, certains faisaient contre mauvaise fortune bon cœur, se disant que leur malheur ferait le bonheur d'un plus malheureux qu'eux. Pour tous les autres, le silence des lieux se prêtait aux confidences, et aux secrets d'alcôve.

Souvent précieux, au moins par leur valeur sentimentale, les objets perdus se sentaient pousser des ailes. Libérés pour un moment de l'emprise de leurs propriétaires, ils s'affranchissaient des convenances et pouvaient se la raconter pendant des heures. Une vieille montre à gousset *en bout de chaîne*, une boucle d'oreille orpheline de sa moitié, un pendentif qui tirait la langue, des tas de bracelets, des gourmettes, des médailles de baptême… Parce que les médailles pouvaient aussi essuyer quelques *revers*. Et finir ici, avec les autres, loin des yeux et loin du cœur.

De l'avis même de Lucas, certains objets étaient plus dissipés que d'autres. En particulier les parapluies, les vestes et les imperméables, qui semblaient avoir un véritable don pour se faire la belle. Ils étaient suffisamment nombreux ici pour refaire le monde entre eux.

Lucas était ce chercheur d'or debout dans le lit de la rivière. Il agitait son tamis pendant des heures, certain de tomber sur une pépite. Lorsque *le courant* passerait pour de vrai. Il suffisait d'être là au bon endroit et au bon moment. Toute l'histoire de sa vie, et de son arrivée ici.

Nous étions en Janvier. Il faisait un froid de gueux. En se rendant au travail ce jour-là, son prédécesseur fit une très mauvaise chute. C'est ce que l'on voulait dire par *tomber sur les objets trouvés*, littéralement.

-Ah celui-là ! Comment s'appelait-il, déjà ?

Plus tout jeune, il avait surtout fort mauvais caractère, de l'avis de tous. En le croisant, on pensait qu'il avait sa tête des mauvais jours. C'était en réalité sa tête de tous les jours. A peu près aussi avenant qu'un avis de contravention majorée, il faisait de l'esprit, mais toujours de de contradiction. Il pourfendait le bonheur chaque fois qu'il croyait l'apercevoir marcher dans sa direction : à-travers un regard, un geste affectueux, une petite attention. Il siphonnait la bonne humeur, absorbait les bonnes ondes. A la fois bougon, pénible et grognon, il semblait incarner toutes les nuances de la contrariété à la fois.

-Maintenant je m'en souviens. Il s'appelait grincheux. Il avait un frère qui prenait souvent le train les dimanches soirs, pour revenir de l'océan. Demandez donc à Ludivine...

Déjà qu'en temps normal, il avait le teint d'un naturel contrarié et maladif... Chaque fois qu'on le croisait, c'était comme s'il revenait de trois semaines de congés dans une mine de sel. On pensait qu'il ne tomberait guère plus bas. Mais, manifestement, nous faisions erreur.

-Big badaboum (et plein de jurons).

Il avait aussitôt fallu lui trouver un remplaçant. Et c'est là que j'entrais en scène, au pied levé. La chance de ma vie. Bien mal en point, grincheux n'avait eu d'autre choix -la mort dans l'âme- que de me transmettre ce qu'il savait. Sans entrain ni enthousiasme. Doucement le matin, et pas trop vite le soir.

-Gardes-en pour demain, petit. Demain il fera jour, à ce qu'on dit.

-Très encourageant, merci.

C'était sa vieille rengaine. Depuis des lustres. Des *lustres* pleins de poussière et de toiles d'araignée, naturellement.

- Petit, pourquoi t'obstiner à remettre à demain ce que tu peux faire le surlendemain ?

Je devais lui reconnaître une conception toute personnelle du service client. Chez lui, cela voulait dire 'se servir sur le dos des clients'. Il disait qu'à Paris les pigeons n'étaient pas forcément ceux que l'on chassait *en leur donnant des coups de pied pour de faux.*[19]

-Cela fera dix euros. Tout rond.

Car les objets trouvés avaient un prix, soit dit en passant, avant d'avoir de la valeur. On pouvait dire qu'ils valaient le *coût*. Au moment de passer à la caisse, il arborait l'air satisfait du chat qui vient de se faire le pack de lait.

Nous avons peu travaillé ensemble. Mais notre mois de cohabitation m'a semblé durer un bon quart de siècle, au moins. Puis il se présenta pour son dernier jour e travail,

---

[19] Renaud, *Mistral gagnant*

me tendit les clés, et tourna dans un même mouvement cette page de sa vie et les talons.

-Tu fermeras bien derrière toi, petit.

Il savait qu'il ne manquerait à personne. Il était cet objet que personne ne viendrait réclamer. C'était mérité, pour l'ensemble de son œuvre. Mais c'était un peu triste quand même. Je n'aimais pas quand les gens sortaient d'ici les mains vides, sans avoir trouvé ce qu'ils étaient venus y chercher. Pour lui, c'était la joie de vivre.

Oui, cette gare avait décidément du courage à revendre. Non contente d'avoir survécu à deux guerres et à plusieurs générations de locomotives, elle s'était aussi remise de la mauvaise humeur de grincheux, mon prédécesseur.

Elle méritait une médaille. Au moins.

Quand il ne se déplace pas, le bonheur aime recevoir.

Chapitre 12

Hugo, le boss

[Bien que libre et indépendante d'esprit, il avait fallu que j'apprenne à faire avec un chef.

Composer plutôt que composter. Je ne vous refais pas le coup de la lettre qui change tout, mais le cœur y est.

Il y en avait un pour chaque gare, pas moyen d'y échapper.

Si les gares ne choisissaient pas encore leurs chefs, j'espérais secrètement que cela viendrait un jour prochain. En attendant, celui qu'on m'avait attribué me convenait parfaitement. Nous nous entendions comme larrons en foire. Je crois que j'aimais tout chez lui. Il était aussi beau à l'intérieur qu'à l'extérieur. Il me faisait de l'effet.

Hugo, puisqu'il s'appelait Hugo, avait eu une enfance espiègle.

Il aimait les couleurs et la fantaisie. Dès que l'épicière avait le dos tourné, il plongeait sa petite main, puis le bras tout entier, dans la grande jarre des berlingots multicolores et des bonbons acidulés. Ils avaient le pouvoir de colorer ses joues d'enfant. Une délicieuse bêtise, une gourmandise clandestine. Hugo était ce petit ourson au salon du miel. Mais il fallait faire vite pour ne pas être pris en flagrant *délice*.

-Tu es certain qu'elle ne me voit pas ?

Pour tout le reste, Hugo avait beaucoup moins d'assurance. Soit. Il parlait peu. Au point que tout le monde s'interrogeait sur ce qu'il pouvait bien faire du temps qu'il gagnait en ravalant tous ces mots. Avec lui toutes les discussions que l'on essayait de lancer se cognaient contre le silence.

Moi, je savais que derrière ce manque d'assurance, se cachait l'essentiel : sa bonté et son souci de l'autre.

Ah oui, avant que j'oublie, il détestait les morceaux de fruit dans les yaourts.

Il s'accrochait aux mains des adultes. Et en comparaison, la sienne paraissait minuscule. Un peu comme si elle allait s'y perdre et ne jamais parvenir à en faire le tour. Elle était ce précieux repère qu'on lui offrait gracieusement pour avancer dans la vie. Elle le sécurisait, le guidait, et repoussait la peur. La peur de l'inconnu. La peur de se perdre en chemin. La peur de faire de mauvaises rencontres. La peur des monstres sous les lits.

C'est lui qui en parle le mieux. Je ne voudrais pas trahir davantage sa pensée.]

-Pardon Hugo, je t'ai interrompu. [On ne devrait jamais faire cela avec les chefs]

[Hugo parlait, la gare écoutait respectueusement. Incroyable n'est-ce pas ?]

Petit, je me souvenais que la vie des grands m'attirait en même temps qu'elle m'effrayait. La vie d'enfant me retenait encore à elle. Elle me demandait de ne pas l'abandonner, de ne pas lui tourner le dos. Pas encore.

-Reste encore un peu, s'il te plaît.

Il y avait du bruit et beaucoup de monde. Alors, je l'entendais de moins en moins distinctement. Elle ne me revenait même plus en écho, comme avant.

Il faut dire que j'étais occupé à grimper sur la grande valise. Mon ascension, mon Everest à moi. Je ne touchais plus terre. J'étais comme en apesanteur. De là-haut je pouvais regarder passer le monde. Je crois bien que mon voyage avait déjà commencé.

Puis il fallait se hisser à bord. Chargés comme nous l'étions, cela n'était pas une mince affaire.

-Passe-moi le petit.

-Hugo, reste bien à côté de moi.

-Fais bien attention, surtout.

-Bien. Je te passe les malles et les valises maintenant.

J'aimais l'atmosphère intime qui régnait dans les compartiments de première classe. C'était comme un petit chez nous, jeté là, sur quelques essieux. Façon acajou, le bois donnait à l'ensemble un charme certain et beaucoup de cachet. Nous étions des privilégiés. J'avais le bon goût de m'en rendre compte, ne sachant pas si cela durerait ou pas. Assez vite, je penchais pour la seconde option.

Avec mes parents, nous battions la campagne. Dehors, les gares de nulle part se succédaient, tandis que les vaches regardaient passer notre train, comme elles le faisaient depuis toujours. Les tracteurs nous saluaient avec de grands signes et des phares ronds comme des billes, avant de retourner vaquer à leurs occupations. *Fauchés*, les agriculteurs étaient comme les champs dont ils s'occupaient. Je trouvais cela profondément injuste. Et j'avais l'injustice en horreur.

En ce temps-là, nos billets de train laissaient un peu d'encre sur les doigts. Comme le faisaient les coupures de banque fraîchement marquées. Avec sa petite flèche verte, la grande colonne orange du composteur m'attirait comme un aimant. Elle *claquait*, pour de vrai. Comme tant d'autres avant moi, j'avais bien tenté d'y glisser mes doigts. Mais, hélas, rien à faire. Je m'étais alors rabattu sur quelques feuilles de papier, qui, ainsi oblitérées, rejoindraient bientôt les petits et grands trésors des vacances.

Un peu de sable, quelques coquillages, un ou deux galets polis par l'océan, un vieux jeton de manège, une étoile de mer séchée, et deux ou trois cartes postales qui avaient finalement décidé de rentrer avec nous. Parce qu'elles étaient tout de même un peu *timbrées*.

Les vacances commençaient et finissaient dans les gares. Surtout celle-ci. Il y avait entre elles pas moins de quinze lettres dans l'alphabet. C'était beaucoup. Heureusement, le 'w' de wagon était mille fois plus coopératif. Il jouxtait le 'v' des vacances, comme pour mieux prendre soin d'elles.

Le 'm' de métier, six lettres plus loin, était presque à mi-distance entre les deux. Sauf que celui-là, je ne l'avais pas vu venir. Mais alors vraiment pas. Pourtant, des années plus tard, j'étais là à veiller sur la gare de mon enfance. La gare des valises en forme de sommet, la gare des compartiments de première classe en acajou. On me l'avait confiée. La boucle était ainsi bouclée.

En ce temps-là, j'avais des rêves plein la tête et des étoiles plein les yeux. Aujourd'hui, les étoiles étaient à hauteur d'homme, sur la visière de ma casquette de chef.

Petit, j'habitais dans cette vieille bâtisse qu'on avait posée là dans la campagne, au bord de la ligne des chemins de fer. L'une comme l'autre manquaient ostensiblement d'entretien. Les convois se succédaient, se croisaient, dans *un train d'enfer*. Dès que l'école était finie, je grimpais sur le talus qui surplombait la voie. Entre elle et moi il n'y avait qu'un vieux grillage. Pas de quoi détourner mon attention. Ma tête émergeait à peine des herbes folles, mais suffisamment pour agiter les bras, saluer le machiniste qui s'affairait dans sa locomotive, et tirer la langue aux passagers du train corail. J'avais cet étrange sentiment qu'imperceptiblement, il ralentissait l'allure pour me saluer en retour. Le machiniste donnait un coup de corne. Plus aucun doute possible. Une vieille dame me fit un pied de nez en retour. Elle était affreuse. Je l'avais bien cherché.

Au fil du temps, ils avaient fini par me reconnaître comme l'un des leurs. Certains de mes camarades n'avaient que les trains miniatures. Moi j'avais les vrais. Ils venaient avec le vacarme des essieux et des pantographes, et la chaleur du ballast à l'heure où les rails se dilatent.

Petite vitesse pour lui, grands mouvements pour moi.

Sur la locomotive, la société des chemins de fer avait écrit en grosses lettres blanches 'en voyage'. L'écriture était inclinée, sans doute sous l'effet de la vitesse et de mes *penchants* pour la vie du rail.

De ce côté-là, rien n'avait changé. Ma gare, c'était mon pays du soleil de minuit. Elle ne se reposait jamais vraiment, et moi non plus. Il y avait toujours en elle une lueur, quelque chose qui brillait pour capter l'attention. Même les nuits où la lune *s'éclipsait* discrètement. Je savais désormais que je n'aurais jamais assez d'une vie pour en faire le tour.

[-Arrête Hugo, ou je vais vraiment finir par rougir.]

Il parait que certains entendaient *siffler le train*. Moi, je les ressentais, et je les sentais tout court. Puis je les sifflais. Ça ne se faisait pas, parait-il. Sauf lorsque l'on était chef. Un privilège rare et envié.

[Moi, je les mettais *au pas*. Nous faisions une sacrée équipe tous les deux.]

J'aimais prendre mon café avec vue. Je vouais une admiration respectueuse à ces locomotives qui lui donnaient le goût d'une destination. Puissantes, majestueuses, elles avaient sale caractère. Elles sifflaient, toussotaient sans fin, *vapeur* et sans reproches. Je pense donc je *suie* était leur devise, du moins lorsqu'elles fonctionnaient encore au charbon.

A la grande époque des chemins de fer, ce n'était pas un travail., c'était un mode de vie. Les cheminots, les gens du train, se sentaient comme Guillaumet et Saint-Exupéry lorsqu'ils volaient à vue vers Santiago du Chili et défiaient les hauts sommets de la Cordillère des Andes, écrivant l'une des plus belles pages de l'aéropostale. Ils étaient, eux aussi, des pionniers.

Je crois que, comme eux, je sentirai le train jusqu'à la fin de mes jours.

Depuis toujours, les gares vibraient. Elles avaient ces sons bien à elles, leur propre signature acoustique. Les gares étaient belles et bien vivantes.

[-Merci chef. Je te le revaudrai au centuple. Et ce ne sont pas des paroles en l'air.]

Pas *sanguin* pour un sou, je veillais sur leur *circulation*, à toute heure, pendant qu'elles me touchaient en plein *cœur*. Cela me rappelait avec émotion mes premiers pas de chef de gare. Il y avait cette petite fille, blonde comme les blés, plantée au bord du quai. Pas bien grande, au point que son obstination la dépassait de plusieurs têtes. Elle refusait catégoriquement de monter à bord de la rame. Le départ approchait. Il fallait se hâter. Mais rien n'y faisait.

-Maman, le train il sent drôlement fort. J'ai peur. Je ne veux pas y aller.

Je voyais cette jeune maman sur le point de perdre le peu de patience qu'il lui restait. C'est que la charge de parent pesait parfois bien plus lourd que le plus encombrant des paquetages. La mère était chargée comme une mule. Et la petite aussi têtue que l'animal du même nom. Rien à faire, elle refusait de franchir l'obstacle. Les gesticulations maternelles n'y changeraient rien.

Compte-tenu des responsabilités qui m'incombaient, je devais trouver quelque chose, et vite. Les trains n'attendaient pas, et ceux dont j'avais la responsabilité encore moins que les autres.

[Je ne te connaissais pas encore très bien, mais je découvris ce jour-là que tu avais le sens du devoir chevillé au corps. Cœur avec les yeux.]

Je décidai de tout miser sur la chance du débutant, et m'approchai d'elle avec d'infinies précautions. En me découvrant (quelle invention ces couvre-chef !), histoire de ne pas l'effrayer. Cheffer, c'était d'abord savoir se mettre à la portée de tous.

-Bonjour jeune fille.

-...

-Tu sais, je te regarde depuis un petit moment.

-...

-Et je crois que tu as des pouvoirs magiques.

-...

-Tu es l'une des seules que je connaisse à avoir percé le secret pourtant bien gardé des trains qui passent par ici.

-...

-Vois-tu, ils ont l'odeur du voyage.

Elle ne savait pas trop si elle devait en rire ou en pleurer. Sa mère n'avait pas davantage la réponse. Alors elle plongea son regard dans le mien, y cherchant de quoi la rassurer pour de bon.

-Tu vois, avec ces trains-là, même le fond de l'air devient grand. Aussi grand que les vacances et l'océan. Ils n'en font qu'à leur tête. Alors ferme les yeux et fais-leur confiance.

L'instant d'après, la petite fille était à bord. Sa maman aussi. Et tous leurs bagages avec. C'était leur Everest à elles. Chacun son tour, je savais de quoi je parlais.

[-Bien joué chef !]

Pour la première fois sans doute, je pris conscience que je faisais le plus beau métier du monde. Dans le plus bel endroit qui soit.

[-Merci, mille fois…]

La petite fille se retourna, juste avant de disparaître dans le wagon.

-Dis Monsieur, je pourrais être ton assistante un jour ?

L'expression *prêter assistance* servirait désormais de fil conducteur aux journées que nous passerions ensemble, ma gare et moi.

[-Et je dois avouer qu'elles passaient trop vite.]

Aujourd'hui, cette gare était devenue bien plus qu'une amie ou qu'un parent proche. Elle et moi nous parlions très souvent. Au point de nous tutoyer désormais. Je crois bien que nous n'avions plus de secret l'un pour l'autre.

[Quelques-uns tout de même, chef, les mieux gardés.]

Elle avait parfois un accent à couper au couteau. Le petit basque, le vieux breton, celui du Haut Médoc… les accents avaient ici des airs de terroir, de patrie, de pays. Je t'enviais, moi qui n'en avait pas. A par mon accent circonflexe, j'entends. Parce qu'il avait la forme d'un toit, d'un chez soi.

Entretenir une relation, même suivie, avec une gare, c'était comme un amour badin. Au début on se tournait autour, ne nous rencontrant qu'occasionnellement. Juste ce qu'il fallait pour s'imprégner l'un de l'autre. On se voyait en courant d'air, tôt le matin ou tard le soir pour éviter les témoins gênants. Puis, peu à peu, à son rythme, chacun se dévoilait. D'abord par petites touches. Puis avec davantage d'assurance.

Je dois vous l'avouer, ma gare avait un charme fou. Et ce que j'aimais par-dessus tout chez elle, c'était cette sensation grisante qu'elle m'offrait : c'était comme si l'océan était au bout du quai. Cette vue vers l'ouest qui rythmait mon quotidien, c'était ma quête. Un peu comme il y avait des amants du Pont Neuf et un fantôme de l'Opéra, moi j'avais pris mes quartiers ici. La célébrité en moins, bien entendu.

-Je m'appelais Hugo, et j'étais le chef de cette gare. *Hugo boss*, parce que cela sonnait bien, et que cela faisait rire tout le monde. Mais mes amis préféraient *Hugo bosses*.

-Quel chameau celui-là !

J'avais depuis longtemps pris le parti d'en rire. Surtout qu'ils n'avaient pas tort les bougres. Le train du bonheur était en gare, et pour une fois, rien ne pressait. Alors je les laissais dire. Il faut dire que, comme eux, j'aimais amuser la galerie.

Cette gare, ma gare, était d'ailleurs une succession de portraits, plus ou moins classiques ou baroques, que le voyage en train viendrait mettre en lumière. Une foule bigarrée, qui ne manquait jamais d'artistes. La vie était une pastèque juteuse. Et les meilleurs moments qu'elle nous offrait étaient pareils à de belles et grandes tranches. En voici quelques-unes.

Voie 1, d'abord, il y avait cette vieille dame que ses jambes refusaient de soutenir davantage. Elle avançait face au vent qui s'engouffrait en hurlant le long des quais. D'un pas hésitant, en courbant le dos. Son mari suivait juste derrière, avec une valise d'époque, un peu hors d'âge pour tout dire. Elle traînait derrière elle une odeur entêtante : celle de la naphtaline et de la vieillesse. Ils formaient un vieux couple, pour de vrai. La tendresse était toujours là. Le plaisir d'être à deux aussi.

Voie 2, avaient élu domicile de grands gaillards au verbe haut et aux épaules solides. Ils avaient une de ces gouailles ! Et puis une vraie gueule, aussi. Des bras comme des cuisses. Des cuisses comme des jambons de Bayonne. Le béret et l'accent faisant foi. Bruts et authentiques, mais aussi sympathiques. Le monde autour se faisait tout petit. Il ne tournait plus tout à fait rond puisqu'on était en ovalie.

Voie 3, je regardais ce petit garçon. Un de ces enfants de nulle part, de l'entre-deux. Il disait au-revoir à son papa. Je voyais bien qu'il tentait de ravaler sa tristesse et de tenir ses larmes en respect. Il méditait sur ce monde décidément injuste, qui faisait que les parents décidaient parfois de ne pas retenir l'amour qui s'en allait. Cela donnait des demies-semaines et des moitiés de week-end. Des bouts de vacances, aussi, à tour de rôle. Mais plus jamais ensemble tous les trois. Et des adieux déchirants, d'un côté comme de l'autre de la ligne du chemin de fer. Pour pouvoir revenir, il fallait d'abord partir. Cela n'avait jamais été aussi vrai.

Voie 4, curieusement il ne se passait rien. Ou tout du moins pas grand-chose. C'était comme si une trêve venait d'être décrétée. Une fois partis, les trains laissaient un drôle de silence derrière eux. Ceux qui avaient raccompagné leurs proches s'engouffraient déjà dans la bouche de métro, un peu plus bas. Beaucoup plus bas. Les bons moments passés ensemble, eux, avaient déjà rejoint les souvenirs précédents. Jusqu'à la prochaine fois. On avait hâte.

Voie 5, on s'affairait depuis quelques minutes autour de ce jeune retraité, qui venait soudainement de s'effondrer, blanc comme un linge. De battre son cœur s'était arrêté. L'émotion était palpable. Distants, méthodiques, les médecins réanimateurs étaient déterminés à garder la vie à portée de main. Sans un mot, juste par le regard, ils avaient décidé sans hésiter que le dernier voyage devrait attendre. Et leurs efforts n'avaient pas été vains : déjà le blanc virait au rose pâle. Et tout le monde pouvait respirer. Il faudrait par contre penser à changer les billets : les magies de la côte attendraient bien quelques jours. Le temps de reprendre des forces et de se rétablir. C'était un moindre mal. Le coup était passé si près que la gare poussa un soupir de soulagement. Le paradis ne faisait pas encore partie des destinations desservies depuis ici.

Voie 6, on entendait chanter, plus ou moins juste.

-les jolies colonies de vacances, merci papa merci maman[20].

Bientôt les parents pousseraient un grand ouf de soulagement.

-Enfin un peu de calme !

Et les enfants aussi.

-Enfin un peu de liberté, ce n'est pas trop tôt !

---

[20] Pierre Perret ©Editions Adèle 1975 – Disque Vogue 1966

En attendant, les parents tentaient de contenir leur inquiétude grandissante.

-Et s'il arrivait quelque chose ?

Et les enfants aussi.

-Et si je m'ennuyais ?

Heureusement, Les gentils moniteurs en avaient vu d'autres. Ils n'avaient pas leur pareil pour rassurer petits et grands. Dans quelques heures, le bonheur aurait pris toute la place, et il n'y paraîtrait plus. Comme à chaque fois. Et puis il y avait la boîte à bisous de papa maman. Un pour chaque soir. Il suffisait de coller sur sa joue le petit papier qu'ils avaient embrassé et chargé en amour parental. C'était un miracle de pouvoir faire tenir tout cela dans une si petite boîte.

A chaque voie sa destination, ses petites histoires, ses aventures de quai, à l'arrivée comme au départ.

Et à chaque train son genre de voyageurs : un vieux guide des meilleurs endroits à visiter à la main, un guide tout court pour ne surtout pas se perdre, une bande d'amis, une conjointe plus ou moins officielle, une folle envie de stop, de marche ou de bateau pour poursuivre le voyage une fois arrivés à destination.

-Comment pourrais-je un jour m'en lasser ?

Bientôt là, demain serait une autre journée. Si semblable en apparence et pourtant si différente…

Hugo souriait. Hugo levait les yeux au ciel.

Pour rien au monde Hugo ne laisserait sa place. Il voulait le bonheur pour lui tout seul.

[-Alors, comment vous le trouvez mon chef ? Ne vous l'avais-je pas dit ? N'était-il pas formidable ?

Je vois comme de l'envie dans vos yeux. Je dois reconnaître que vous avez bon goût.]

Petit bonheur deviendra grand.

Chapitre 13

Les hasards, et ce que l'on en fait

Les vendredis avaient un petit air mutin, un air de fête. Facétieux et optimistes, ils ne ressemblaient en rien aux autres jours de la semaine qui les avaient précédés.

-TGIF[21] comme disaient les jeunes ! (Avec les *Airpods* dans les oreilles, souvenez-vous…)

Coincée entre deux âges, Ludivine faisait pourtant comme eux. Pour se donner un genre.

Une journée cochée et soulignée deux fois sur son agenda de la semaine. En caractère *gras*. Ceux qui allaient avec ses gaufres favorites. Et cette joie simple qui pouvait chasser la tristesse de ses yeux. Pour Ludivine, c'était le bout du tunnel. Un rituel, un point de repère. Une ligne en forme de *point de fuite*. Une *perspective*.

La semaine écoulée n'avait rien de bien intéressant à raconter. Des journées en noir et blanc, pour la plupart.

Il y avait bien eu cette soirée avec Pauline et les autres.

Il faut dire qu'on invitait régulièrement Lulu à droite et à gauche. Pour faire connaissance. Mais les connaissances n'étaient pas les vraies amies. Elles étaient même à peu près aussi utiles qu'un congélateur sur un bout de banquise. Pas de quoi en tous cas combler le vide intersidéral qu'elle ressentait côté cœur. Une vraie tête de

---

[21] Abréviation familière de **T**oday **G**reat **I**t's **F**riday

boutique *Zara* après le premier jour des soldes. Toute la semaine, Ludivine faisait le plein de futilités, chassait le superficiel comme on le faisait avec les bonnes affaires. Faire comme les autres. Ou faire semblant, à minima. Faire croire que l'on n'a le temps de rien. Attraper son métro de justesse. Avec talent et avec *talons*.

Ce soir, une nouvelle fois, elle se rendait chez Pauline, en trainant des pieds et en soupirant. Une forme d'enthousiasme comme une autre.

-*Direction Balard, prochain train dans quatre minutes.*

Elle était en retard, et pas que d'un peu. Mais il paraît que cela se faisait. A Paris, être à l'heure c'était donner le sentiment de ne pas avoir de vie. C'était terriblement vieux jeu. Une faute de goût impardonnable. Donc elle ferait un effort, comme tous ceux qui avaient prévu de se retrouver ce soir-là au bal des faux culs.

-Alors, ton week-end ma chérie ? (Se prononçait 'ma chériiiiieeeeee'). Mais comment fais-tu pour avoir si bonne mine ? (Bien sûr, Pauline n'en pensait pas un mot, c'était un compliment en forme de trompe-l'œil, une mondanité de circonstance).

En s'embrassant, les lèvres ne devaient jamais toucher les joues. Je me permettais d'insister, car c'était très important. Cela ne se faisait pas ici. Et on n'avait pas encore inventé le Covid. Donc, on embrassait l'air, dans le vide. Heureusement finalement, car Pauline avait choisi un rouge à lèvres tellement vif qu'il aurait pu être remboursé par la sécurité routière. Elle tenait à la main un smoothie vegan à peine entamé. Son chemisier en coton équitable lui donnait l'air d'une *fashion victim* repentie. Militante engagée, presque jusqu'au-boutiste, elle aurait vendu père et mère pour la cause, dénonçant sans doute au passage les petits camarades qui n'étaient pas dans la ligne du parti.

Les gestes, comme les paroles, sonnaient faux. Comme une mauvaise contrefaçon, un croco *Lacoste made in China*. Elle faisait partie de ces filles tellement vides que rien qu'en la regardant, on pouvait facilement attraper le vertige. A force de rouler les gens dans la farine, elle avait dû être pâtissière dans sa vie d'avant. Mais sans gluten, attention.

-Ah ma cocotte (elle devait pondre des œufs bio), c'était trop court, forcément. Vivement le prochain week-end tu sais.

Elle n'en dirait pas plus. C'était au-dessus de ses forces. Clairement pas à sa place, Ludivine se sentait comme un dragster égaré sur un circuit de formule 1, à moins que ce ne soit plutôt dans la peau d'un confit de canard au beau milieu d'un buffet vegan. Celui qui allait avec les *smoothies*.

Et puis, elle n'allait tout de même pas raconter aux autres qu'elle avait pleuré dimanche soir en rentrant parce qu'elle avait perdu son doudou. Son grand drap de bain qui sentait encore le soleil et dans lequel elle aimait s'envelopper en rentrant de la plage. Ça, elle le gardait pour elle. Elle faisait bien.

Les plus beaux jardins secrets avaient les pieds dans l'eau. Ils rouvraient chaque samedi, chaque dimanche. Gais, colorés, toujours de bonne humeur, ils traçaient dans son ciel un arc en ciel multicolore. Drôlement bavards, ils offraient aussi ce que la vie avait de meilleur.

-Ludivine, tu rêves ma chériiiiiieeeeee ?

Voilà que cela recommençait. Mon Dieu que c'était agaçant à la fin ! Et la soirée ne faisait que commencer.

Heureusement elle n'était pas tout à fait ici. Et oui, elle rêvait. Parce qu'il lui fallait quitter cet endroit au plus vite. Elle rêvait à l'eau qui épousait la température de son corps. Au sable qui glissait entre ses orteils. A ces quelques cumulus de beau temps qui décoraient le ciel. A cette voile blanche posée sur la ligne d'horizon, comme pour faire joli sur la photo. A ce grand chapeau de paille et au petit flacon d'huile de monoï qui ne s'en éloignait jamais. Ces deux-là étaient inséparables. Elle était ailleurs, il faisait chaud, elle était bien.

Bien au point d'ignorer le bruit que faisaient les poules autour d'elle.

Bien au point de laisser la soirée défiler, et de se regarder la traverser en spectatrice.

-Garde tes forces pour demain Lulu. Demain c'est vendredi. C'est l'heure de retrouver ta seconde vie !

Elle aimait troquer ses escarpins ternes et douloureux contre sa paire préférée de petites baskets à cœurs. Jeter une veste en jean sur sa robe noire. Se transformer pour offrir un tout autre visage. Le vrai, le seul qui compte, celui des week-ends au grand air. Tant pis pour ses collègues de bureau qui ne la croisaient le reste du temps que dans le rôle du Joker de *Batman*.

Tiens, cette fois encore, quelqu'un était assis à sa place.

-Pourquoi cela n'arrivait-il donc qu'à moi ?

Cette fois, il était bien plus jeune. Plus souriant aussi. Bien élevé. Il portait un panama (mais sans huile de monoï). Il était large d'épaules. Bel homme, aussi, ce qui ne gâchait rien.

-Navré, je me suis installé côté fenêtre. Mais c'est votre place, je crois. Je comprendrais tout à fait que vous souhaitiez la récupérer. Je n'ai fait que l'emprunter. Alors, je vous la rends ? Sans rancune ?

Sa voix avait un grain charmant. Suffisamment pour faire fondre séance tenante ce qu'il restait de banquise à la surface du globe. Souvenez-vous, celle qui accueillait le congélateur de toute à l'heure. Elle-même.

Elle insista. Il lui céda donc sa place, avec l'air de cet enfant que l'on aurait pris en flagrant délit la main dans le pot de confiture. Elle le trouvait charmant. Il lui faisait de l'œil. Un œil de cocker auquel il était difficile de résister.

Il n'était pas d'ici, c'était une certitude. Il détonnait beaucoup trop dans le paysage de la capitale. Comme une incongruité, un grand quelque chose qui ne serait pas à sa place. Drôlement bien conservé, il détonnait tout court. Voilà qu'elle était perdue dans son regard. Telle cet enfant qui découvrirait *Disneyland* pour la première fois.

-Vous n'êtes pas malade en train au moins ?

-Aucun risque, je vous le garantis.

Le TGV s'ébroua, puis prit lentement de la vitesse. Comme pour donner davantage de temps à cette entrée en matière galante. Il égrena ensuite un à un les tunnels qui marquaient la sortie de la région parisienne, comme on le ferait avec les grains d'un chapelet.

Bientôt ils pourraient entrer à pieds joints dans l'allégresse du week-end, laissant derrière eux la gravité et les pesanteurs de la routine.

Ils venaient de passer la frontière. L'aventure était droit devant.

-Vous devez être Ludivine ?

La surprise éclaira son visage.

-Tiens, voilà qu'il me parle.

De mieux en mieux.

-N'y voyez aucun talent extra-lucide. C'est en réalité plus bête que simple. Ou plus simple que bête. Voyez-vous, mon téléphone me propose de me connecter à trois réseaux Wi-Fi : celui d'Ahmed, celui de Pierre ou de Ludivine. Je l'avoue, je n'ai aucun mérite, j'ai procédé par simple déduction.

Ce garçon avait de la conversation. Prudence...

-C'est bien moi. Vous venez de réussir votre examen d'entrée. Décidément, vous me plaisez bien jeune homme.

Elle renonça toutefois à prononcer à voix haute la seconde partie de sa phrase. Elle y pensa néanmoins suffisamment fort pour rougir jusqu'aux oreilles. Pour garder le contrôle de ses pensées et des papillons qui venaient de se réveiller, elle se concentra sur le paysage du soir. Riche idée de toujours voyager côté fenêtre ! C'était pour elle la meilleure façon d'avoir l'air ailleurs, et, paradoxalement, de se sentir *à sa place.*

La scène qui s'offrait à elle valait les plus belles déclarations.

Le soleil touchait presque l'horizon. Il allait bientôt commencer sa traversée. C'est bête comme c'était beau. La journée avait fini son défilé. Les rayons du couchant embrasaient les champs qui s'étendaient à perte de vue. Ils lui rappelaient vaguement les terres agricoles de son enfance.

Le temps voulait en finir au plus vite avec le reste de la semaine. On ne pouvait pas lui donner tort. Sur la droite, il y avait cette armée d'éoliennes. Elles semblaient défendre ce bout de colline, telles des sentinelles que l'on aurait postées là. Leur mot d'ordre : toujours *aller dans le sens du vent* !

Les vendredis soirs, nous reprenait cette folle envie de nous émerveiller et de prendre la vie par le bon bout. De mesurer la chance que nous avions, comme avec notre rencontre, que rien n'annonçait.

Les vendredis soirs, le ciel n'était jamais noir. Il se parait d'un bleu profond. C'était le moment où l'on voyait sortir les étoiles. Comme dans les livres de contes et les rêves. Ceux de Ludivine en tous cas.

Les vendredis soirs, la bonne humeur des petits contaminait enfin les grands. Elle se nourrissait des promesses de cabanes dans les arbres, d'une partie endiablée de *Molkky*[22] et des batailles de pistolets à eau.

Les vendredis soirs, nos bouches souriaient, même au repos. Et les soucis fondaient à vue d'œil, pareils à des chocolats de Noël oubliés sur un radiateur.

Les vendredis soirs, nous enfilions nos habits de gala. Ils étaient enfin de retour. Qu'avaient-ils donc bien pu faire le reste de la semaine ?

Mon voisin me tira de ma rêverie.

-Je vous offre quelque chose pour me faire pardonner mademoiselle ?

-…

-Ludivine ?

-Oui, pardon, j'étais ailleurs. Un café très épais, un double *shot* de vodka, et une bière aussi rousse que les cheveux d'une irlandaise. A la pression bien sûr.

Surpris, il en fit tomber téléphone, veste et portefeuille. C'est fou ce que la maladresse pouvait être charmante. Surtout chez lui.

Au fait, j'avais oublié de vous dire : les vendredis je laissais mes cheveux en liberté, plutôt que de les attacher

---

[22] Jeu d'adresse inventé par l'entreprise finlandaise Lahden Paikka en 1996. Il consiste à renverser des quilles de bois numérotées de 1 à 12 à l'aide d'un bâton cylindrique en bois.

comme j'en avais l'habitude. Parce que ces jours-là, la vie avait cet art bien à elle de me tomber dessus comme la mèche qui me barrait le front.

-Je m'appelle Téo, dit-il en me tendant mon café, presque déjà froid.

Allez savoir pourquoi, cela lui rappela aussitôt ses cours d'anglais. Du moins ce qu'il en restait (*not much*)...

-*Hello, my name is Téo.*

Même en français dans le texte, il avait un sourire à faire dérailler un TGV.

Dehors, les nuages ondulaient, passaient par troupeaux entiers. Ils me donnaient envie de jouer à saute moutons. Je rougis en pensant à ces culbutes pourtant très sages. Rouge comme une écrevisse dans son bain de cuisson.

-Prudence Ludivine, prudence, ne t'enflamme surtout pas.

Mais, quand même, mon voyage ressemblait de plus en plus à un gros nuage moelleux, avec des éclats de joie un peu partout. Et des cristaux pour refléter le soleil.

Cet homme-là venait de raviver le feu de la vie et de l'espoir, alors que l'instant d'avant nous étions encore chacun dans notre retenue.

-TGIF les amis !

On ne peut soustraire ni diviser le bonheur.

En revanche, il s'additionne et se multiplie à l'infini.

Chapitre 14

Raccrocher les wagons

Téo avait beaucoup voyagé. Sur terre, sur mer et dans les airs. Dans l'espace aussi, le privilège des doux rêveurs, très souvent *dans la lune…*

Bien loin de la gare de l'ouest, ses voyages autour de la planète lui renvoyaient l'écho de ces trains pas comme les autres, qu'il avait eu le rare privilège d'emprunter un peu partout sur les cinq continents. Avec eux, il avait bravé les pentes les plus abruptes du Valais Suisse, s'était aventuré sur les hauts plateaux arides du Chili et du Pérou. Il avait aussi traversé l'Inde et ses merveilles. Au Maroc, les enfants avaient poursuivi son train. Entre Hong Kong et Macao, il avait fait la bascule entre deux mondes. Au Tibet, il avait pris de la hauteur comme jamais. Il avait appris à aimer ces trains qui s'affranchissaient des frontières, chargés d'épices, de grands sacs de cacao ou de café. Le courrier voyageait avec eux, d'un bout à l'autre du pays. En Afrique, les voyageurs prenaient même place sur le toit des wagons, pour se rendre au travail ou à la guerre. Chaque civilisation mettait dans ses trains un peu de son histoire et de son originalité, de ses traditions ou de la modernité qui les effaçait.

Les trains étaient des convois exceptionnels, pour de vrai. Grâce à eux, l'humain et une lenteur bienvenue pouvaient reprendre leurs droits.

Chaque gare que l'Homme avait placée sur leur route était un spectacle, une étincelle de vie. Bouillonnantes, elles étaient comme une fenêtre grande ouverte sur d'autres cultures et d'autres civilisations.

Les gares japonaises étaient ponctuelles, tandis que les gares indiennes donnaient du temps au temps. Les gares nord-américaines et canadiennes devaient composer avec les rudes intempéries de l'hiver, les gares italiennes avec les grèves à répétition. Les gares russes, elles, disparaissaient dans les volutes de vodka. Les unes comme les autres brassaient bagages et histoires de famille. D'un continent et d'un siècle à l'autre, bousculant au passage les certitudes et les repères familiers. Téo les avait toutes fréquentées, avant de les remiser sur l'étagère aux souvenirs, en passant de la grande quarantaine à la petite cinquantaine.

Le Croisic n'offrait sans doute pas le même exotisme ni le même degré de dépaysement. Mais au moins, cette fois, il restait sur la terre ferme. Histoire de changer un peu ses habitudes, lui le marin de cœur.

Car Téo avait aussi beaucoup navigué, rattrapé par ses envies de voyages au long cours. Son prénom rimait avec bateau, et ne devait donc rien au hasard. Ses amis se moquaient de sa passion dévorante. Elle engloutissait grandes vacances et week-ends, un par un, sans exception.

Depuis sa plus tendre enfance (comme si l'enfance pouvait être tendre), il trainait son mètre quatre-vingt-dix sur presque tous les pontons de la façade ouest. Un jour, il avait même poussé jusqu'aux Açores. L'année d'après, il s'était épris des fjords de la belle Norvège, du côté de Bergen. Une rencontre inoubliable, au pays du soleil qui ne se couchait jamais l'été.

Son bateau portait un nom étrange. Il l'avait acquis quelques années plus tôt auprès d'un vieil américain. Parce qu'il lui avait plu dès le premier regard (l'*Angérona*, pas l'américain !). Ce bateau en avait connu des drôles de traversées, un peu partout sur les mers du globe. Il n'avait peur de rien et avait rendu ses équipages successifs heureux. Il pouvait aussi débarquer sans ménagement les passagers clandestins qui prenaient place à son bord. Avec lui, c'était les fortunes *en* mer.

Téo y avait découvert un journal de bord pas comme les autres, patiné par le sel et les années. Il se lisait dans un sens comme dans l'autre, ce qui était tout à fait inhabituel. Une certaine Léa avait ainsi faite sienne sa première moitié. L'autre était celle d'Ingrid[23]. Mais l'une comme l'autre y avaient mis beaucoup d'elles. Elles s'y livraient sans filtre, au cours de ce qui devait être la traversée d'une vie.

Il n'en avait d'abord parcouru que quelques lignes. Comme s'il craignait de troubler leur intimité, comme s'il ne devrait pas se trouver là. Mais ce journal de bord était venu à lui. Avec l'*Angérona* ils formaient un tout que rien ne devait séparer.

Alors il avait poursuivi sa lecture et mis les voiles, en agréable compagnie. Ce qu'il y découvrit le bouleversa. L'océan et l'air du large étaient le plus puissant des sérums de vérité.

Un jour il retrouverait la trace de cette Léa et pousserait jusqu'à l'Ile d'Yeu. Depuis le Croisic il n'y avait guère plus qu'une très grosse journée de navigation, peut-être deux si les vents étaient paresseux ou contrariés. Il partagerait cette quête avec Ludivine. Il s'en fit la promesse. Et Téo tenait toujours ses promesses.

Naviguer lui permettait de mettre ses propres frontières à l'épreuve. Il avait traversé son équateur personnel à plusieurs reprises, sa ligne de partage des eaux. Mais

---

[23] Voir *Les Copains à bord*, du même auteur

toujours en solitaire, en tête à tête avec les éléments. Pour se donner entièrement, sans filtre ni retenue. Comme l'océan, il n'aimait pas les concessions. Il devrait au moins en faire une pour quitter sa solitude. Mais il pouvait lui faire confiance.

Il se promettait de l'aimer mieux, c'est-à-dire pas comme toutes les autres avant elle. Elle avait ses casseroles et lui les siennes. Les mettre en commun augurait d'une cuisine délicieuse. C'est fou ce que la vie pouvait œuvrer avec justesse.

Lulu était le genre de fille que tout habillait, avec ses cheveux mouillés et son sourire qui chante.

Lulu était le genre de fille que la vie habitait avec sa vision du monde et des gens qui lui faisaient du bien.

Lulu croquait dans la vie, même si elle ne le savait pas encore.

Lulu était le genre de fille avec qui il prendrait volontiers la mer.

Bientôt ils largueraient les amarres. C'était désormais une certitude.

Restait une inconnue : combien seraient-ils à bord pour le voyage d'une vie ?

Le bonheur aime rire et parler fort.

On le voit venir de loin.

Chapitre 15

Avec un *entrain* de circonstance

[Une heure plus tôt j'avais assisté au départ du train à grande vitesse pour Le Croisic. C'était le train des belles rencontres, le train des envies d'ailleurs. Le train des amoureux, le train de la vie qui redevenait belle, le train des parenthèses enchantées. Ah celui-là... j'aurais pu vous en parler pendant des heures.

Mais j'avais décidé d'être raisonnable, pour une fois, et de garder cela pour mes mémoires, si d'aventure on me laissait le temps de m'y consacrer. Rien n'était moins sûr.

Mais tout de même, je ne pouvais résister à jeter un œil à l'intérieur. Vous aussi vous aviez envie de savoir, n'est-ce pas ?

Côté cœur, Ludivine venait tout juste de *raccrocher les wagons*. On peut même dire qu'avec avec Téo, ils menaient *grand train*. Ils éprouvaient cette curieuse certitude de se trouver exactement là où ils devaient être.

Je contemplais la mine réjouie de Ludivine. Et je n'étais pas au bout de mes surprises.]

Avoir Téo comme compagnon de voyage, c'était comme avoir de l'argent à la banque. Et elle éprouvait d'un coup comme une folle envie de se lancer dans le casse du siècle. Pleine à ras-bord, la salle des coffres lui faisait de l'œil avec insistance.

-Bonjour, c'est pour un sondage. Vous gardez vos bijoux chez vous ?

En plus d'avoir de la discussion, Téo témoignait d'une connaissance approfondie du monde. Soit dit en passant, il était beaucoup trop beau pour être vrai. Mieux eût été indécent. Il était si charmant qu'il avait dû être placé là par l'office du tourisme en personne. Ou par cette vieille amie, un peu pot de colle, qui poursuivait Lulu de ses attentions depuis bientôt deux ans.

-Tu verras, c'est pour ton bien.

Elle s'était auto-proclamée coach en bien être. Sans que l'on sache si cette profession existait réellement (Ludivine savait de quoi elle parlait). Bref, son 'métier', avec des guillemets, consistait à promettre à tout le monde des lendemains meilleurs. Elle disait que, si on le voulait vraiment, ils pouvaient se répéter à l'infini, comme les petits pains de la Parabole.

-Ouais, bof, si tu le dis.

Ludivine ne croyait plus à ces choses-là. Il était difficile de remonter sur le cheval de l'existence quand on en était tombé.

-Tu devrais vivre ta vie de femme pleinement. Arrondir les angles et les coins.

Elle croisa son reflet. Déformé comme il serait par un miroir de foire, il lui renvoya l'image de ce linge de maison délavé à force d'avoir traîné trop longtemps sur l'étendoir.

-Me voilà *dans de beaux draps*, soupira-t-elle en silence.

Les couleurs avaient pris le train d'avant. Elle espérait les retrouver à destination.

En attendant, Lulu avait l'air d'un dessert de la veille. Elle faisait tâche parmi les pâtisseries du jour. Elle se sentait un peu quelconque. Comme si chaque trait de son visage devait batailler pour attirer l'attention. Eux qui ne parvenaient jusque-là qu'à collectionner les ennuis, les fâcheux contretemps, et des désagréments en pagaille.

Que pouvait donc bien lui trouver Téo ? Rencontrait-il des difficultés avec ses verres correcteurs ? Des *correcteurs* qui avaient tout faux : ce serait tout sauf banal, et finalement à son image.

-C'est peut-être ma chance, après tout.

Leur périple se poursuivait, seulement troublé de temps à autre par les battements de leurs cœurs. Ils regardaient dans la même direction.

Le Croisic, c'était le bout de la ligne, et le bout du monde. Vous y attendait une petite gare sans prétention, qui ne payait pas de mine. C'était comme cela que Ludivine les aimait. Sous ses traits colorés, aux reflets ocre, se cachait depuis plusieurs générations la fabrique des jolis souvenirs. A plein *régime* l'été (une histoire de maillots...), elle tournait au ralenti le reste de l'année. Mais elle ne cessait jamais tout à fait son activité, à deux pas des petites ruelles du centre. Des maisons en granit, aux volets bleus ou rouges, s'y serraient les unes contre les autres. De grands massifs d'hortensias les protégeaient des regards indiscrets. Parmi ses richesses, le Croisic offrait celles que l'on dégustait chez *Tante Germaine*. Les galettes de blé noir y étaient fameuses dans toute la région. Une région de connaisseurs. Il fallait juste se munir d'un gros appétit, et d'un peu de patience. Elle allait avec la rançon du succès.

Juste après, il y avait l'océan.

Tourteaux, étrilles, maquereaux, langoustines : il y avait là de quoi faire danser leurs papilles pour un *bon moment*. Un excellent moment : celui de la convivialité et du partage, celui des grandes tablées, qu'accompagnaient joyeusement quelques tranches de pain croustillant. Il y avait aussi un petit beurrier fantaisie. On se resservait, encore et encore.

-A table c'est prêt !

Au Croisic, l'air avait un bon goût de sel. Et même ceux qui avaient pour habitude de ne jamais en remettre dans leurs plats s'accordaient bien volontiers une exception. Ils n'avaient de toutes les façons pas le choix.

-Et puis quoi encore ?

Un peu plus loin, il y avait la grande jetée. Elle défiait l'océan, faisant comme si elle avait décidé de se lancer à l'assaut l'Atlantique. L'océan ne se connaissait pas de limites. On ne le savait que trop bien par ici.

Sur bâbord, posées à même la plage, on pouvait distinguer quelques petites cabanes colorées. Elles flattaient le regard. Pendant ce temps, l'océan faisait l'indécis, hésitant entre vert émeraude et bleu marine. Un éclat incomparable, que venait seulement troubler le va-et-vient des marées. A leur passage, les bancs de sable se découvraient pour enfin s'offrir en spectacle. Ils bordaient le chenal, de part et d'autre. L'eau s'y écoulait. Le temps aussi. On avait du mal à dire lequel des deux filait le plus vite.

Non loin de là, les marais-salants s'étalaient de tout leur long. Leurs carreaux trainaient au soleil de midi pour former un patchwork irisé du plus bel effet. Ils veillaient sur la vieille ville, assoupie à l'heure du déjeuner. La quiétude était seulement troublée par le va-et-vient silencieux des sauniers[24]. A l'ombre de leur grand chapeau, avec ces gestes dont eux seuls se transmettaient le secret, ils prenaient soin de ce que la nature leur offrait. Avec toute la générosité dont elle était encore capable. Un

---

[24] Egalement appelés paludiers ou marins-salants.

peu de soleil et beaucoup d'eau : c'était depuis toujours la recette des jolies choses. Et ces choses-là étaient faites avec passion et amour du métier.

Les croisicais avaient bien de la chance.

Téo retrouvait régulièrement ici une partie de sa famille. Une grande famille. Vingt-deux cousins, cousines, pas un de moins.

-Restez assis, que je puisse tous vous compter.

De la petite maison des débuts, il ne restait pas grand-chose. Avec le temps et les naissances, il avait fallu pousser les murs, descendre quelques cloisons, et racheter les deux terrains qui bordaient la petite propriété.

Lui aussi aimait le grand air de la côte sauvage. C'est pour cela qu'il se réfugiait ici à la moindre occasion. Une façon comme une autre de prendre rendez-vous avec ses racines et leurs belles histoires de famille.

Mais le train du vendredi ne lui avait jamais offert une aussi belle rencontre. Serait-il à la hauteur de cette Ludivine dont l'éclat le touchait particulièrement ? Il aimait tout chez elle. Mais pas grand-chose chez lui.

-Je vois bien que je pèse plus lourd ces derniers temps. En tous cas bien plus que mon *pesant de cacahuètes*. Le manque d'exercice, encore lui ! Peut-être. Sans doute. C'était certain.

Etait-ce parce que les choses futiles et superficielles avaient fini par s'évaporer avec l'âge ? Et que ne restait plus, au fond, que ce qui comptait vraiment ?

-Tout au fond, les aiguilles de la balance faisant foi. Pas faux !

Soit dit en passant, de fil en *aiguille*, ces vieilles balances ne pardonnaient pas grand-chose. Les modèles plus récents avaient au moins la pudeur de masquer ma prise de poids : ils affichaient ERR lorsqu'ils manquaient de piles. Un petit stratagème sympathique pour que je puisse sauver *la face.*

Au régime, Téo se nourrissait désormais de ce que les autres lui apprenaient. De ce qu'ils lui transmettaient avec une générosité désintéressée. Comme s'ils semaient de petits cailloux sur son chemin de vie. D'un naturel curieux et collectionneur, Téo se penchait pour tous les ramasser. Ils lui faisaient du bien.

-Se baisser est le meilleur moyen de se souvenir d'où l'on vient. De garder les pieds sur terre. J'ai l'âme d'un terrien. Le sol a une histoire. Et mon histoire de grandes racines, même si elles trempent dans l'eau salée du Croisic.

Téo avait donc fini par accepter son embonpoint et son corps grassouillet, comme on le ferait avec un chat obèse, gentil mais *un poil* encombrant. Le parallèle ne s'arrêtait d'ailleurs peut-être pas là : sa vie *ronronnait*, et pour parler franchement, le manque de câlins commençait à sérieusement se faire sentir. Ils avaient au moins cela en commun, en plus du reste.

-Tu te souviens à quelle heure on arrive toi ?

-Mais dis-moi, tu as l'air bien pressée ?

Bien plus que pressée, son envie de vivre était violente, quasi animale. Mais elle ne devait rien lasser paraître :

-Non, je vis à Paris, c'est tout. Le bonheur s'y écrit en deux mots : *bonne heure.* Il est toujours pressé. Et puis je crois qu'il ne supporte pas de se voir en lettres *capitales.*

Téo avait touché juste. Camille était *in love* du bonhomme.

La vie les attendait ailleurs, un peu plus loin. C'était dans l'air. Et s'il n'était pas trop tard pour changer le cours bien établi des choses ? Un pied de nez, une *pirouette*. Pour précéder les *galipettes*, songea Camille...

Elle soupira... de ce soupir qui voulait dire tout autre chose.

[Et si nous leur laissions un court moment d'intimité ? D'autant qu'il fallait que je vous dise quelque chose. Que je vous parle de quelqu'un. Au risque de jeter un sacré froid, alors que l'ambiance à bord commençait tout juste à se réchauffer. A plus tard les amoureux !]

Le bonheur ne se devine pas facilement.

Il joue à cache-cache avec les autres.

Chapitre 16

Tout au bout de la vie

[Ma vie de gare n'était pas toujours aussi rose ni joyeuse que cette galerie de portraits réjouissants pouvait le laisser croire. Ou alors ma mémoire devenait sélective, et me conduisait à embellir les choses au-delà du raisonnable. Une sorte d'optimisme béat, à l'insu de mon plein gré. Ici, comme partout ailleurs, le destin jetait parfois sur votre chemin d'encombrants personnages. Histoire sans doute de vous faire davantage apprécier tous les autres. Jacques Dutronc avait hélas raison : *dans la vie il y avait des cactus.*[25]]

Par ici, tout le monde connaissait Rose. Et on faisait tout pour l'éviter. Comme si son apparition relevait du mauvais présage. Hortense, Léon, Loïk avec un 'K', Camille, Ludivine et même Téo la croisaient de temps à autre, en faisant mine de regarder ailleurs. Mais voilà, c'était comme si elle faisait partie de votre champ de vision, malgré tout.

Elle avait le chic pour se mettre dans le passage. Elle avait le temps pour elle à force de n'aller nulle part. Si elle se retirait à intervalles réguliers, c'était pour mieux revenir ensuite, comme les marées.

De l'avis de tous, elle était née de fort méchante humeur. Même si elle ne buvait pas une goutte d'alcool,

---

[25] Jacques Dutronc, *Les Cactus*, 1994

elle semblait plus imbibée qu'une serpillère après un dégât des eaux.

Dans un bon jour, elle avait raconté à Loïk que puisque le train lui avait pris son mari, alors elle viendrait hanter la gare de sa présence, jusqu'à la fin. Comme elle affichait soixante-cinq ans à peine, nous n'étions pas tirés d'affaire.

C'était un euphémisme. Celui-ci était du genre à se compter en années.

En partant, son mari lui avait en tous cas laissé suffisamment de quoi vivre pour pouvoir traîner ici des heures. Mais jamais la nuit. L'obstination crasse et le jusqu'au-boutisme avaient eux aussi besoin d'un peu de sommeil.

Rose ne faisait pas de cadeaux. Pour tout dire, elle en faisait encore moins que la vie. Elle ne pardonnait rien.

Les esprits chagrins envisageaient régulièrement une malencontreuse chute dans les grands escalators. La faute à pas de chance. Mais les mobiles trop apparents, ceux qui laissaient beaucoup trop d'indices derrière eux, gâchaient systématiquement les bonnes parties de *Cluedo*. [D'ailleurs, je crois bien que c'est votre tour. Jetez donc les dés pour voir !]

Son visage passait le plus clair de son temps à se fermer comme une porte qui claque. Elle ressemblait à cette grand-mère que l'on se réjouissait de n'avoir jamais eue. Son manteau en peau de dalmatien semait la panique, comme dans un mauvais *Disney*.

-Passer la journée avec Rose ? Merci bien, je ne suis pas antiquaire…

On avait autant envie de la croiser que d'embrasser une araignée. Elle nous faisait l'effet d'un ongle sur une ardoise. A force de paroles désagréables, c'était certain, ses dents finiraient par se déchausser. D'ailleurs, sa bouche ne formait plus que des phrases courtes et lapidaires. De la même famille que lapidation. Rose ne prenait jamais de gant. Ou alors un gant de crin, bien irritant, du genre poil à gratter. Ses paroles piquaient désagréablement le palais, le fond de la gorge et le bout des lèvres. Elle les prononçait d'une voix aussi glacée qu'une plaque de verglas. Son regard ne brillait jamais et venait toujours avec un soupir exaspéré. Il y avait chez Rose un vrai sens de la fête... Tant qu'à avoir tous les vices, elle fumait aussi. Beaucoup. Comme une locomotive d'autrefois. Elle était aussi du genre à subtiliser sous votre nez le dernier carré de la tablette de chocolat. Rose prenait le bonheur à rebrousse-poil. Elle était ce grand coup de canif dans le contrat de la joie.

Elle faisait tout un tas de mouvements de bouche. Mais rien qui n'en sortait n'en valait vraiment la peine. Son propos suivait toujours la même logique, implacable : avoir un avis sur tout, distribuer les jugements hâtifs et sans appel.

-Je vous l'avais bien dit.

Elle ne connaissait qu'un seul point de vue, le sien. Oui, vraiment, elle avait l'empathie d'un hygiaphone mal embouché.

-Puisque je vous dis de parler plus fort à la fin !

Elle était du genre à passer l'aspirateur le dimanche matin chez elle. Tous les dimanches matins, de plus en plus tôt. Elle vous avait à l'usure...

Régnait autour d'elle comme une atmosphère de défaite. A commencer par celle du bon goût et du style. Assortie à ses yeux cernés et à sa mine déconfite, c'était comme si sa garde-robe peinait à se relever d'une grosse déprime. Rose semblait avoir créé sa propre ligne de vêtements. Une ligne pour celles qui avaient renoncé à plaire.

-Tu n'as pas l'air dans ton assiette, dis-moi.

-Puisque tu le demandes, ça va moyen.

-Toi, tu as encore croisé Rose…

Plus *train fantôme* que *petit train*, son sourcil broussailleux prenait de haut les voyageurs qu'elle croisait dans sa déambulation de mauvaise augure.

-Moins fort, on n'entend que vous ici !

Elle répétait à qui voulait l'entendre que la gare était encombrée de gens en sueur qui déambulaient par troupeaux entiers. Ils trainaient dans leur jus, pour de vrai, en partance pour un ailleurs un peu plus frais et bien moins déprimant. Un lieu avec vue sur l'horizon plutôt que sur l'immeuble d'en face, avec la voisine à moitié nue qui se grattait le nez, et les enfants qui hurlaient à la fenêtre. Tiens, la voisine venait de jeter son mégot depuis le sixième étage. Et puis maintenant, elle était tout à fait nue tant qu'à faire.

A force de chercher les failles chez les autres, la peau de Rose en était devenue toute craquelée. Pas ridée, non. Ça, c'était la marque de fabrique de la sagesse. Cela ne la concernait pas. Elle avait passé son tour depuis longtemps.

Rose avait décidément bien du piquant. Alors on ne s'y frottait pas. Certainement pas.

[J'étais sincèrement navrée de vous imposer cela. Mais j'avais besoin de me confier. Cela me fait beaucoup de bien.]

Pourtant, un jour, quelqu'un osa partager un bout de banc avec elle. Un tout petit bout, histoire de pouvoir prendre congé sans délai, au cas où. Cet homme-là s'était dit que l'aigreur et la méchanceté ne pouvaient tenir lieu de projet de vie. Qu'il y avait forcément quelque chose d'enfoui dessous, même profondément. Il avait décidé de voir par lui-même, quitte pour cela à affronter la bête en personne. On ne pouvait lui donner d'âge avec certitude. Je me souviens juste que son regard semblait habité par la force d'un vieillard qui a tout vu de la vie, et par l'innocence d'un enfant qui a encore tout à apprendre.

Et contre toute attente, Rose avait accepté de lever le voile. Certes pas du premier coup. Il lui avait fallu s'y reprendre à plusieurs fois, dans un improbable dialogue avec elle-même. Tout juste audible, mais suffisamment quand même. A condition pour cela de bien tendre l'oreille. Confus, ses propos semblaient hésiter entre aveu et confession. Puis ils durent faire leur choix.

-Les gares sont pleines de mélancolie. Celle qui va avec la vie de famille que je n'ai jamais eue. Elles m'emplissent de cette tristesse qui me laisse à quai, avec mon paquetage et un goût d'inachevé en bouche.

Elle était émouvante dans son lâcher-prise. On entendait presque le chagrin et la déception prendre la place de la colère. Rose prit une grande inspiration, comme pour laisser entrer l'air. A cet homme, cet inconnu, elle confiait ses souvenirs comme s'ils appartenaient à une autre.

-Les voyages modernes me désolent. Avant-même de les vivre pleinement, on voudrait qu'ils soient déjà achevés !

Son voisin l'avait alors encouragé à poursuivre. D'un regard silencieux qui en disait bien plus que des mots mal choisis.

-La vie ce n'est pas aller d'un point A à un point B. Je refuse que l'on contraigne ma gare, que l'on confine tous ces trains dans leur dimension utilitaire. Ils méritent tellement mieux.

[Venant de Rose, ces paroles m'allaient droit au cœur. Contre toute attente, elle semblait capable d'éprouver des sentiments.]

-Un matin, je me présenterai ici avec ce grand sac pour seul bagage. Dedans, juste l'essentiel, rien de plus. Sans réservation ni destination, l'esprit libre. Juste des possibles. Aller là où mon cœur me portera.

[Je serais ravi d'aider. Vite, quelles sont les destinations les plus lointaines desservies depuis ici ? Reste-t-il des places ?]

Suivre un bel inconnu.

Accompagner un vieil homme un peu perdu.

Mettre mes pas dans ceux d'une famille qui passera par là.

Aller là où je ne suis pas attendue. Là où je ne suis plus attendue. Par personne.

Partir en voyage comme on partait autrefois à l'aventure. A l'assaut du monde.

De nouveau. Enfin.

Me débarrasser de cette fatigue venue *du fond des âges*.

Pour cela, je prendrais conseil auprès d'un concierge en bonheur, dont l'officine aurait élu domicile au pied du tableau des arrivées et des départs. Il m'interrogerait, et je trouverais aussitôt chaussure à mon pied.

-Qu'est-ce qui vous ferait plaisir ?

Je crois bien que Rose s'ouvrait enfin au monde. Elle était de retour parmi les vivants, après avoir apprivoisé sa solitude. Sa vie était arrivée à destination. Elle souriait enfin. Mais il manquait quelques dents à son sourire. Dans la tête de Rose, la vieillesse avait enfin de l'avenir.

On dit que l'homme qui partagea un bout de banc avec elle ce jour-là en fut profondément touché.

Alors il se leva et emporta avec lui cette parole précieuse, comme un réfugié emporterait son maigre baluchon pour traverser la mer qui le séparait des promesses d'une vie meilleure.

Pour tous les autres, la vie continua comme avant. Ils persistaient à éviter de croiser le chemin de Rose. Sans jamais imaginer un seul instant ce qu'ils perdaient.

Cela dura des semaines, des mois. Peut-être même davantage.

Et puis un jour, Rose n'était plus là.

Elle s'en était allée, sans que l'on sache vraiment dans quelle direction, ni auprès de qui. A force de nous dire 'à demain', elle n'avait pas vu le jour d'après. Certains y virent un heureux présage. Comme si on leur avait retiré une fière chandelle du pied. D'autres avaient fini par envier son courage et sa détermination.

-Et nous, quand partirons-nous, comme elle ?

Alors, ils s'entendaient répondre :

-Plus tard.

-Plus tard, d'accord, mais quand ?

Au fond, ils n'étaient pas tout à fait certains de voir ce plus tard se présenter un jour.

Les gares enfantaient de drôles de rencontres. Des rencontres éphémères. Des rencontres insistantes. Des rencontres qui éteignaient la lumière en partant.

[Rose, si vous m'entendez, pardonnez-moi. Je ne savais pas.]

Les gares avaient appris à repriser les sentiments.

Et c'est pour cela que je les aimais. Pas vous ?

Le bonheur se porte en bandoulière.

On peut ainsi l'emmener partout avec soi !

Chapitre 17

Puisque vous partez en voyage[26]

Le voyage façonnait la vie des Hommes et leur histoire depuis des siècles. Il était ce fil *conducteur* qui nous rassemblait, grandissant au passage ceux qui en faisaient leur métier, et œuvraient ici. Le voyage était une drôle d'aventure.

[J'avais compris cela bien avant tout le monde. En toute modestie, naturellement, vous commencez à me connaître...]

Il faut dire qu'il en fallait du courage, pour quitter le confort de ses certitudes et s'affranchir de sa représentation du monde. Les voyages commençaient toujours par un départ, plus ou moins contraint, mais toujours plein d'excitation à l'idée de rejoindre ceux qui nous attendaient de l'autre côté. Voyager c'était se mettre en route, rallier un ailleurs. Se découvrir en chemin, mieux se connaître, s'ouvrir aux autres avec sincérité. Le voyage était une parenthèse, un pas de côté. Il y avait dans le voyage une part d'inconnu, plus ou moins grande. Plus ou moins effrayante. Plus ou moins assumée. Partagée, ou vécue face à soi-même.

Parfois, la destination en faisait un simple déplacement.

---

[26] Titre de Françoise Hardy, paroles de Jean Nohain ©Raoul Breton Editions, 1936

Parfois encore, la routine le transformait en banalité qui ne méritait plus l'attention requise. Une simple distraction.

Mais le plus souvent, les voyages au long cours changeaient les Hommes en quelque chose de meilleur.

Autrefois, le voyage était conquête. On découvrait des continents inconnus, on empruntait les Routes de la Soie, on se lançait à l'aventure sur les océans et les mers du globe. En ce temps-là, il y avait la maladie, le scorbut, les pirates, les fortunes de mer, les Dieux, les révoltes à bord, et les animaux effrayants tapis au fond des mers, qui attendaient de vous en faire baver ou -pire encore- de vous faire la peau. En revanche, pas de réseau, même pas une barre ou deux. Depuis la vigie, tout en haut du mat, rien à faire, cela ne captait pas, y compris en tendant le bras !

Puis, au fil du temps, les voyages étaient devenus plus sûrs, plus lisses, presque convenus. Le train ne manquait jamais un arrêt. La prise de risque se résumait à quelques minutes de retard, tout au plus, lorsque la météo décider de s'en mêler, ou de *s'emmêler* tout court. Deux ou trois fois dans l'année, grand maximum.

C'était pour ces jours-là que des gens comme Hugo veillaient sur nous. Ils nous servaient de guide et de repère.

[Parfois, tout de même, en ce qui me concernait, je me demandais s'il ne me conduisait pas à de délicieux et fougueux moments d'égarement. Mais n'en parlez pas trop autour de vous, je ne voudrais pas nous attirer des ennuis. Les *liaisons* n'avaient pas le droit d'être *dangereuses* en matière de transport ferroviaire !]

Au bout des caténaires, les trains ne perdaient jamais le fil. D'une ville à l'autre. En contournant désormais les plus petites qu'on avait jugées indignes de les recevoir à l'avenir. On avait décrété qu'elles ne méritaient plus de regarder les trains passer. Ou alors seulement ceux de marchandises, tard le soir.

Autrefois, on voyageait en famille. On chassait les grandes vacances en meute. On emmenait même la gouvernante. Aujourd'hui le passager était ce loup solitaire qui pansait et léchait désormais ses blessures, seul dans son coin, sans adresser la parole à personne. Les faibles faisaient des proies faciles. Cela n'avait jamais été aussi vrai.

Le père de Loïk était du genre à cumuler les deux défauts : sédentaire et solitaire à la fois.

-J'ai tout ce qu'il me faut ici, alors à quoi bon ?

Il tournait en boucle sur le sujet. Pour lui, il y avait la Bretagne, et le reste du monde. Il y était bien. C'était la seule chose qui comptait. Au moins on ne le verrait pas débarquer à l'improviste, aucune chance ! Ce qui n'était pas en soi une mauvaise nouvelle.

-Mais qu'on me fiche la paix !

Avec son père, sur ce sujet comme pour tant d'autres, il fallait choisir son camp. Une bonne fois pour toutes. Si *les voyages formaient la jeunesse*, ils ne pouvaient visiblement rien pour les vieux bougons que l'océan avait bercés visiblement un peu trop près des cailloux. Ils avaient la tête aussi dure que ce granit dont on habillait les maisons.

Le voyage était pourtant le meilleur remède à l'ignorance et aux certitudes, au géocentrisme, à l'ethnocentrisme. Il vous forçait sans cesse à vous interroger, prenait un malin plaisir à bousculer vos certitudes. Avec lui, rien n'était jamais acquis ni gravé dans le marbre. Il ne fallait jamais *se croire arrivé*, et pour cause !

Ce soir, à bord du train qui filait vers l'océan, l'esprit du voyage regarda le destin assis en face de lui. Ils délibérèrent un moment. Puis ils sourirent de toutes leurs dents en rendant leur verdict. Ils avaient plus d'un tour dans leur sac, et des siècles d'expérience. Jeter deux inconnus dans les bras l'un de l'autre sans qu'ils s'en rendent compte, était leur façon préférée de faire. Téo et Ludivine ne s'apercevraient de rien.

Après tout, ce n'était qu'un très bon moment à passer. Tant mieux s'il durait toute la vie.

D'un naturel joueur,

le bonheur raffole des jeux de hasard.

Chapitre 18

Veuillez vérifier que vous n'oubliez rien à bord du train

Bien loin de s'imaginer ce qui se préparait, nos deux tourtereaux filaient.

En passant, ils *filaient* aussi le parfait amour. Le bonheur venait de leur exploser en pleine figure. Ils avaient des cœurs dans les yeux, et des cupidons plein le ciel. Pour faire joli.

L'amour pouvait être un drôle d'insecte dont la discrétion n'était sans doute pas la première vertu. Insistant et têtu, il pouvait bourdonner à votre oreille pendant des heures. Il aimait faire le *buzz*, je crois.

Depuis leur départ, Lulu et Téo n'en finissaient plus de se trouver des envies en commun : s'habiller de brins d'herbe, se déguiser en ménestrel, rire un peu fort, vivre intensément la beauté vraie des choses. Ne plus se prendre pour un autre. Ne plus faire semblant de tout.

Ils passèrent une bonne partie du voyage collés par la bouche. Tout autour d'eux, les bulles de savon avaient la forme d'un grand cœur multicolore.

[Je vous le garantis, et vous pouvez me faire confiance, en matière de rencontres je m'y connais ! On ne voyait qu'eux, ils rayonnaient.]

Dehors, le soleil couchant arrosait déjà de lumière la carte postale qu'ils avaient sous les yeux. Pour un peu, on

163

se serait crus dans un fond d'écran d'ordinateur. Le coucher du jour coïncidait avec le réveil de la nuit. Il leur restait suffisamment de temps pour continuer à rêver. A condition de faire vite. Car au bout de la route, il y avait leur rendez-vous avec la mer.

Ils avaient l'océan en commun. De l'eau salée coulait dans leurs veines. Et bizarrement, c'était bon pour la santé.

-Tu sais Lulu, lorsque j'étais petit, je me demandais où pouvait bien aller la mer, lorsqu'elle se retirait avec la marée. Que faisait-elle de tout ce temps loin du rivage ? Comment s'occupait-elle ?

-Moi, c'est l'hiver que je guettais. J'attendais avec impatience de pouvoir à nouveau faire de la buée en respirant. Rester des heures à contempler ces balcons oubliés que les premiers grands froids mettaient au repos forcé. Ce moment où ils devenaient justes bons à recueillir les larmes du ciel, que poussaient par paquets entiers les vents dominants. Il valait mieux ne pas se trouver à découvert sur leur passage. Ce moment où le bord de mer était enfin à nous, sans tous les autres. Ce moment où même le sable semblait pétrifié dans son sommeil et où de grandes flaques se formaient sur la promenade délaissée par les visiteurs de l'été. L'humidité prenait ses quartiers et jetait son dévolu sur toute la cité, bondissant de façade en façade, s'insinuant entre les pierres. Au bout de la grande jetée, la pointe verte du phare ressemblait à un bonnet de saison. Il faisait froid. Un froid tonique. Un froid vivifiant.

Ludivine frissonna, rien que d'y penser.

-Moi aussi, j'aime ce moment où la station balnéaire s'enroule autour de l'église comme une longue écharpe de saison. Où les lignes d'hortensias forcent leur nature pour se tenir chaud. Où Le Croisic fait le dos rond, en attendant des jours meilleurs. Ce moment où les restaurants du front de mer prennent quelques semaines de repos bien méritées, et partent à leur tour. Les cabanes de plage baillent au corneille. Il n'y a plus âme qui vive entre les lignes de grains. Tempétueux, le vent chasse alors aussi les parapluies. Et le vieux poêle, tout feu tout flamme, nous invite alors à la paresse douillette, pendant que la vitre frappe aux carreaux et cherche à se frayer un chemin pour se joindre à nous.

Téo s'y voyait, avec Ludivine a ses côtés.

Pour ceux qui n'y connaissaient pas grand-chose, la morte saison pouvait sembler bien lugubre. Mais tous deux savaient bien que c'était juste le son du vent jouant à cache-cache dans les ruelles, taquinant les volets mal fixés et faisant semblant de *jeter un froid* sur tous ceux qui passaient par-là en courbant l'échine. A cette saison, il pleuvait un peu tous les jours. Mais c'était aussi le seul endroit où l'on voyait le soleil juste après.

Ils ne croyaient pas si bien dire. Au Croisic, l'eau était partout. Fascinante, elle montait, elle descendait, elle allait et venait, puis vous était rendue au centuple. Par la faute de ces gros nuages menaçants. Ils avaient les mouvements d'humeur faciles, et pouvaient passer du blanc au gris foncé. Les gens du pays les avaient toujours à l'œil. *Gros nuage ne rend pas bien sage* répétaient-ils.

Nous étions sur les terres (inondables) du magicien *d'eau*, un gars du coin. On lui reconnaissait une infinie délicatesse : celle de se faire excuser un moment, lorsque la saison touristique battait son plein.

Le Croisic était encore un de ces rares endroits où l'on ne se souciait ni d'hier ni de demain. Chaque rencontre était ici une leçon de vie. La confiance et l'amitié s'affranchissaient des discours convenus, du m'as-tu vu et de tout ce qui n'en valait pas la peine. Les saisons passaient, pas les souvenirs. Le long du quai, quelques barques dansaient. Elles se laissaient bien volontiers *mener en bateau*. En arrière-plan, un chalutier faisait décor, façon marinière, tout rayé de bleu et de blanc.

Des souvenirs, Téo et Lulu en avaient une pleine malle ici. Rien qu'en les évoquant, ils venaient de rouvrir en grand la maison de vacances de leur enfance, la maison de la mer. Elle avait bien vécu. Désormais, il était temps de faire de nouveaux et grands projets pour elle. Des projets à deux, qui pourraient défier l'avenir et le cours des choses. Le Croisic avait décidément encore beaucoup de souvenirs à fabriquer puis à raconter.

Lorsqu'ils arrivèrent, non pas 'enfin' mais 'déjà', le soleil venait à peine de se coucher. Les étoiles se levaient. La gare les prit tous les deux longuement dans ses bras.

-Comme c'est bon de vous retrouver.

Puis on se souhaita bonne nuit. Avec les mots et avec les yeux.

Téo regarda Ludivine s'éloigner. Il fut alors saisi par un curieux sentiment d'abandon. Le temps d'un premier voyage partagé, il avait appris à aimer sa présence qui n'en faisait pas trop. Et puis, il y avait ses yeux. Peu de gens pouvaient contempler la vie avec une telle intensité, sans baisser le regard. Et puis, elle était drôlement jolie quand elle souriait.

Il lui tardait de la retrouver. En attendant, son cerveau ferait bien quelques paquets de nœuds (marins). Et son cœur avec.

Le bonheur aime les *instantanés*.

Chapitre 19

Les clichés qui avaient appris à sortir du cadre

[Ludivine et Téo formaient un joli couple. Ils feraient une publicité formidable pour le *transport amoureux*. Maintenant que j'y pensais, ils faisaient presque *un peu cliché*. Vous ne trouvez pas ?]

-Tant mieux, s'écria Gilles !

Il faut dire qu'il en avait fait son métier. Et les affaires marchaient plutôt bien, je dois dire.

[Gilles et moi étions devenus intimes. Complices, nous n'avions plus de secrets l'un pour l'autre. Pourtant, nous partions de loin, comme dans toutes les belles rencontres. Celles qui étaient faite pour laisser une trace, une empreinte, à force d'être inspirantes. Il fallait que je vous en dise quelques mots. Et comme vous n'avez rien d'autre à faire que de m'écouter, installez-vous confortablement. Et cessez de râler je vous prie !]

Gilles avait su se laisser porter par ses rêves d'enfant. C'était le secret : ne jamais laisser l'enfance derrière soi. Assumer ses passions, les aider à grandir pour mieux atteindre, le moment venu, l'âge de raison. Et l'espoir pouvait avoir beaucoup d'imagination. Même si les choses n'étaient pas toujours aussi simples qu'elles en avaient l'air. Tout ceci était sans doute un peu trop romancé.

Les sociétés contemporaines avaient inventé l'espérance de vie. Et elle était comme *la grenouille qui voulait se faire aussi grosse que le bœuf*[27]. Elle grandissait,

grandissait encore, pour s'étirer au-delà du raisonnable. L'envie de démarrer les projets qui nous tenaient à cœur suivaient l'exact chemin inverse. Et pour cause, on pensait à tort avoir davantage de temps pour les réaliser et s'y consacrer. Car Gilles savait que la vie tenait à peu de choses.

De pénibles et réguliers séjours à l'hôpital avaient achevé de le convaincre. De la plus brutale des manières, ils lui avaient rappelé l'urgence de faire les choses. Et de les faire en grand, même lorsque l'on faisait partie des petites gens.

Comme ce matin. Le soleil venait de faire son petit déjeuner des derniers bancs de brume qui se laissaient généreusement grignoter. Enfin bien réveillé, le soleil pouvait s'étirer. Jusqu'à l'infini.

Quelque part sous mon épaisse tignasse blonde bouclée, je n'entendais pas être en reste. Plus colosse que beau gosse, j'avais du sang viking qui coulait dans mes veines. Il allait avec mon intarissable volonté de célébrer la nature dans ce qu'elle avait de plus beau. Et de faire mentir tous ceux qui me le répétaient :

-Photographe c'est un loisir, pas un métier ! Grandis un peu !

Je n'en démordais pas, j'aimais me perdre en elle, pour des balades qui duraient des jours entiers, juste elle et moi. Plusieurs fois chaque année je partais à sa rencontre pour la célébrer. J'avais mes coins perdus, où personne ne va. Toujours sur la brèche, l'œil grand ouvert, mon imposant sac à dos ne me quittait jamais vraiment. Je lui avais appris à rester sur ses gardes, sur le qui-vive. Une manière comme une autre de faire comme tout le monde ici. Sauf

---

[27] *Les Fables de La Fontaine*, 1668

qu'une grande partie du temps, je me contentais de faire semblant. Même en restant sur place, d'une certaine façon je voyageais. Les inconvénients du trajet en moins. Je m'évadais grâce à tous ces gens. D'une nature observatrice, je scrutais leurs traits avec attention et un certain sens du détail. Je les photographiais sous tous les angles possibles et imaginables. J'enregistrais tout. J'avais appris à lire entre *les lignes*. Surtout lorsqu'elles se faisaient rides sur leurs visages.

Je les regardais courir après ce train qu'ils ne rattraperaient jamais.

Je les regardais se hâter lentement et traîner la savate pour tenter, une dernière fois, de repousser l'échéance. Pour tout un tas de raisons qui leur appartenaient, de la meilleure à la moins mauvaise. Je ne les comprenais que trop bien. J'avais de la sympathie pour eux.

Je les regardais contourner cette poussette en travers de leur chemin, dire pardon à la vieille dame, ramasser ce foulard décidément bien courageux pour oser ainsi quitter le cou de sa propriétaire occupée à toute autre chose.

Je les regardais, faisant tout mon possible pour capter la magie de ces moments fugaces. Le temps de me retourner, et ils étaient déjà derrière moi.

Je les regardais, et je les prenais en photo.

C'est à cela que me servait mon appareil. Il ne quittait jamais mon cou. J'en avais fait mon plus fidèle compagnon de route. Je me levais et me couchais avec lui. Nous mangions en faisant des projets ensemble. De très beaux projets.

Nous voulions enfermer tous ces sourires dans une boîte, pour pouvoir les regarder plus tard. Pour les protéger de l'empreinte du temps. Ces sourires qui remplissaient mes journées. Je crois même qu'ils débordaient sur le jour suivant, et celui d'après. Ils n'avaient que faire des rendez-vous et des calendriers. La gare en était remplie, à ras-bord. Il suffisait de prendre le temps de les regarder dans les yeux. Parce qu'il n'y avait rien de plus beau ni de plus vrai. Bien plus que des photos, je faisais le plein de bonheur pour rendre ma vie meilleure. Et celle qui viendrait juste après, pour mes vieux jours. Ces sourires donnaient une nouvelle vie aux objets les plus simples : un coin de banc, une vieille pierre qui dépasse, l'angle d'un café, le kiosque à journaux sur les parvis. Ils projetaient sur les gens un éclairage qui, déjà, n'était plus tout à fait le même. J'avais envie de le leur dire, avec des mots simples, des mots qui me ressemblaient. Des mots naturels.

-Merci pour tout, et pour toujours.

Mes photos étaient là pour témoigner et leur rendre hommage, le plus fidèlement possible. Elles regardaient naître ces sourires. En deviner l'intention, pour commencer, puis ensuite en percevoir la première esquisse. Les regarder grandir puis se révéler pleinement. Ils devenaient alors sourires à pleines dents.

[Ce qui excluait Rose, nous étions bien d'accord.]

Je figeais ce qui était vivant par nature. Pour que l'on se souvienne. Pour leur offrir un petit bout d'éternité, pour les jours plus compliqués. La vie était une succession de ces instantanés que l'on oubliait souvent de prendre. Alors je le faisais pour tous les autres. J'étais là pour cela. Et tout le monde comptait sur moi.

Oh, cela me valait parfois des regards surpris, pas toujours compréhensifs.

-Tu veux ma photo ?

-Je veux bien, si vous le permettez bien sûr.

Avec le temps et mon flair de photographe, j'avais compris que certains trains méritaient davantage d'attention. Parce qu'ils prenaient mieux la lumière que les autres. L'intensité des émotions allait croissant avec le nombre et la taille des bagages. Et avec la température qu'il faisait dehors. Alors, je les regardais de tous mes yeux. Je voulais être certain de ne rien rater, de les croquer et de les immortaliser dans tous leurs états.

J'avais baptisé cela le théorème de Gilles...

-Vous ne me croyez pas ? Alors laissez-moi vous en dire quelques mots. Puis vous jugerez par vous-même.

Prenez les trains de banlieue : petits bagages, petit moral, visages fermés. En plus d'être pressés, agités, contrariés et bruyants, ils étaient d'un banal désespérant. Ils manquaient tout simplement d'imagination. Les voyageurs qu'ils déversaient les uns après les autres ne brillaient plus que par leurs chaussures. Tout le reste était éteint. Ils m'ennuyaient. Même le sépia avait jeté l'éponge. Impossible d'en tirer quoi que ce soit. Tout au plus quelques clichés en noir et blanc parvenaient-ils à capter les rares moments qui en valaient la peine. J'étais photographe, pas faiseur de miracles. Nul n'était parfait.

[-A part moi, répondit la gare de l'ouest, dans une indifférence polie.]

Prenez maintenant la foule qui se masse sur les quais en direction d'Hendaye, d'Irun, de la Baule ou de Bayonne. Enfin libres, les *sweat-shirts* de base y deviennent des pulls d'épaules, ce qui n'a rien à voir. Les shorts de bain respirent le bon air de la plage. Ils ont pour cela un *bon motif,* dans le genre joyeux et coloré. Les plus téméraires osent une paire de chaussettes assorties, glissées à la hâte dans les claquettes. Qui a dit que le bon goût n'a pas droit lui aussi aux grandes vacances ? Pour d'autres, c'était pas de maillot du tout. Les maillots étaient comme les maisons et les appartements, en plusieurs *pièces*. Moi, j'adorais celle qui se jouait à partir de la mi-Juin.

Le printemps était à peine derrière nous. Les jupes, elles, fleurissaient encore. Bientôt, comme les jours, elles rétréciraient. Homme ou femme, les gambettes prenaient le grand air. C'était *toi et moi dans le même bermuda*[28]. Les vacances avaient presque réponse à tout, quand elles voulaient.

Mes photos témoignaient aussi d'un profond changement d'époque. Nous avions perdu le sens des réalités. Ou plutôt nous en avions inventé d'autres. Ainsi donc, au fil du temps, le train était devenu meilleur marché. Adieu Orient Express. Pour une poignée d'Euros, on pouvait s'offrir les frissons du *Lorient* express. La belle affaire ! A condition de ne pas avoir faim, de ne pas avoir soif, de ne pas avoir de bagage ni de ressentir l'envie de s'asseoir.

-Oh, ne vous offusquez pas. J'exagérais à peine ! Si vous saviez…

Tel était *prix* qui croyait prendre. *Pendre* serait plus juste, car confort et technologie semblaient devoir évoluer de manière désarticulée et profondément contradictoire.

Moi, je ne me laissais pas faire. Je prenais ainsi toujours mes clichés à l'ancienne. A contre-courant. Je ne voulais surtout pas que le vieux disparaisse, emporté par le numérique.

-Excusez-moi, pardon de vous interrompre, mais on dit digital…

---

[28] Léopold Nord et Vous, *C'est l'amour*, 1987

Il parait même que certains faisaient même neuf avec du vieux. Ils avaient pour cela inventé un produit qui faisaient soi-disant des miracles. Partout où on le pulvérisait cela sentait le neuf. Les loueurs de voitures en raffolaient et en passaient des quantités franchement déraisonnables. Comme s'il était de bon ton de se débarrasser d'un coup de la vieillesse et de la vieillerie.

-Pour le coup elles faisaient pschitt, disparaissant dans un bruit d'aérosol.

Il fallait être bien sot pour prétendre effacer d'une simple pression du doigt ce que le temps avait mis des années à patiner. Ils me faisaient bien rire. Qui donc pouvait raisonnablement avoir envie de vivre dans une ambiance de laboratoire stérile ou une boîte de Pétri ? Quelle histoire !

J'avais décidé d'en raconter une autre. Tellement d'autres. Voir du monde. Voir du beau monde. Voir le monde. Mais sans bouger d'ici. Mes photos parlaient de vous, de nous.

Je pensais à cette vieille dame oubliée par son mari. Elle avait élu domicile dans la gare, sans que l'on sache bien où exactement. Elle s'appelait Rose, du moins aux dernières nouvelles. Elle avait bon fond. Mais alors dans le genre tout au fond, bien caché sous tout le reste. Son visage avait un jour attiré mon objectif, par défaut. Rose avait l'air d'en avoir fini avec la vie. Moi, je crois qu'elle faisait semblant. Je l'avais surprise une ou deux fois en train d'esquisser un quart de sourire. Le cliché faisant foi. Tant mieux, car personne ne m'avait cru lorsque j'en avais parlé autour de moi.

-Tu es bien sûr ?

-Incroyable !

-C'était bien elle ?

-Quelle heure était-il ?

-Pas du tout les amis. C'était bien elle. En chair et en os, je vous l'assure.

-Ouais, à d'autres. Ou alors un os façon tête de mort.

Je ne me formalisais pas davantage. Je les aimais trop pour cela. Surtout Léon. Un chic type. Hugo venait juste après. Il me donnait accès aux recoins les plus intimes de sa gare. Tout en me surveillant quand même, l'air de rien.

Les gares avaient été pensées pour les photographes comme moi. Et immortalisées par les mêmes. Celle-ci, plus qu'une autre, je la travaillais au corps, avec la minutie d'un restaurateur rénovant la *Joconde*. Car elle provoquait en moi le même genre d'émotions, d'une intensité peu commune.

Où donc pouvait-on regarder les enfants pousser et grandir aussi vite, les jeunes adultes vieillir, et les souvenirs se façonner ?

Existait-il un lieu d'expression plus libre pour nos peines, nos joies, nos plaisirs défendus, nos petits et grands bonheurs ?

Mes clichés leur rendaient hommage. Ils défiaient le temps, entre deux trains. Ils ne vous oubliaient jamais. Et si vous regardiez ailleurs, eux, ne vous rataient pas. Ils étaient tout aussi vifs que les morceaux d'existence qu'ils tentaient de capter dans l'instant. *Sans filtre* ni prisme déformant. Mes clichés avaient bien plus que cela. Ils avaient un devoir de mémoire.

J'aimais les gens qui peuplaient cette gare et la faisaient vivre. Je les aimais au naturel. Sans artifice, colorant ni conservateur. Je les aimais couleur locale. Je leur tirais régulièrement le portrait. J'y revenais, encore et encore. Le plaisir demeurait intact. Je les aimais tout court je crois.

Le cidre de la petite crêperie de Loïk était d'un jaune qui tirait sur le brun. Il se faisait *mousser*.

Le vert des plantes et arbustes d'Hortense était plein d'espoir. Avec lui, j'avais découvert de nouvelles perspectives. Ses fleurs de saison se tenaient parfaitement immobiles pour me faciliter la tâche. La photo macro n'avait désormais plus de secret pour moi.

Les sujets qui restaient tranquilles n'en étaient pas pour autant dépourvus de vie. Bien au contraire.

Lucas m'avait ainsi initié aux objets trouvés, avec l'art et la manière. Autour de lui, ils reprenaient vie, trouvaient une seconde jeunesse. Et mes photos tentaient d'en témoigner, maladroitement sans doute. Mais j'y travaillais. Nous étions tous d'éternels apprentis. Nous nous donnions rendez-vous régulièrement, toujours en dehors des heures d'affluence. Nos échanges étaient placés sous le sceau du secret et de la discrétion. Celui de l'artiste et de ses modèles consentants. Il me confiait de bon cœur tous ses souvenirs, qui appartenaient en réalité à d'autres. Il était drôlement bien entouré. Il avait sa cour. Et il faisait des *miracles*.

Et puis il y avait tous les autres. Ils donnaient à mon quotidien un éclat et un relief peu communs. Ils faisaient partie de l'aventure des chemins de fer du vingt-et-unième siècle. Je pensais à Hugo, le jeune chef pas encore assez vieux. [Mais suffisamment quand même, rajouta la gare, sûr de son fait. Ah, le charme des hommes mûrs…]

A Léon, le vieil agent d'entretien encore jeune dans sa tête.

La raison n'avait pas d'âge. Et personne ici n'avait vraiment l'âge de raison.

A quoi cela pourrait-il bien servir, puisque nous entretenions toutes et tous avec cette gare quelque chose qui s'apparentait à une passion adultère ? Elle rendait toutes les autres inodores, incolores et sans saveur.

Parlant de passion dévorante, aujourd'hui était un jour pas comme les autres. Je guettais l'arrivée de Camille et de Loïk. Ils m'avaient confié une mission de la plus haute importance.

Cette fois, je ne pouvais plus me défiler. Non, j'allais devoir prendre sur moi et forcer ma nature.

Ce qui est bien avec le bonheur,
c'est qu'on en fait vite toute une histoire.

Chapitre 20

Dans les petits papiers du chef

[J'étais certaine que Gilles vous plairait. Ce que j'aimais le plus chez lui, c'était son côté nature peinture, même si, en général, la photographie faisait davantage dans la nature-morte.

En tous cas, il occupait dans mon cœur une place à part. Mais, pour tout vous dire, bien moins qu'Hugo. Rien à faire, je pensais à lui chaque jour. Lorsqu'il s'absentait, il me manquait déjà. Dès qu'il avait le dos tourné, je le prenais personnellement. J'avais l'égo sans doute un peu surdimensionné.

C'était un euphémisme

-Bon, alors disons un petit excès de confiance et de prétention, une fois de temps en temps. Cela vous va comme cela ? Et cessez donc de m'interrompre sans cesse. Où en étais-je ? Ah oui.

Lorsqu'il arrivait le matin, j'avais envie de lui sauter dans les bras. Oui, on pouvait aimer son chef du fond du cœur. D'ailleurs, mon chef était apprécié de tous. Il était pétri de qualités, mais aussi bourré de talents.

Il savait très bien écrire. Etait-ce pour cela qu'il était chef ? Le *rapport* ne sautait pas forcément aux yeux, je vous l'accorde. Mais j'essayais de lui trouver toutes les bonnes excuses. Une fée s'était penchée sur son berceau.

Hugo avait la plume légère. Elle lui servait à astiquer les souvenirs pour le plaisir de les voir briller de nouveau, et éclairer le présent. Les souvenirs géniaux venaient de génie. Alors je le voyais frotter un peu plus fort. Et ils apparaissaient. Ils ressuscitaient.

-Bien, je vois que j'ai toute votre attention. Pas trop tôt !]

Les souvenirs de la gare de l'ouest tenaient donc dans un vieux *carnet à spirale*. Comme dans la chanson éponyme de William Sheller[29] :

J'ai trouvé dans mon carnet à spirale

Tout mon bonheur en lettres capitales

A l'encre bleue aux vertus sympathiques

Sous des collages à la gomme arabique...

Ce carnet, qui ne payait pourtant pas de mine, avait une histoire hors du commun. Un vieux chef de gare avait un jour décidé d'y consigner tous ces petits événements, d'apparence anodine, qui, mis bout à bout, faisaient de cet endroit un lieu pas comme les autres. Un lieu à vivre, et donc à raconter plus tard. Ce carnet se transmettait de la main à la main, comme on le faisait avec les vieux grimoires. Les textes rédigés par nos prédécesseurs méritaient cette attention toute particulière de notre part. Ce carnet réconciliait les époques et les souvenirs. C'était un carnet à voyager dans le temps.

---

[29] William Sheller, *Le Carnet à spirale*, 1976 ©EMI Music Publishing France

Il rendait compte fidèlement du mouvement incessant de ceux qui entraient et sortaient de la capitale, leur souhaitant une bonne continuation.

-Mais qu'y-a-t-il donc d'intéressant à continuer ?

-Je voulais dire poursuivez...

Et ainsi, certains fuyaient Paris du plus vite qu'ils le pouvaient, aussi souvent que possible. Ils cherchaient à s'extraire de ce centre de *gravité*, triste et pollué. Tandis qu'à l'inverse, d'autres succombaient à son *pouvoir d'attraction*. Parfois, c'était pour toute la vie, jusqu'à ne plus pouvoir la quitter.

Dans le carnet à spirale des chefs, il y avait toutes leurs histoires de vie, racontées en vrac et dans le désordre.

-Au grand bain les grands remèdes [voilà que je me mélangeais moi aussi les pinceaux.]

Dimanche 14 Mai, il se fait tard

Ce soir, tout le trafic est à l'arrêt.

La faute à un dérèglement de la signalisation, un peu avant l'entrée de la ligne à grande vitesse. Un coup de foudre m'a-t-on dit. Je ne sais pas trop si, et quand cela pourra être rétabli.

En attendant, de la fenêtre de mon bureau, j'observe en contrebas ces voyageurs qui fraternisent.

Le ciel, lui, s'obscurcit davantage encore. Entre deux éclairs, le tonnerre gronde. Un tonnerre de Brest bien à sa place !

Les naufragés du rail mettent en commun leurs plus folles aventures de voyage. C'est à celui qui aura la plus incroyable à raconter. Ils rivalisent de superlatifs et de métaphores. Je crois bien que je suis en train d'assister à une séance de thérapie de groupe. Une offrande aux dieux des transports pour qu'ils daignent entendre leurs prières. Même celle des non croyants et des non pratiquants. Quant à celles de ceux qui ne sont ni l'un ni l'autre...

Les pauvres. Que Dieu leur vienne en aide, et peu importe lequel. Il y en a bien un d'astreinte. Regardez, moi par exemple.

D'ordinaire, je n'écoute pas aux portes. Mais ce soir, c'est plus fort que moi, j'ai quand même les oreilles qui traînent. Suffisamment pour prendre le risque de marcher dessus.

Ils parlent fort. Leurs épopées prennent une tonalité de plus en plus dramatique, comme si ceux qui les contaient revenaient de la Grande Guerre. Rien de moins. Pour un peu, on s'y croirait.

Pendant ce temps, puisqu'il faut bien faire quelque chose (ou faire semblant), nous parons au plus pressé. Toute mon équipe est aux petits soins pour eux.

Gratuites (elles ont meilleur goût paraît-il !), les petites bouteilles d'eau s'arrachent comme des petits pains. Au moins autant que l'eau bénite du sanctuaire de Lourdes, un jour de pèlerinage !

C'est que le voyageur désorienté a soif. C'est sa traversée du désert à lui. Nous nous devons de répondre présent.

La soirée s'annonce encore longue.

Les colères du ciel (avec ou sans 'c' majuscule), n'étaient pas toujours aussi passagères qu'elles en avaient l'air. Et les prières pas toujours exaucées.

Surtout lorsque l'on était chef.

Lundi 8 Décembre

Depuis tard hier soir il pleut des plumes sur la capitale.

Ce matin au réveil, un vent glacial balaye le bout des quais, qu'a recouvert un épais manteau blanc. Les rails en émergent péniblement. En cet instant, je pense à mon collègue de Bourg Saint-Maurice, plus au Sud, au pied des sommets de la Tarentaise. Je me demande bien comment il fait.

Note à moi-même : prévoir de l'appeler sans faute, quand tout sera sous contrôle. Je n'ai pas envie de passer pour un parisien. Un de ceux que mes collègues de la gare du Sud lui adressent par convois entiers en Février et en Mars.

Dehors, c'est toujours une neige lourde et collante. Une neige de parisien qui avait décidé d'emmerder le monde. Cette neige capable d'attendre le lundi matin pour tomber. Pensez-vous, le pire jour de la semaine !

Dehors, en bas, le froid est mordant. Le vent a les crocs. Il vous saisit, et transperce tout sur son passage. Il ne vous laisse aucun répit, et vous fouette le visage.

Les caténaires font leurs meilleurs efforts pour résister au poids de la neige. Mais une gangue de glace de plus en plus épaisse les étouffe.

Je ne m'étais jamais rendu compte que ma gare pouvait être si fragile. Elle semble sur le point d'attraper froid.

Pourtant, elle sait bien qu'elle n'a pas droit au repos. Elle n'a pas le temps de la convalescence.

On la croit toujours dure au mal, presque invincible.

Aujourd'hui, je la découvre fragile, grelottante, fiévreuse.

Et cela m'attriste. J'ai mal pour elle. Je souffre moi aussi. Mais en silence. Un silence de chef. Bien pire, une solitude. Celle qui va avec les grandes responsabilités.

Les foudres n'étaient hélas pas que divines. On disait qu'elles ne tombaient jamais deux fois au même endroit. Mais les faits étaient drôlement têtus.

Ses collègues des aéroports de Paris lui avaient pourtant bien fait passer le mot : les ennuis volaient en escadrille. Même sans aérodrome où se poser dans les parages. Ils avaient suffisamment d'autonomie et d'endurance. Bien plus qu'il n'en fallait.

Mardi 23 Décembre

L'hiver semble camper dans le grand hall en taquinant les braséros à gaz que nous avons déposés un peu partout pour tenter

184

de ramener un semblant de chaleur. Peine perdue, le thermomètre se traîne.

Sauf pour ces deux amoureux que je regarde d'un peu plus près. Leur désir est ardent. La chaleur de leur corps se confond, une dernière fois. Je devine que la distance va les séparer pour un moment. J'ai maintenant l'habitude.

Ils pleurent en silence. Une petite flaque ne va pas tarder à se former puis à grandir sous leurs pieds. Elle gèlera aussitôt.

Avec mon métier, je découvre qu'il peut aussi pleuvoir sous la grande verrière.

On n'est jamais vraiment à l'abri de la tristesse.

J'hésite à les regarder plus longtemps.

J'ai l'impression d'entrer par effraction dans un portrait de Doisneau

Ils s'embrassent. Cela dure longtemps.

S'ils continuent, ils vont rater leur train.

Après tout, c'est peut-être mieux...

Note à moi-même [c'était souligné deux fois] : éduquer à la joie, apprendre à reconnaître le bonheur chaque fois qu'il se présente, ne plus attendre les événements graves pour penser à être heureux. Prendre le temps de regarder devant soi. Refuser que son regard oublie de voir, s'use et s'habitue. Se rappeler que chaque mouvement est un désir de vie.

Je suis chef de la gare de l'ouest. Cela n'empêche pas d'être un peu philosophe aussi. Même pendant les heures de travail. Surtout pendant les heures de travail.

Hugo se resservit une tasse de café, bien serrée (la tasse. Ne pas la lâcher surtout, sinon adieu la belle chemise de chef).

En feuilletant les pages, son regard tomba sur cette courte citation, qui lui fit sa journée.

« Faites que le rêve dévore votre vie afin que la vie ne dévore pas votre rêve »

C'était de Philippe Chatel, extrait d'Émilie Jolie.

Quelqu'un l'avait déposée là, en oubliant de la récupérer…

Hugo, lui, vivait son rêve éveillé.

[-Et moi aussi, ajouta la gare. J'avais beau me pincer, il était toujours là. Soupirs… *I love you boss...* J'avais un cœur d'artichaut.]

Lundi 1er Mai

Aujourd'hui, c'est la fête du travail. Elle a pour une fois le bon goût de tomber juste après un dimanche. Ce n'est pas toujours comme cela, vous savez…

C'est une drôle de tradition que l'on perpétue d'année en année. A vrai dire on se demande un peu pourquoi fêter le travail. La preuve, dans le dictionnaire, le succès arrive avant.

Et puis faire un grève un jour férié, vous trouvez que cela a du sens, vous ? Non mais sincèrement ?

Bon, je vois bien que je vous ennuie avec mes questions.

La foule des manifestants n'a visiblement que faire de mes états d'âmes. On les entend, au loin. Ils reprennent d'une seule voix un chant révolutionnaire, dont les origines historiques leur échappent totalement. Ils frappent dans leurs mains. L'atmosphère est encore bon enfant.

Jusque-là en tous cas, tout va bien. Mais pour combien de temps ?

La gare de l'ouest ne figure pas sur le trajet déclaré de l'imposant cortège. Il prévoit à priori de passer plus à l'est, en direction du Châtelet puis de République.

Jusque-là tout va bien. Pourtant, je ne le sens pas.

Un peu plus loin, comme pour me donner raison, la situation se tend. Les premiers fumigènes sortent des sacs. Puis, entraînée par son élan, la vague populaire prend la direction de l'ouest. Elle rentre à la maison. Sur son passage, le mobilier urbain n'oppose qu'une brève résistance de principe.

Je sens monter la marée. Elle qui a pour habitude, dit-on, de monter plus vite qu'un cheval au galop.

D'ailleurs ils sont déjà là, rassemblés sur l'immense parvis, en une foule compacte. Face à eux, les forces de maintien de l'ordre. Elles font semblant d'ignorer les noms d'oiseaux et de paraître sereines face au nombre. Mais pour combien de temps ?

-On occupe la gare, en avant !

Les mégaphones et les porte-voix crachent des inepties, des gros mots, et des intentions inavouables. Ils veulent pendre les patrons, c'est ce qu'ils disent.

Ils sont partout, avec leurs drapeaux, leurs slogans et leur vision du monde bien à eux.

Plus grave, ils empêchent maintenant le trafic de s'écouler, en se dispersant un peu partout sur les voies.

La sécurité d'abord. Je dois me résoudre, la mort dans l'âme, à couper l'alimentation électrique. Les panneaux « danger de mort » affichés un peu partout dans la gare n'ont visiblement pas eu le temps de se passer le mot.

Le chef des grévistes (une sorte de collègue, mais en beaucoup moins bien, évidement) justifie cet envahissement -me dit-il- par une volonté farouche « d'emmerder ces salauds de bourgeois et de grands capitalistes. »

C'est d'une élégance crasse.

Il croit encore qu'ils sont les seuls à emprunter la route de l'océan ce jour-là.

-Et vous, comment allez-vous faire pour rentrer, bande de gros malins ?

Cette soirée dura bien un bon siècle, au moins. Mais vers minuit, tout rentra dans l'ordre. Dans les forces de l'ordre pour être précis.

Hugo se frotta les yeux.

Cette lecture sentait le gaz lacrymogène et les bruits de bottes.

Mais l'attrait de la page suivante fut quand même le plus fort. Il poursuivit.

Mercredi, jour des enfants

Tôt ce matin, un peu avant six heures, nous avons accueilli notre plus jeune voyageur.

Il s'est présenté voie 3, face à la voiture 5, dépourvu de tout titre de transport. Cela ne commençait pas très bien pour lui. Mais à sa décharge, il avait huit jours d'avance sur le terme prévu. Il avait dû grandir dans le ventre de sa mère bercé par le tic-tac d'une vieille pendule de famille qui avançait un peu.

D'une certaine façon, c'était ce qu'on appelait jouer la montre.

C'est fou ce qu'un si petit cri pouvait porter loin dans la gare presque déserte à cette heure.

Les jours se suivaient et ne se ressemblaient pas.

[J'avais ressenti ce jour-là beaucoup de fierté et une folle envie d'être tata, rajouta la gare de l'Ouest dans la marge.]

Hugo vérifia qu'aucun événement ne nécessitait son attention immédiate.

Puis il replongea dans cette lecture qui le ravissait chaque fois un peu plus.

Samedi 1er Juillet

Une douce odeur de monoï flotte dans la gare et se répand d'une voie à l'autre, sans en épargner aucune. Et c'est heureux.

Nous sommes au début de l'été. Premier jour du chassé-croisé qui va encore m'occuper un bon moment.

Comme à chaque fois, le vent souffle d'est en ouest. C'est de saison. Il emporte tous les tracas avec lui, et disperse les dernières pensées à peu près sérieuses. Et aujourd'hui, je le trouve particulièrement en forme.

Je le vois jouer avec les mèches de cheveux, et les robes d'été. Il emprunte quelques chapeaux en passant. Il fait pleurer quelques regards en y glissant une poussière de circonstance.

En plus du vent, il y a des bagages un peu partout. Au moins deux par personne. Et de toutes les couleurs : unis ou chamarrés, avec ou sans motif, souples ou rigides, en simili cuir ou en vrai tissu.

Drôle d'entrée en matière !

190

Souvent, je me demandais si ce n'étaient pas les bagages, dans leur grande diversité, qui emmenaient leurs propriétaires prendre l'air et des couleurs.

Oui, c'était sans doute cela.

Derrière tous les chefs de gare qui l'avaient précédé, sommeillaient donc des écrivains en herbe. Ils avaient au moins l'art de raconter les histoires. Et il en fallait du courage pour fixer sur le papier les émotions, les visages, le mouvement de tous ces gens qu'ils avaient eu la chance de croiser.

Hugo leur trouvait beaucoup de talent. Les mots prenaient l'air, dansaient devant ses yeux ébahis. Ils racontaient le monde qu'on aimait dans les gares. Celui qui brassait et secouait. Celui qui nous mélangeait. Celui qui nous faisait voyager en compagnie d'un boubou aux couleurs vives et chatoyantes, celui qui nous racontait la vie peu ordinaire d'un prêtre orthodoxe, nous faisait partager le trajet d'une jeune polonaise qui revenait de saluer le Pape.

C'était un carnet dans lequel on pouvait trouver refuge. Une source d'où la vie jaillissait si puissamment qu'elle en déchirait d'un coup vos habits de tristesse et d'amertume.

Curieusement, chacun entrée dans leur journal de bord s'achevait par trois points de suspension. Comme si, en réalité, son auteur n'en avait pas tout à fait terminé. Et qu'il fallait bien rajouter un petit quelque chose. Pas nécessairement maintenant, sans doute pas, mais plus tard, lorsque le moment viendrait. Un peu comme si, avec les voyages en train, rien ne finissait vraiment.

Le temps charriait avec lui la débandade des souvenirs. A défaut d'être consignés et couchés sur le papier, ils seraient définitivement perdus. Emportés par le vigoureux vent d'ouest. Dispersés à l'intérieur des terres.

Hugo sourit.

Pour rien au monde il n'aurait choisi un métier différent.

Cela ne s'expliquait pas. Il éprouva une envie irrépressible de s'y mettre à son tour.

Alors, il prit la plume, délicatement. C'était tout lui.

Il devait lui dire, il fallait qu'elle sache.

Tu sais, je me souviens de notre première fois.

Comment pourrais-je l'oublier ?

Le regard un peu perdu, je n'en menais pas large. Mes jambes me soutenaient à peine.

Mais heureusement, tu avais du courage pour deux.

Il faut dire que tu en avais vu d'autres, des chefs.

Je me souviens avoir eu envie de m'enfuir en courant. C'était plus fort que moi. Cette passion naissante, animale, emportait tout sur son passage.

Au point d'en être ému aux larmes.

Dehors, il pleuvait. Le ciel de Paris me jetait sa tristesse à la figure. Avec de grandes flaques qui se formaient pour faire miroir.

Dans mon cœur, en revanche, je crois bien qu'il faisait soleil.

Ce jour-là, je ne suis pas resté plus longtemps. Trop d'émotions.

Mais le lendemain matin, je suis revenu quand même.

Un peu plus tôt cette fois. En avance, même. Parce que les avances font toujours du bien aux relations naissantes.

Je suis revenu pour sentir battre ton cœur. Pour découvrir ton corps sous les premiers rayons du soleil. Après la pluie, le beau temps.

J'ai pu cette fois t'approcher de plus près. Scruter ton visage, marqué par les années. Ecouter battre ton cœur. Tu m'as plu. Ce jour-là, je crois bien que tu as définitivement ravi mon cœur.

Je t'aime.

Bien plus qu'un carnet à spirale, il y avait aussi une grande étagère. Dessus, trônaient quelques grands bocaux en verre. A l'intérieur, on pouvait distinguer de petits papiers de toutes les couleurs.

A chaque fois que quelque chose de bon arrivait, la tradition voulait que le chef de gare y glisse un petit mot.

Puis, à la toute fin du mois de Décembre, on ouvrait le bocal en s'émerveillant.

-Quelle belle année nous avons encore passée !

Entre cette gare et son nouveau chef, les plus grands superlatifs ne servaient plus à rien. Dépassés, ils restaient là, les bras ballants, à écouter la cavalcade des sentiments.

Et parlant de sentiments, un événement de la plus haute importance était en préparation.

Il en serait naturellement fait mention dans le cahier à spirale, le moment venu.

Les récits qui y avaient élu domicile ne se laissaient pas apprivoiser facilement. Ils se nourrissaient d'une écriture lente, soignée et réfléchie. Celle d'Hugo prendrait la suite. Il en avait très envie.

Mais en attendant, un reste de lumière du jour se prélassait encore dans le grand hall. Très bientôt, il serait l'heure de tirer sa révérence pour aujourd'hui.

Depuis que le monde était monde, certaines choses ne changeraient jamais.

Avec les livres, le bonheur travaille *sous couverture*.

Chapitre 21

La vie, ce joli cadeau

J'allais de découverte en découverte. Un autre des rares privilèges de chef.

C'est ainsi que je fis la connaissance de la petite Camille, à la toute fin de l'été

[La gare de l'ouest ne put contenir un sourire mutin. Elle savait donner ces sérieux coups de pouce au destin, chaque fois que l'envie lui prenait. Mais attention, personne ne devait jamais rien soupçonner. L'effet de surprise jouait dans tout cela un rôle essentiel.]

C'était une fin de mois d'Août étouffante, comme elles pouvaient l'être par ici. Dépourvues du moindre souffle d'air, elles regardaient le bitume fondre à vue d'œil. L'après-midi vous écrasait de tout son poids. Les fenêtres grandes ouvertes ne rafraîchissent rien. Il faisait lourd, très lourd, au moins plusieurs tonnes.

Nous allions bientôt attaquer la rentrée. Et le monde n'allait pas très bien, comme d'habitude.

Moi, je luttais du mieux que je le pouvais contre cette journée compliquée et particulièrement chaude. Le tissu me collait à la peau. *Mouiller la chemise* prenait un sens beaucoup plus concret pour moi. Ce n'étais plus désormais un vague concept fumeux (quoique…). Je franchis la porte de la petite crêperie, espérant y trouver de quoi reprendre quelques forces.

Autrefois, il y avait ici un vieux dépôt pour vêtements soi-disant de sport. Pour être franc, il ne manquait à personne, et surtout pas à moi. J'avais la carrure d'un gringalet, et un souffle au cœur par-dessus le marché.

Etaient donc réunis ce jour-là, par ordre d'importance, le monde en méforme, la gare écrasée de chaleur, Loïk, ma transpiration à grosses gouttes et moi, avec mon souffle au cœur. Sacré casting.

-Vraiment, vous avez fière allure les amis !

Heureusement, pour rehausser le niveau d'ensemble, il y avait cette fille aux joues encore jeunes et fraîches. Elles portaient les marques du grand air. Une empreinte délicate, que le soleil avait posée là, comme s'il s'était approprié son visage. Une aura de délicatesse l'entourait.

-Je te présente Camille. Camille, voici Hugo.

Les présentations étaient faites.

Cette fille était lumineuse, et son regard pétillait au moins autant qu'une *Badoit Rouge.* Il vous sautait aux yeux. On ne voyait que lui, et tout ce qu'il souhaitait partager avec nous.

En plus d'avoir bonne mine, elle avait du fond. Et des formes agréables pour aller avec. Elles ne se cachaient pas, et lui allaient merveilleusement bien. Mieux que cela, ses formes l'habillaient, et plus que joliment.

Elle avait un petit soleil accroché au cœur. On aurait dit qu'elle avait gagné au loto de la vie.

Je m'en souviens comme si c'était hier.

Parfois, les rencontres étaient comme les trains. Elles venaient de loin. Nous montions à leur bord. Elles nous transportaient un moment. Puis nous les laissions poursuivre leur route. Entre temps, nous avions changé en mieux, nous n'étions plus tout à fait les mêmes.

La rencontre de Camille et de Loïk me fit à peu près autant d'effet.

J'allais être le témoin privilégié de leur amour naissant. Pouvoir regarder leurs sourires timides se transformer peu à peu en quelque chose de plus assuré. Voir s'installer pour de bon leur complicité espiègle. Elle a drôlement bien fait de les choisir eux, je trouve.

Ne le répétez pas, mais je crois qu'ils étaient faits pour être ensemble. Les regards ne savaient pas mentir. Ni le rouge qui s'invitait sur les joues. L'amour naissant était touchant. Il rendait les gens meilleurs.

C'était presque trop de bonheur en une fois. Et pour un seul homme. J'étais comme un gamin qui venait de tirer la fève.

Par la suite, nous avons pris du bon temps ensemble. Chaque fois que mes fonctions me permettaient de m'échapper un petit moment. Rarement, mais suffisamment tout de même pour prendre place autour de la table. Ils rajoutaient toujours un couvert pour moi. Je n'étais jamais de trop. Leur simplicité me cueillait à chaque fois.

Avec le temps, j'appris à lire en Camille comme dans un joli livre ouvert, posé sur le banc du grand parc, à l'ombre du feuillage. Le vent pouvait en tourner les pages sans logique apparente, au gré de ses envies.

Les livres de Camille suivaient chacun de ses déplacements, sans exception. Souvent plusieurs à la fois, comme si elle faisait provision de bonnes choses. Je les surveillais. Il y en avait toujours un pour dépasser de son grand sac en forme de besace. Un sac de fille : il y avait toute sa vie dedans, plus celle des personnages de ses romans.

Chaque semaine, sans exception, un nouveau livre succédait au précédent. Je les repérais à leur couverture. Une *couverture* qui, étrangement, aimait se faire remarquer. Surtout lorsque Camille posait son livre sur ses genoux, ou l'oubliait grand ouvert sur la table, sans surveillance. De temps en temps, ses livres faisaient l'école buissonnière. D'une nature aventureuse, je les sentais ravis d'échapper à sa vigilance. Mais Lucas veillait. Il était l'assurance-vie des objets trouvés, ce qui incluait les livres, entre autres choses. Pour les situations désespérées.

Loïk travaillait beaucoup.

Camille lisait tout autant. Au diable les consignes parentales !

-On ne lit pas en mangeant, cela ne se fait pas…

Parfois, les parents avaient tort. Même s'il ne fallait pas le crier sur tous les toits.

Ils devraient plutôt apprendre à laisser davantage de place aux passions de leurs enfants. Surtout les passions *dévorantes*, en leur donnant par exemple le droit de s'inviter à table. C'était important les passions, pour accompagner l'enfance, l'adolescence, et les étapes d'encore après. Moi, je ne cessais d'encourager celle de Camille. Elle lui allait si bien. Pire, je la poussais au vice. J'avais il est vrai une idée derrière la tête.

Un jour d'inattention, l'idée en question se glissa pour de bon à l'intérieur. Le mal était fait, impossible depuis de l'en déloger. Les idées pouvaient se montrer plus têtues encore que les basques et les bretons que je croyais pourtant champions du monde. Je savais de quoi je parlais, je les côtoyais chaque jour.

Je n'avais qu'une hâte : que Camille puisse vivre enfin de sa passion. Et qu'elle fasse du même coup l'économie des longs trajets quotidiens entre la banlieue et la capitale, dans les deux sens. Elle avait beaucoup trop de choses à nous raconter pour se perdre ainsi dans la superficialité de son quotidien. Non content de l'épuiser, il ne la menait à rien de bon. Il était temps de vivre, de se livrer, et de cesser de se cacher.

De donner une vie meilleure à tous ses livres. D'en faire profiter le plus grand nombre. De leur donner un relief unique, bien au-delà de l'écriture en braille qu'ils contenaient parfois. Ils seraient tellement bien ici. Grâce à eux, elle pourrait proposer une autre forme de voyage à celles et ceux qui avaient déjà leur valise en mains et un enfant sur leurs épaules.

-Plus vite papa !

Elle pourrait aussi faire voyager ceux qui avaient décidé de rester ici, par choix ou par défaut.

J'en étais convaincu. Notre gare méritait tellement mieux que ces livres vendus à la sauvette, sous le manteau, entre deux périodiques et trois paquets de chewing-gum. Les livres méritaient désormais leur propre chez eux. Pour qu'on puisse en feuilleter quelques pages, se laisser happer par les pensées de leur auteur. Demander conseil. Se laisser entraîner sur d'autres *voies* littéraires. Ils n'avaient que trop attendu. Comme les trains, les livres devaient pouvoir entrer et sortir de la gare à leur guise. Enfin libérés, pour que les écrits, eux aussi, puissent avoir la chance de s'envoler. Et passer de l'auteur à la hauteur.

#A une lettre près.

L'idée me ravissait. Avec ma gare favorite, je savais que j'aurais une alliée de poids. Elle ne pouvait rien me refuser. Et c'était le moment d'en jouer. Comme elle allait s'en rendre compte, je pouvais être un excellent acteur.

-Après tout, n'étais-je pas le chef ici ?

[Hugo, tu sais que tu peux compter sur moi n'est-ce pas ?]

Cela ferait un merveilleux cadeau pour Loïk et la petite Camille. Ce serait mon cadeau. Le cadeau d'une vie. Aussi unique qu'ils étaient. Leurs enfants, et les enfants de leur enfants, pourraient ensuite prendre la relève.

Alors, j'avais tout arrangé.

C'est ainsi que les ouvriers allaient et venaient, dans le plus grand des secrets. Ils avaient investi ce local laissé vacant par une boutique de prêt à porter qui n'intéressait plus personne depuis belle lurette. L'expression était aussi vieille et démodée que ce que l'on y vendait, c'était dire… Chaque nuit, pour davantage de discrétion, ils investissaient le chantier. Je les voyais travailler dur afin de redonner au lieu son caractère et sa personnalité. Je surveillais l'avancée des travaux en personne, plusieurs fois par semaine. Je ne tenais plus en place.

Il y avait une grande bâche noire. Elle faisait office de papier cadeau, et masquait surtout le chantier aux regards indiscrets des nombreux curieux du voisinage. Fort peu bavardes, les dix lettres blanches que j'avais fait apposer dessus faisaient exprès de ne leur révéler aucun indice :

-Bientôt, ici…

Même sous la torture, ma gare et moi ne parlerions pas. Le secret était enfermé dans un endroit sûr, à l'abri des regards indiscrets.

Bientôt, cette boutique serait pour Camille la première page d'un nouveau chapitre. Ainsi que pour toutes celles et tous ceux qui viendraient à sa rencontre. Je savais déjà qu'ils reviendraient, conquis, tels des papillons pris dans sa lumière. Camille leur ferait le même effet qu'à moi. Elle avait un goût exquis, pour les lectures comme pour tout le reste.

Je m'adressai à ma gare pour lui dévoiler mon stratagème.

-Tu vois, les voyageurs pressés pourront enfin faire une halte, se détendre autour d'un bon bouquin, d'un thé, et de biscuits parfumés au thym et au citron. Pour s'offrir un temps dans le temps. Un temps suspendu. Un temps entre-deux.

Et la gare de l'ouest se laissa emporter par le lyrisme de son chef. Elle surenchérit aussitôt, peu habituée à la tempérance et à la demi-mesure.

-Oui, nous allons faire pousser des livres ici. Comme ces plantes qui s'accommodent de l'aridité de la rocaille. Comme elles, ils pourront exhaler leurs riches senteurs. Les mots sont faits pour essaimer entre les lignes. Pour sauter d'un paragraphe à l'autre. Pour ouvrir des perspectives nouvelles. Pour enjamber les saisons et les contrariétés.

Ils topèrent, en même temps qu'ils échangeaient un clin d'œil complice.

Le bonheur est comme les écureuils.

Il fait des provisions pour l'hiver.

Chapitre 22

A propos des correspondances

[Depuis le temps, je savais qu'il y avait un projet de vie pour chacun, et que celui-ci irait comme un charme à la petite Camille. Oui, il y aurait un avant et un après.

J'en avais vécu des 'minutes précédentes'. Celles qui ne duraient pas assez pour qu'on puisse en prendre la pleine mesure. Ces minutes auxquelles on ne prêtait guère d'attention. Elles séparaient le monde d'avant du monde d'après. Deux mondes aussi proches qu'ils pouvaient l'être. Ils me faisaient penser à ces deux voisins qui s'adressaient un signe de la main tous les matins, en partant travailler. Ces minutes décisives avaient la fâcheuse manie de toquer à la porte de nos existences, puis d'entrer sans avoir attendu d'y être invitées. Pour le meilleur comme pour le pire.

J'en étais certaine, un jour leurs lettres viendraient se *recueillir* ici.

La minute d'avant, Camille et Loïk ne se correspondaient pas.

La minute d'après, ils correspondaient. A distance, pour commencer.

Encore fallait-il avoir de la conversation, du vocabulaire, et l'art de faire danser les mots. Comme ces petites flammes que nous regardions s'élever dans la grande cheminée, lorsque nous étions tous réunis autour du feu, que personne ne manquait à l'appel. Dehors, il faisait gros temps.

Ces mots savaient prendre toute la place. Par-delà les kilomètres, les vallons et même les océans.

Les mots justes. Et pas juste des mots.

Les mots affectueux, qui vous sautaient au cou.

Les mots crus, qui savaient vous mettre à nu, sans pudeur ni retenue.

Les mots pour lâcher prise.

Les mots pour réveiller l'amour à demi assoupi.

Les mots en forme de prière et d'intention, qui dansaient dans leurs alcôves, comme les bougies d'un vieux monastère.

Les mots d'autrefois, ces formidables passeurs qu'il nous tenait alors à cœur de ressusciter.

Ils étaient ces passages à niveaux qui permettaient de traverser et poursuivre sa route. Leurs feux rouges nous faisaient de l'œil en clignotant tout ce qu'ils savaient. Ils nous permettaient de les repérer de loin.

Les mots pour correspondre ne se découvraient qu'au fil de l'eau. Ils étaient comme les vêtements, il fallait d'abord les essayer un par un, avant de trouver le bon. Quitte à faire des folies pour une fois.

Les mots ne se laissaient pas faire. Et c'était tant mieux.

Ils produisaient du lien, sans cesse, et me faisaient penser à ce vieux métier à tisser.

Ils faisaient aussi tomber les masques, et convoquaient la vérité. Le personnage que l'on jouait dans la vie devait alors s'effacer derrière la personne qui nous habitait réellement. Elle ne se révélait vraiment tout à fait que dans l'intimité du tête-à-tête. Le corps-à-corps ne venait qu'après.

Les mots étaient comme ces points qu'il fallait patiemment relier entre eux. Camille et Loïk étaient comme deux points dans l'immensité de l'univers.

Pour le moment, Camille avait l'heure mais pas encore le mot. Tout n'était donc ni juste ni parfait. Déjà, elle avait retrouvé l'envie de vivre. Intacte, elle avait la force d'une main de géant, capable de déplacer des montagnes. Camille avait retrouvé l'espoir. Un projet de vie qu'elle croyait remis à plus tard pour toujours. Passer de la vie de campagne à la vie de compagne.

#A une lettre près. Sauf que celle-ci changeait tout. L'avant comme l'après.

La vie était une drôle de correspondance, entre deux portes et deux destinations.

L'amour était de retour. Il lui avait manqué. Elle le pensait parti depuis longtemps, parti sans laisser d'adresse.

Elle l'avait revu en rêve, au moins des milliards de fois. Chaque fois qu'elle courrait se réfugier dans sa chambre d'enfant.

Les coussins étaient restés les mêmes. Comme dans la chanson de Julio Iglesias[30], *ils n'avaient pas changé*.

[Ils lui] chantaient des romances

Qui [lui] inventaient des dimanches

Qui [la] faisaient voyager

---

[30] Julio Iglesisa, *Je n'ai pas changé*, 1979

[Ils lui] Ecrivaient des poèmes

Qui commençaient par je t'aime

Et finissaient par aimer

Ils avaient envie de la protéger.

Chez ses parents, l'air sentait bon la lessive et la lavande, comme autrefois.

Son édredon avait l'air vaguement familier de celui qui l'a vue grandir.

La taie d'oreiller se souvenait de ses chagrins inconsolables et de la petite souris.

Les matelas avaient de la mémoire pour les formes. Pour le fond aussi. Depuis son départ pour Paris, ses parents laissaient toujours des draps propres dans le lit, pour le cas où. Pour les jours comme aujourd'hui.

Pour l'instant, allongée au milieu des vestiges de l'enfance, elle laissait ses rêves de Loïk l'emporter au loin.

Au bout du jardin, il y avait un petit cabanon.

Chacune des petites maisons de ville de leur impasse avait le sien. A cette époque de l'année, l'herbe n'était pas bien vaillante.

Elle regardait les souvenirs remonter à la surface.

Courir après son ballon rouge comme si sa vie en dépendait. Pleurer gribouille qui n'avait pas survécu au pare-chocs de la voiture. Se méfier de ce vieux puits qui lui fichait la trouille. Se glisser entre les pots de terre cuite et les vieux outils de jardin. La vieille porte grinçait. A l'intérieur, cela sentait l'huile et l'essence. Papa n'était pas un as du rangement.

Puis Camille revint à Loïk.

Elle pouvait presque l'entendre respirer. Le sentir. Le toucher. L'effleurer du bout des doigts, comme une promesse.

Quelques jours plus tôt, ils s'étaient retrouvés ici même. Dans sa chambre d'enfant. Le temps d'un court week-end. Rien que d'y penser, ses papillons s'agitaient de plus belle.

Le bonheur me donne ce curieux sentiment

de glisser sur un arc en ciel.

Chapitre 23

Une histoire d'arc en ciel, de paillettes et de licornes

Loïk était le premier garçon qu'elle ramenait à ses parents. Plus qu'un garçon, c'était un homme, un vrai. Bâti et charpenté pour faire face aux éléments. Bien plus que ramener un homme pour le leur présenter, elle ramenait son homme pour le leur faire aimer. Loïk s'était affranchi des siens. Mais ce n'était pas grave, car son père et sa mère l'avaient habituée à aimer comme quatre.

Loïk avait saisi l'invitation au vol. Sans réfléchir. Le soleil venait de descendre. Il avait aussitôt sauté dans un train de banlieue, sans réfléchir. Parfois il y avait comme une urgence à se mettre en route. Les quais désertés des gares de la première couronne défilaient. Ses pensées aussi. Ce départ précipité, sur un coup de tête, ne lui ressemblait pas. Il se surprenait lui-même. Ce n'était pas désagréable, juste nouveau. Lui qui courrait comme un fou, enjambait les temps de repos pour sauter d'une obligation culinaire à l'autre. D'ordinaire à sa place et à son office, chaque jour, il avait cette fois fait confiance à son instinct.

Le contrôleur annonça la prochaine gare. La sienne. Il n'avait pas vu le temps passer.

Camille l'attendait sur le quai. Il ne faisait pas bien chaud. Ils se saluèrent et s'embrassèrent, comme si de rien n'était. En le regardant descendre du train, elle l'avait trouvé très beau. C'était comme si tout le monde le suivait du regard, et l'enviait, elle, la jeune Camille, de l'avoir à son bras. Oui, elle faisait des jalouses. Elle le voyait bien. Un petit frisson la parcourut. Il ne devait rien à la température. Quelque chose en elle venait de revenir à la vie.

Ils avaient ensuite avalé côte à côte les quelques kilomètres les séparant encore de la maison des parents de Camille. En parlant de tout, de rien, comme le feraient de vieux amis. Des amis proches. De plus en plus proches. Plus ils se regardaient, plus ils se trouvaient un air vaguement familier. Chaque minute qui passait les perturbait davantage. Mais impossible de poser les mots justes sur ce sentiment curieux qui hésitait entre envie et timidité, faisant céder les digues et emportant tout sur son passage.

Encore ces fichus mots.

Entre eux, on voyait bien que l'incendie couvait. Un de ceux capable de se propager sans bruit sous la toiture et dans les combles. Un de ceux que l'on ne voyait pas venir avant qu'il ne soit trop tard. Ces feux qui vous consumaient de l'intérieur

-Zut, j'aurais dû prendre à droite. Mais la route est barrée.

-Là aussi, c'est en travaux. Attends, je réfléchis.

Ils se perdirent plus d'une fois en route. Dans tous les sens du terme. De déviation en déviation, le temps de découvrir que les raccourcis promis n'en étaient pas. Dense, compact, à couper au couteau, le brouillard des soirée d'automne en profita pour se joindre à eux. Comme un fait exprès, pour masquer leurs petites imperfections. Ou alors était-ce pour les envelopper et les soustraire au regard des autres ? Le plus court chemin d'un point à un autre n'était décidément pas la ligne droite.

En l'absence des parents de Camille, ils purent refaire le monde, au coin du feu. Ils se réchauffèrent en partageant un bout de ce plaid douillet et moelleux. Toutes les bonnes maisons avaient leur plaid. Comme il n'était pas très grand, ils durent se serrer dessous, l'un contre l'autre. Ils avaient débouché une bonne bouteille. Un petit vin de domaine qui *versait* dans l'intime sans faire dans le prétentieux.

La soirée prit peu à peu ses aises. Elle se sentait tout simplement bien en leur compagnie. Elle veillait encore un peu. Elle n'avait pas sommeil, elle non plus.

Ils parlèrent longtemps de l'estime de soi, des mille et une contraintes de la vie moderne, puis, sans s'en rendre compte, de tout ce que l'on mettait entre parenthèses, par habitude ou par facilité. Par peur du qu'en dira-t-on, par ignorance, ou pire encore, par lâcheté. Oui, les renoncements semblaient s'être accumulés dans leurs vies respectives, les uns après les autres. Et ce fut seulement ce soir-là qu'ils en prirent conscience. Juste avant qu'il ne soit trop tard.

-C'était moins une !

Ils entamèrent ce soir-là ce qui ressemblait fort à une thérapie de couple, mais sans le couple pour aller avec. C'était la parole qui se libérait enfin, car elle ne craignait désormais plus rien. Pas de jugement, rien à se prouver. Juste laisser filer, pour une fois. L'autre était là pour l'accueillir. L'autre était là pour la recueillir. Lui offrir un abri, bien au chaud.

Accueillir l'autre dans ses imperfections, ses doutes, ses besoins et ses envies.

Accueillir l'autre pour ce qu'il était, pas pour ce qu'il voudrait tant que l'on soit.

Accueillir l'autre comme à la maison.

Accueillir l'autre en l'embrassant du regard, pour commencer.

Accueillir sa présence, sa manière bien à lui de se déplacer, d'occuper l'espace, de sourire.

Se trouver des points communs, un même avis sur les choses qui comptent. Se dire que l'on va bien ensemble, et que le temps n'a plus d'importance, en fait.

Mettre ses sens en éveil. Se laisser peu à peu emporter par ce grain de voix qui vous touche, ce regard qui vous transperce, cette petite gêne charmante que l'on laisse volontiers s'installer. Par toutes ces émotions, tous ces sentiments qui faisaient rire ou pleurer, interrogeaient et bousculaient nos certitudes. Ils formaient un bien joli bouquet, prêt à offrir, comme chez Hortense.

Ils avaient fini par s'interroger à voix haute, le trouble dans la voix. Un trouble que l'envie exacerbait :

-Se serait-on croisés dans une autre vie ? Quel était donc ce lien extraordinaire qui pouvait bien nous relier ? Comment expliquer cette simplicité, cette facilité, qui distinguait d'ordinaire ceux qui avaient grandi ensemble, traversé main dans la main les années et les épreuves de la vie ? Comment mettre des mots sur ce qui n'en avait, au fond, nullement besoin ?

-Mais qu'est-ce qui nous arrive ?

-C'est tellement puissant.

-Cela me trouble. Toi aussi ?

Une évidence. Leur rendez-vous était une évidence.

Plus ils parlaient et refaisaient le monde, plus la soirée devenait matin. On était déjà samedi. Il fallait bien être raisonnable et dormir un peu, même si ce devait être d'un sommeil agité, hésitant et incertain. La fatigue courrait derrière eux. De plus en plus vite, à grandes enjambées.

Elle se rapprochait. Mais ils tenaient bon. Je crois qu'aucun des deux n'avait véritablement envie de briser la magie de cet instant qui s'étirait au-delà du raisonnable. De rompre le fil invisible qui les reliait. Qui arrimait leur âme l'une à l'autre.

-Reste encore un peu, ne me laisse pas. Pas tout de suite. Pas maintenant.

Mais il fallait bien se rendre à l'évidence. On reprendrait demain, quand il ferait jour. Camille lança alors :

-Les dents, pipi et au lit !

La phrase était vieille comme le monde. Elle avait bercé leur enfance, à l'un comme à l'autre. Et celle de bien des générations. Celles qui les avaient précédés. Et naturellement celles qui les suivraient. Les dentistes pouvaient avoir l'esprit tranquille, la relève était assurée.

Elle avait souri. Et son sourire avait tout balayé sur son passage. Il avait quelque chose de curieux et de fascinant, qui n'appartenait qu'à elle.

Ce sourire manquait d'assurance. C'était pour mieux vous jeter dans le précipice.

Il manquait de malice. Mais c'était heureux car cela lui donnait des accents de sincérité et de justesse comme aucun autre.

Il manquait de tout cela, et pourtant il avait tant à donner.

Comme elle, il ne demandait, qu'à se laisser apprivoiser. Puis à éclater au grand jour, enfin libéré de toutes les entraves qui le tenaient à l'écart du monde et des gens. Elle était aussi belle que farouche.

Faisait-elle semblant ? Plus il s'approchait plus il la sentait s'éloigner. L'instant d'après, c'était tout l'inverse.

Il sentait alors chez elle un irrépressible besoin de proximité. Le feu et la glace. Une sensation unique. Un frisson qui le brûlait avec une intensité incroyable. Un incendie glacial. C'était un peu tout cela à la fois. Les émotions contraires s'entrechoquaient. Les sentiments s'attiraient, puis se repoussaient sans ordre ni logique. La bataille faisait rage. Un combat, une joute, un choc d'une rare intensité.

Alors, pour tenter d'y voir plus clair, il la regarda pour la première fois. En prenant son temps. Comme s'il essayait de lire en elle, de décrypter les indices qu'elle laissait dans son sillage. Ce qu'il découvrit lui plut aussitôt.

Ses jolies lunettes faisaient les sérieuses. Encore sages, ses cheveux, arrangés dans un joli carré, faisaient illusion. Mais pas son regard noisette. Puissant, charmant, intense, brûlant, addictif, conquérant, dominateur, il avait un goût unique de reviens-y. Le regard était une porte ouverte sur l'âme des gens. Et il n'en avait jamais croisé de pareil.

-Je m'en souviendrais.

Ce regard disait 'viens', et puis 'laisse-moi' l'instant d'après. Une dinguerie. Au point de lui en faire perdre tous ses repères, lui le raisonnable. Lui le breton fier et sûr de lui. L'insubmersible, le redoutable, l'indomptable, le triomphant, comme tous les grands bateaux sombres éponymes qui partaient des mois durant sous la surface des mers du globe pour nous protéger et dissuader.

Loïk tenta de se ressaisir. Il y parvint presque. C'était juste avant de croiser de nouveau son regard. Il avait encore changé. Il lui faisait penser à l'océan de son enfance. D'huile à marée basse, en toute transparence. Gris, la bave aux lèvres, avec une vraie gueule d'assassin six heures plus tard, à marée haute. Il allait et venait, et jouait avec les gens qui en avaient fait leur vie, leur passion, leur gagne-pain. Il se méfiait de l'océan. Mais il avait confiance en Camille. Il ne l'avait pas vu venir dans sa vie, qu'il pensait bien ordonnée.

Une moitié de brosse à dents dans la bouche (c'était charmant), Camille prononça juste quelques mots. A peine de quoi faire une phrase. Comme si son absence de longueur la ferait vite oublier, et qu'elle pourrait ainsi passer inaperçue.

-Je veux bien dormir à côté de toi.

Il n'avait rien demandé. Mais son regard et son corps disaient tout autre chose.

Alors ils avaient encore parlé d'eux, de la vie, de cette attraction grandissante qu'ils ne s'expliquaient pas. On voyait bien qu'ils étaient entrés en résistance. Comme si cela ne se faisait pas. Qu'il fallait donner du temps au temps, pour respecter un semblant de convenances. Pour oublier qu'ils avaient atterri dans le même lit. Et qu'ils avaient tout sauf envie de dormir.

Ils se cherchaient, se devinaient dans le noir. Et leurs deux corps ne leur appartenaient plus tout à fait.

-Sentir le bout de tes doigts.

-Te tenir la main encore un peu. S'il te plait.

-Poser ma tête sur ton épaule, je peux ?

-Tes jambes sont tellement douces.

-Il est tard.

-Et alors, c'est donc si grave que ça ?

C'était comme si le grand lit de Camille avait soudainement rétréci. Et qu'il n'y avait plus de place que pour l'un d'entre eux. Mais ce un qui serait tout. Et ce tout qui serait bien plus grand que la somme des deux. Immensément grand.

-Il fait un peu froid chez toi, dès qu'on s'éloigne du feu.

-Tu as froid ?

Une évidence.

Leurs corps s'étaient manqués sans même se connaître.

Jusqu'à aujourd'hui.

On dit que certaines âmes sœurs pouvaient attendre toute une vie avant de se trouver. Et qu'elles pouvaient se trouver sans s'être jamais cherchées.

Ils en étaient là. Ils ne se l'expliquaient toujours pas.

-Mais à quoi bon ?

Il pouvait sentir son souffle.

Elle avait envie de ses lèvres.

Il n'avait plus envie de lui résister. C'était au-dessus de ses forces.

Elle s'accrochait au bruit de son cœur qui battait la chamade, heureuse de se sentir de nouveau vivante.

Les vivants aussi pouvaient ressusciter.

C'était une étreinte proche et confiante. Une étreinte qui n'étouffait pas, n'abimait pas l'amour en l'enfermant dans des mains trop serrées.

C'était une étreinte comme on en ressentait peu dans une vie. Une étreinte douce et puissante à la fois, câline et sauvage, animale. Seuls au monde, ils ne faisaient plus qu'un. Tout avait disparu autour d'eux

. La vraie vie était de retour. Celle qui rendait heureux.

-Je suis le maître du monde !

Par la fenêtre, ce soir-là, dans leurs souvenirs, le monde dansait. De fines bulles de joie et d'excitation pétillaient dans leurs regards, remontaient le long de leurs corps encore moites et traçaient dans le ciel des projets pour demain.

Ils s'endormirent l'un avec l'autre, l'un tout contre l'autre, l'un en l'autre.

Ils avaient aimé ces quelques heures ensemble comme ils avaient rarement aimé un moment je crois.

C'était une évidence. Une drôle d'évidence. Je me tuais à vous le répéter.

-Loïk, tu ronfles…

-Moi ? Certainement pas. Ce serait une grande première.

Il prit un air offusqué. Celui qu'arboraient les victimes de jugements un peu trop hâtifs. Puis il se tourna sur le côté. Quelques instants plus tard, il se remit à respirer bruyamment.

Pour ne pas dire autre chose, et vous épargner un euphémisme de plus.

Camille lui caressait les cheveux.

-Tu es la plus belle chose qui me soit arrivée. Je t'aime.

Le bonheur se couche et se lève avec le soleil.

Ils vont bien ensemble.

Chapitre 24

Les lendemains matins

-Tiens ma table de nuit n'est plus à sa place habituelle.

-Tiens je ne suis pas chez moi.

-Tiens, j'ai sans doute rêvé.

-Pince-moi.

-Aïe !

La petite maison était toujours là, dans son jus, façon de parler. Rien à voir bien sûr avec les événements charnels d'hier soir. Ils en sourirent, de ce sourire qui précédait les fou-rires. Un sourire comme on les aimait, aussi coquin que bavard. Les plus beaux sourires avaient parfois de petits yeux. Ils n'en étaient que plus charmants. Camille, elle, avait des yeux où il faisait bon vivre.

Ce matin au réveil, ils se regardaient tous les deux comme s'ils étaient couverts d'or. Ils venaient de se réparer l'un l'autre.

Sur la table, patientaient un grand verre de jus de pamplemousse fraichement pressé, quelques oranges et deux ou trois citrons du marché de la veille. Une douce odeur de brioche au beurre s'échappait du grille-pain. Elle tentait de se faire remarquer. C'était plutôt réussi. Les pots de confiture s'impatientaient, la pâte à tartiner aussi. Brûlant, le café tournait en rond. Même la grande horloge de la cuisine cherchait à ralentir le cours du temps. Et elle mettait du cœur à l'ouvrage. Histoire de leur laisser de quoi s'aimer jusqu'à la fin du monde. Le petit déjeuner avait mis les petits plats dans les grands. Dit comme cela, cela ressemblait à une publicité pour une célèbre marque de café.

Quelques minutes plus tôt, les rayons du soleil étaient entrés sans frapper. L'astre du jour aimait émerger de sa cachette pour étaler ses flaques de lumière un peu partout.

Se lever voulait dire quitter l'autre un bref instant. Ni Camille ni Loïk n'en avaient envie.

-Pas déjà ?

-Encore un peu. Je suis si bien.

-J'ai envie de ne rien faire à deux.

-Moi j'ai envie de te raconter les nuages.

On disait souvent que la magie des corps à corps se dissipait avec les premières lueurs du lendemain. Mais pas avec eux. Leur sang s'était transformé en miel. Et leurs peaux collaient encore, à force d'avoir glissé l'une contre l'autre.

Ils durent s'y prendre à plusieurs reprises pour atteindre la cuisine. La faute au canapé d'angle qui se chargea de s'interposer et de les cueillir. Ils s'attiraient comme du velcro. Comme deux lettres enfin *affranchies* de leurs *enveloppes*.

-A quoi tu penses ?

-A une petite maison endormie. A l'intérieur, la cheminée veille, il fait bon. Un jour elle vapotera. Arôme fleur de sel.

Loïk avait un vieux pyjama à carreaux, qu'il se hâta d'enfiler pour ne pas succomber une nouvelle fois au corps de Camille. Avec un écusson brodé dessus, ce pyjama avait le charme de l'ancien. Il fallait dire qu'il le possédait depuis au moins… sa naissance.

Il repensa à cette nuit. Cette nuit où les souvenirs avaient remplacé les rêves. Cette nuit où ils n'avaient pas eu besoin de remuer les jambes pour réchauffer la vieille paire de draps un peu rêche. Des draps d'époque. Cette nuit où la condensation avait recouvert les vitres, de l'intérieur.

-Dis-moi Camille, que faisais-tu en m'attendant ?

Son maquillage d'hier n'était plus qu'un lointain souvenir. Comme s'il appartenait à une autre vie.

Il se dit qu'il la trouvait belle au naturel.

En descendant l'escalier, il sembla découvrir pour la première fois la décoration qui l'entourait. Il ne vit d'abord que l'ampoule à économie d'énergie de l'entrée. Son éclairage confidentiel manquait d'assurance se dit-il. Puis, Il observa longuement le mobilier d'époque. Du genre ventru, la grande commode avait un *sacré coffre*. Il l'imaginait déjà en train de veiller sur les repas de famille. Elle accueillait une lampe en Moustier et trois napperons en dentelle. Les pièges à poussière favoris des grand-mères. Ici, la simplicité avait la prétention de l'authenticité. Dans son plus simple appareil, l'austérité n'était jamais loin.

Il s'imaginait Camille plus jeune, entourée de ses parents.

Il sentait bien que l'amour maternel traînait encore dans le coin, sous les lits et le canapé. Il se servait chaud, en sortant du bain. Camille faisait des dessins avec le doigt sur le grand miroir couvert de buée. Il infusait aussi dans l'eau bouillante du service à thé. Un service *athée*, car ici on ne parlait jamais de religion.

Ses parents élevaient des lapins et des poules. C'était parfait pour la chasse aux œufs du matin de Pâques. Même si l'on n'était ni croyant ni pratiquant, il y avait tout de même des traditions à respecter. Ce jour-là, Camille était la reine de la fête. Au moins une fois dans l'année, elle avait plein de choses à raconter aux copines de sa classe. Copines qu'elle comptait sur les doigts d'une seule main, moins le pouce et l'auriculaire. Cela faisait peu. Mais c'était de vraies bonnes copines. Dans le genre à la vie, à la mort.

Sa mère l'avait initiée aux arts culinaires. Comme dans toutes les bonnes familles de l'ancien monde. Elle l'avait faite se familiariser avec les règles non écrites qui semblaient régir la navigation des vermicelles et de la ciboulette dans son assiette de potage. Le potage, la soupe et les veloutés étaient un incontournable des dîners qu'ils prenaient tous les trois. On soupait, pour de vrai. Sa mère, comme sa grand-mère avant elle, cuisinaient à la perfection. Elles ne s'éloignaient jamais des grands classiques. Les pages du vieux livre de cuisine témoignaient sans mal de leur attachement quasi maladif à ces vieilles recettes. La plupart en avaient d'ailleurs attrapé des rides d'expression, à force d'avoir été ainsi exposées à la lumière du jour. Sans pour autant s'en trouver *froissées*. Ici ou là, les caractères d'imprimerie se faisaient porter pâles.

Toujours de première fraîcheur, mais un rien envahissants, les ingrédients avaient jeté leur dévolu sur l'immense plan de travail. Un tas de vieilles poêles et de casseroles en étain tentaient de reprendre le dessus, sans grand succès.

Pendant que sa mère et sa grand-mère cuisinaient, Camille laissait son regard s'aventurer par-dessus la courte haie qui les séparait du jardin de leurs voisins. Ses voisins, elle les trouvait étonnants. Mal fichus, mal assortis.

223

Comment leur couple tenait-il encore debout ? Pourtant, ils étaient encore là. Leur maisonnette était comme eux : mal aimée, laissée à l'abandon. Elle semblait avoir poussé là, à la va-vite. A moins que quelqu'un ne l'ait posée ici, en attendant de venir la récupérer un jour.

Malgré tout cela, Camille voyait bien qu'ils se soutenaient dans l'épreuve, depuis toutes ces années. Ils étaient sa jolie leçon de vie. Parce qu'ils s'aimaient. Et qu'ils avaient appris à vieillir ensemble. Un soir qu'elles étaient toutes les deux, sa grand-mère lui avait dit :

-Tu vois ceux-là, eh bien je les ai vus marcher côte à côte quelques mètres. Puis ils ont fait durer cet instant heureux pour toujours.

C'est ce qu'elle aimait chez son aïeule. Elle était une diseuse de bonne aventure. Pleine de recommandations qui se prétendaient avisées, de conseils qui faisaient semblant d'être bons. Mais elle y mettait tellement de cœur, que Camille faisait comme si.

Ses voisins d'à-côté lui permettaient de voir du monde. De voir le monde. Mais sans bouger d'ici. Plus elle les regardait, plus elle souriait. De ce sourire que même les caries n'oseraient attaquer. Même si elle trouvait parfois que les bonnes choses s'échappaient trop vite. Les meilleures journées et les moments d'exception, surtout.

Il était grand temps d'offrir à Camille de quoi rattraper le temps et le bonheur perdus. Elle accomplirait des merveilles, personne n'en doutait.

Loïk, Hugo et sa gare de l'ouest avaient placé en elle toute la confiance dont ils étaient capables. Une confiance plus grande que l'univers.

-Camille, chérie, le petit déjeuner est servi.

Pour trouver le bonheur,

ouvre grand les yeux et regarde le ciel.

Chapitre 25

La petite librairie qui faisait des miracles

Nos premiers pas dans la vie étaient jalonnés d'étapes. Si elles s'enchaînaient dans une succession plus ou moins bien ordonnée, elles nous façonnaient toujours en tant qu'individu. Pour la vie.

Prendre conscience des autres, apprendre à marcher puis à lire et écrire. De ce côté-là, on pouvait dire que Camille était une enfant gâtée. Pourrie gâtée pour être tout à fait exact. Et parfois, cela avait du bon.

Elle écrivait sur tout et n'importe quoi, dès qu'elle avait un moment de libre. Dès le plus jeune âge, elle noircissait le papier de son écriture encore hésitante. Puis vint l'époque des pièces de théâtre, des essais, du journal intime. Les mots se pressaient dans sa tête, mais Camille tenait bon.

Elle commença par lire beaucoup et souvent, le soir, en cachette, au grand dam de ses parents.

-Camille, il y a école demain. Il est l'heure d'éteindre.

Mais ses yeux n'avaient pas sommeil. Il y avait encore tant de choses à découvrir. Au pied de son lit, il y avait toujours trois ou quatre livres. Elle les lisait en même temps. Comme s'il finirait par en sortir une nouvelle aventure, forcément unique, frappée du sceau de son imagination fertile.

Ils pensaient que cela finirait par lui passer. En vain. Cette petite était épatante. Très décidée, aussi. Presque un peu têtue. Quand on vous disait qu'elle était faite pour Loïk !

Aujourd'hui, ses parents seraient fiers d'elle.

C'était le jour J. Taquin, il s'était fait aussi laiteux que l'écume de l'océan. Camille sourit. Elle y lisait (encore !) un clin d'œil appuyé à ce que Boris Vian appelait poétiquement *l'écume des jours*.

L'ouvrage (pas Boris Vian lui-même) figurait en bonne place dans sa boutique, derrière la devanture qui brillait de mille feux. Naturellement, il lui fallait un nom de baptême. Plus facile à dire qu'à faire. Plus d'une fois, on en avait débattu jusqu'à point d'heure, entre les quatre murs de la petite crêperie. Chacun y avait été de son idée, plus ou moins arrosée.

-Quoi qu'il arrive, on baptisera cette librairie au cidre, peu importe son nom !

Faute de consensus, revint à Hugo la redoutable tâche de trancher. Après tout, puisqu'il était à l'origine du projet, hors de question de se défiler. Il voulait un nom qui ressemble à Camille et à la gare qui veillerait désormais sur elle du lever au coucher du soleil.

-Et pourquoi pas 'poussières d'étoiles' ?

-Tu n'as pas trouvé plus simple ?

-En même temps, il faut bien un peu d'ambition !

-Ca y est, voilà que notre Hugo a attrapé la folie des grandeurs !

-Pardi, ses étoiles de chef lui montent à la tête. Il faut croire que la casquette ne leur suffisait plus !

-Ressers-nous donc un coup à boire, Loïk, je sens qu'on va tous en avoir besoin...

A la surprise générale, quelques bolées de cidre brut plus tard (nous avions arrêté de les compter, c'était plus sage), le nom fut adopté. Ce serait donc 'poussières d'étoiles'.

[-Je suis une star il est vrai, alors je vote pour, avait aussitôt ajouté la gare. Elle fut la dernière à se prononcer. La *meilleure pour la fin*, que voulez-vous ! Elle fut aussi la dernière à peu près sobre. Les autres étaient en état d'ébriété plus qu'avancé.]

D'un naturel optimiste, le cosmos nous invitait à voir plus grand. Les rêves les plus fous pouvaient s'y promener en toute liberté, transportés d'un sourire à l'autre. Où que l'on tourne le regard, il y avait l'infini. Et beaucoup plus de questions que de réponses. C'était comme avec la lecture, finalement.

C'était un tiers lieu : il n'appartenait à personne, mais un peu à tout le monde quand même.

-Cette petite librairie a été pensée pour vous. Elle sera ce que vous en ferez. Bienvenue !

C'était un mot d'accueil en forme d'invitation. Ecrit à la craie, il semblait nous contempler. Impossible de résister à son appel. Une fois à l'intérieur, le bruit du dehors s'estompait. C'était heureux. Plus on avançait, moins il devenait audible.

Sur la droite, il y avait la salle silence, la bien nommée, avec ses gros coussins. Accueillants, enveloppants, drôlement affectueux et câlins, ils rivalisaient de couleurs, toutes plus vives et chatoyantes les unes que les autres. Ils détournaient avec talent notre attention. Faire silence redevenait alors naturel, et permettait de laisser l'essentiel reprendre le dessus. Apprendre à se taire, pour mieux accueillir la parole et les écrits de l'autre, dans leur singularité.

Un peu plus loin, se tenait un groupe d'enfants. Je crois qu'ils refaisaient le monde pour le rendre meilleur. Les 'ateliers du futur' permettaient de passer de l'autre côté du miroir, de renverser la perspective. L'imagination se mariait bien avec l'infini. Ils allaient très bien ensemble. Ils étaient aux anges. Si près, et pourtant si loin.

[Des 'poussières d'étoiles' pour tirer des plans sur la comète : je dois dire que je reconnaissais bien là toute l'espièglerie dont Hugo était capable. Celle qui sied aux grands chefs. Aux *chefs étoilés*. En cette matinée inaugurale, la petite librairie de Camille brillait de mille feux. Grâce à elle, j'allais devenir célèbre ! Elle m'offrait tout simplement le *cosmique* de répétition.]

L'atelier d'écriture inaugural avait attiré foule. Il faut dire que Camille avait mis les petits plats dans les grands en invitant Joséphine. Une jeune auteure pleine de promesses, contrairement à ce que semblait afficher son prénom. On ne parlait plus que d'elle. Ses premiers romans avaient fait souffler un véritable vent de fraîcheur sur le marché de l'édition, qui en avait pourtant vu d'autres. Difficiles à contenter, les critiques littéraires s'étaient pour une fois retrouvés à l'heure de distribuer les bons points (pas l'*embonpoint*, c'est Téo qui vous le dit ! Bien entendu, il était là lui aussi).

Joséphine dégageait un subtil mélange d'aplomb et de bienveillance, au pied de la grande ardoise qui annonçait sa venue. Elle avait un petit mot pour chacun. On voyait tout de suite qu'elle était venue accompagnée de son talent et de son optimisme charmant. Sur tout : l'écriture, la lecture qui allait avec, la vie et l'existence en général.

-Et le général, les étoiles, ça le connaissait !

[Vraiment ce nom n'aurait pu être mieux choisi. Je me félicitais d'avoir voté pour, et d'avoir bourré les urnes. Vraiment bien *bourré*. Il n'y avait qu'à demander aux autres participants au scrutin, et compter les verres !]

Joséphine aimait partager, transmettre, éveiller le désir des mots. Cela se dégageait d'elle avec une formidable évidence. Camille buvait ses paroles, en même temps qu'elle veillait à ce que chacun ne manquât de rien.

Il y avait ce petit bonhomme au premier rang. Il ouvrait des yeux comme des billes. Elles avaient un éclat magnifique.

Il y avait cette dame plus toute jeune, assise au fond de la pièce, comme pour ne pas contrarier sa timidité maladive. Elle semblait regarder ailleurs, mais n'en perdait en réalité pas une miette. Sa pudeur l'empêchait de manifester davantage cette joie qui la grignotait de l'intérieur. Un trésor de bonté y sommeillait, bien à l'abri du regard des autres.

Il y avait tous ces gens de passage, aussi, qui avaient décidé qu'il était temps de cesser de courir. Seul le *tant* pouvait rattraper le temps.

Hugo était là, lui aussi.

Et Léon avait, pour la première fois, pris le train d'avant.

-Au diable les habitudes ! Quand je mourrai, cela ne sera pas forcément à l'heure !

Tous étaient heureux d'en être. Ils n'avaient pas de mots. Si ce n'est ceux de la gratitude. Des mots qui rivalisaient d'amabilité pour Joséphine et pour Camille.

-On a bien fait de venir, tu vois, je te l'avais dit.

Ils s'étaient *donné le mot*, tout simplement. Ni mot d'excuse ni billet de retard.

Mais ce jour-là, il y avait autant de mots que d'étoiles dans le ciel. A quelques poussières près. Les éclats de nos rires, les larmes que nous retenions *avec peine* les rendaient tout simplement meilleurs. Les mots nous donnaient leur parole : ils seraient toujours là pour nous, pour nos rêves d'un bonheur encore à bâtir. Il suffirait de nous montrer prévenants et attentifs.

Les mots faisaient tout pour préserver l'extraordinaire.

Les mots nous rappelaient les absents.

Les mots dessinaient le plaisir intact de ces petits riens qui faisaient un grand tout.

Les mots étaient nos amers, nos bouées cardinales dans cet océan de l'existence, qui tanguait parfois dangereusement. Trop contents de nous aider à mener notre barque.

Les mots étaient ainsi : ils n'aimaient guère rester seuls. Il leur fallait de la compagnie. Souvent *mêlés*, parfois *croisés*, plus rarement *masqués*, mais toujours dévorés. Ou bus, chaque fois qu'ils se transformaient en paroles. Ce qu'ils préféraient par-dessus tout, je crois : être *lus, et approuvés*.

Tout le monde était rassemblé autour de Joséphine.

Elle accordait à chacune et chacun une petite attention. Sa façon bien à elle de leur dire qu'ils comptaient, même s'ils se voyaient pour la première fois.

Passé un court moment de timidité, Camille prononça quelques mots. Elle commença par remercier chaleureusement Joséphine pour sa présence.

-Bienvenue à toutes et à tous. Aujourd'hui je voudrais partager avec vous ce qui compte le plus pour moi. Et ainsi répondre enfin à la question que vous êtes nombreuses et nombreux à m'avoir posée.

Les sourires venaient de faire leur apparition. Tels une ola déferlant sur les tribunes d'un stade copieusement garni, dans un concert de vuvuzelas.

Camille ménagea le suspens, sans toutefois le laisser se prolonger au-delà du raisonnable.

-Lorsque j'étais petite, il y avait cette promenade, dans le jardin du cloître, sous les grands pins centenaires. Leur ombre reposante faisait souffler un petit air frais sur la cour écrasée de chaleur. Les pins se tenaient là depuis des siècles, s'acquittant *religieusement* de leur mission.

De nouveaux sourires parcoururent l'assemblée, cette fois recueillie. Camille savait trouver les mots justes. Hugo et Loïk étaient particulièrement fiers d'elle. Ils étaient émus, aussi.

-J'ai retrouvé ici la même générosité. Avec, en prime, l'étincelle de vie. Cet enfant que de grands bras font tournoyer sur lui-même. Notre gare de l'ouest, je l'observe depuis maintenant un bon moment. Ce jeune homme qui se lève pour céder sa place à un vieux monsieur, et qui le prend par le bras pour le guider, un pas à la fois. Les courses folles des enfants qui se battent avec les pigeons. Le sourire unique de celui qui devient grand-père pour la première fois et croit distinguer au bout du quai la bouille angélique de sa petite fille endormie. Et des baisers de cinéma à n'en plus finir.

Camille marqua une courte pause.

-Je crois que les voyages en train sont comme les livres. Ils m'ont aidé à mûrir et grandir. A me sentir de plus en plus libre. A m'assumer. A devenir petit à petit une femme plus complète. Nous passons dans la vie des livres, et eux dans la nôtre. Nos destins sont liés. Une petite partie d'eux vient s'accrocher à nous, discrètement. On grandit avec elle. Le temps passe, et il faut faire quelque chose de ce temps. C'est l'esprit de ces rencontres, et de celle qui nous réunit aujourd'hui. Joséphine, sois la bienvenue parmi nous, tu es ici chez toi.

L'auteure accueillit ces paroles par un temps de silence. Comme si elle reprenait son souffle. Puis, de sa voix douce et pénétrante, et de sa gestuelle gracieuse, elle prit possession de la librairie toute entière. Elle rayonnait.

-Départ et arrivée sont les deux composantes d'un même voyage. Un voyage circulaire, où l'un et l'autre dialoguent et se font écho, dans une ronde éternelle. Mais une ronde ne fait pas une farandole. Se côtoyer, ce n'est pas se mélanger. Se croiser, ce n'est pas se rencontrer. Se parler, ce n'est pas tout à fait se comprendre. Les gares nous réunissent. Mais seuls notre supplément et notre grandeur d'âme font qu'elles peuvent espérer nous rassembler.

Joséphine poursuivit.

-Vous êtes-vous jamais demandé pourquoi on avait installé ici quelques bancs ?

Tout le monde attendait la suite avec impatience.

-Ces bancs sont là pour nous dire de rêver. Ils sont comme des pense-bête, pour nous rappeler chaque jour de regarder sincèrement et intensément ce qui nous entoure. Parce qu'au fond, un clin d'œil ne suffit jamais vraiment. Les bancs ont du courage pour deux. Ils résistent à tout, ne rentrent pas se mettre à l'abri par mauvais temps. Ils veillent sur nous, toujours, prêts à nous offrir une halte reposante et bienvenue et nous soulager de notre fardeau. Nous pouvons compter sur eux, et cela change tout. Les voyageurs passent, mais les bancs demeurent.

Joséphine abattait ses souvenirs d'écriture, comme des cartes.

-Les livres sont nos bancs.

Dans l'assemblée tout le monde but ses paroles de façon aussi solennelle que pour une première communion. Dehors, les nuages jouaient avec le toit des immeubles Haussmanniens. La pluie crachait sur Paris. Il faut dire que, cette année, le printemps se montrait hésitant. Entre rires et larmes. Mais les paroles de Joséphine n'en avaient que faire : elles nous enveloppaient de leur incroyable douceur. Au fil de son propos, les paysages semblaient apparaître comme par magie. Comme une évidence. Elle donnait vie à nos rêves et ressuscitait les petits ruisseaux de notre enfance, ceux qui s'écoulaient paisiblement. Je crois bien que nous passions tous la meilleure journée de notre vie.

-Bravo !

Les jours suivants ne furent qu'une succession d'autres belles rencontres littéraires. Camille pouvait se montrer complice avec ses habitués, attentive avec ses petits lecteurs en herbe. Elle était aussi de bon conseil avec ceux qui pensaient et disaient avoir tout lu. Camille avait su se faire une petite place dans la vie de celles et ceux qui passaient par là et qui entraient sans frapper. Ici, chacun avait sa chance. Lecteurs, auteurs. Les écrivains à succès veillaient sur ceux qui débutaient dans le métier. Les sorties littéraires se bousculaient sur ses étals. La vie des livres était une grande kermesse que rien ne devait interrompre. Pas même un train. Pas même si on devait courir après comme si notre vie en dépendait. Non, chez Camille on se construisait des souvenirs pour la vie. Pour que le grand bonheur ne chasse jamais les plus petits. Pour qu'il dure toujours, comme dans les livres de contes et de princesses.

Demain nous attendait. Et tous les jours encore devant nous.

A l'échelle d'une vie, les étoiles ne s'éteignaient jamais.

Et celles-là encore moins que les autres.

En s'endormant ce soir-là contre Loïk, Camille tenta bien de lutter, mais le délice de la situation et de son corps tout chaud contre le sien fit le reste.

Le bonheur des uns

fait aussi le bonheur des autres.

Chapitre 26

Te tenir la main

Il y avait de la graine d'écrivain en chacune et chacun de nous. Joséphine ne nous avait pas dit autre chose.

-Faites-vous confiance. N'écoutez pas les autres, ne les laissez pas vous décourager.

Gare de l'ouest, même les chefs de gare pouvaient se faire aussi léger que leur plume. Moins les quelques ratures, bien vite pardonnées, qui allaient avec leurs premiers *essais*.

Lulu avait fait le serment de changer de vie, d'en cesser avec les impostures et la superficialité coupable qui accompagnaient le métier de consultante. Mais pour sceller son engagement avec elle-même, il lui fallait un témoin. Un journal de bord, un confident.

-J'étais celui qu'elle attendait.

Ma couverture rouge vif me suivait un peu partout. Assortie à ma belle reliure, elle me donnait cet air élégant qui inspirait confiance. Elle suscitait désir et envie chez ceux qui croisaient ma route.

-Je serais l'élu !

Celui qui (re)cueillerait toutes ses réflexions sur la vie, le temps qui passe, ses belles découvertes, ses moments de doute et de remise en question. On m'avait prévenu, aussi ne fus-je pas surpris de les découvrir nombreux. Plus nombreux en tous cas que je ne l'aurais souhaité. Mais nous allions y travailler, tous les deux, main dans la main.

Je deviendrais son confident. A la fois fidèle et discret. Perspicace chaque fois qu'il le faudrait. Je me tiendrais à *carreau*, celui du papier dont j'étais fait. Avec moi, plus encore qu'avec d'autre, un *bien fait* ne serait jamais, ô grand jamais, perdu. Je la suivrais partout, en évitant, autant que faire ce peu, de passer trop de temps chez l'ami Lucas, avec les autres objets trouvés. Je tiendrais trop à elle pour cela. Oui, nous serions liés pour la vie. Liés par la vie. Avec ses hauts et ses bas. Grâce à moi, elle apprendrait que coucher les mots sur le papier pouvait instantanément apaiser les tourments de son âme, dissiper ses angoisses, réaligner ses énergies. Je savais que cela l'aiderait et lui ferait beaucoup de bien. Je ne me trompais pas.

Sa première esquisse fut celle d'une locomotive, et d'un garçon -plutôt bel homme- qui ressemblait étrangement à Téo. Son trait de plume était inspiré, sûr de lui. Moi, je ne disais rien, trop content de la laisser me gratter le dos et me tatouer de manière indélébile un peu de son amour pour lui. Car j'avais appris à *lire entre les lignes*, c'était mon métier.

La vie aussi écrivait sur nous, sur tout. Elle savait se montrer bavarde, émue. Elle pouvait imaginer nos rendez-vous, les plus improbables comme ceux qu'elle prévoyait pour nous des années à l'avance. Les lendemains qui chantaient, et puis aussi tous les autres. Ceux dont on se passait volontiers.

Avec le temps, l'écriture de Lulu prit de l'assurance. Elle courrait, virevoltait, volait sur les pages blanches qu'elle effleurait à peine en tirant des traits.

Elle me parlait de leur rencontre. Avec des mots doux, et des cœurs sur chaque page, en haut à gauche, en bas à droite, et un peu partout dans la marge.

Je sentais qu'elle reprenait confiance, qu'elle retrouvait un sens à sa vie. J'étais heureux pour elle.

Elle avait ce ton que l'on réservait aux confidences, aux secrets intimes, et au langage des papillons. Ils dansaient comme jamais. Elle pouvait me parler de lui pendant des heures. De l'émoi qu'il provoquait chaque fois en elle. De leurs deux corps qui s'abandonnaient et frissonnaient à l'unisson. De leurs deux corps faits l'un pour l'autre. Plus d'une fois elle me répéta que les corps ne mentaient pas. Et surtout pas les leurs.

Elle me parla ensuite de leurs projets de tour du monde. Mais un peu aussi du tour de leur monde.

Elle me raconta le Croisic. D'ailleurs, elle m'y emmena souvent. Au moins une fois par semaine, au début. Parfois deux. Je ne trouvais pas cela très raisonnable, mais je ne disais rien. Car cela me permettait de prendre l'air. Puis, un beau matin, ils décidèrent d'y jeter l'ancre pour de bon, eux les marins au long cours.

Plus d'une fois je l'avais interrogée à ce sujet, sans obtenir de réponse sur leurs véritables intentions. Elle faisait semblant de ne pas m'entendre, esquivait le sujet, repoussait l'instant de vérité. Mais au fond d'elle, elle savait. Son annonce fut pour moi un soulagement. Et une profonde marque de confiance qui m'émut aux larmes. Sans doute parce qu'elle venait de renverser son *Perrier* rondelle. Trempé, *de l'en-tête au pied de page*, j'étais inconsolable. Elle aussi.

Ah oui, avant que j'oublie, il lui fit visiter son grand voilier qui s'impatientait dans le port. Leurs projets à deux ne demandaient qu'à mettre les voiles disait-il. Un soir avant de s'endormir, elle eut la gentillesse de m'en faire une petite esquisse. Suffisamment pour que je m'imagine à mon aise à bord, embarqué dans la suite de leurs aventures.

-Et si j'avais le mal de mer ?

Sa vie d'avant n'était déjà plus qu'un lointain souvenir. Le célibat contraint dans soixante mètres carrés aussi.

Elle m'avoua s'être débarrassé du miroir qui l'avait accompagnée toutes ces années. Elle avait eu raison. Il n'avait plus rien à lui apprendre. J'étais fier d'elle. Je savais ce que cela lui avait coûté. Peu de temps après, ses anciennes relations avaient connu le même sort. Là où ils allaient, je crois qu'elle ne se rendrait même pas compte de leur absence. Sauf pour le bruit, bien sûr.

Elle avait décidé qu'il était temps de passer à autre chose. Je lui rappelai que *si les paroles s'envolaient, les écrits, eux, restaient.*

J'avais suffisamment de pages et de place pour tenir un bon moment en leur compagnie. Même s'il y avait des choses qui se vivaient et ne se racontaient pas. J'étais bien trop chaste et innocent pour cela.

Tout juste pouvais-je rajouter, avant de m'éclipser, que Lulu n'avait plus rien de la jeune femme toute ronde aux fesses de vieille. C'était même devenue une très jolie femme, que l'amour avait rendue, elle aussi, meilleure.

Quant à Téo, chaque fois qu'il devait emprunter un train, il veillait désormais à ne plus s'installer sur un siège qui n'était pas le sien. Une fois lui avait suffi, ce serait la seule. Mais il avait quand même bien fait. Ce soir-là, en direction de l'ouest, le poursuivrait pour toujours.

Le bonheur de la vie à deux, cela tenait parfois à peu de choses.

Bientôt, les voyages se feraient à quatre, et autant de valises.

Mais ça, c'était une autre histoire.

Le bonheur est comme les lumières.

Parfois il s'éteint et part se reposer un moment.

Chapitre 27

Les au-revoir

[Une rencontre (et quelle rencontre !), une naissance (des jumeaux), des objets trouvés (pas souvent récupérés, mais passons…), de belles histoires soigneusement consignées par mes chefs successifs, des crêpes, des fleurs et des photos, une petite librairie charmante… je rendais bel et bien la vie meilleure.

Pas toujours, mais souvent quand même.

Mais gare rimait aussi avec départ. C'était ainsi, je n'y pouvais rien. Je collectionnais aussi les deuils, les larmes, les adieux et les au-revoir.

L'homme faisait comme la nature. Un jour, les feuilles quittaient les arbres. Elles se réunissaient une dernière fois, par paquets entiers, avant de disparaître tout à fait. Puis la nature se mettait en sommeil, comme si elle avait décidé de passer à autre chose.

Ce matin, je regardai Loïk mettre le cap sur Roscoff, pour dire au-revoir à un vieil ami, Loïk avait mis le cap sur Roscoff. Plus précisément sur Carantec, à deux pas de là. On y trouvait cette grande plage qui s'animait dès les premiers beaux jours de la saison. Pas très loin du bord, on avait posé quelques barques, pour faire joli. Aujourd'hui, il faisait gris et la mer était d'humeur sombre.

La mort avait beaucoup de défauts. Mais au moins une qualité, celle de rassembler et de réunir. Contre la fatalité, contre la faute à pas de chance, contre le mauvais sort,

243

contre le cours naturel des choses. Comme si l'on y pouvait vraiment quelque chose. La vie était ainsi faite : elle pouvait reprendre d'une main ce qu'elle avait donné de l'autre. Elle n'était plus à une contradiction près.

Le premier souvenir d'eux qui remonta à la surface fut celui de leurs grandes tablées. Avec son vieil ami Pierrik (avec un K à la fin, une nouvelle fois), ils avaient ainsi multiplié les agapes fraternelles et sans doute passé plus de temps à table que n'importe où ailleurs. Encore et encore, jusqu'à plus soif. Avec eux, on n'en voyait jamais le bout : ils tenaient très bien l'alcool. Il faut dire que dès que l'on s'éloignait de la capitale, les repas du midi reprenaient leurs aises. Apéritif, entrée, mise en bouche, trou normand… Le *chemin de table* n'avait rien d'une ligne droite. Les amicales digressions digestives valaient bien mieux qu'un en-cas avalé sur le pouce.

Eté comme hiver, ils s'inventaient tous deux des moments extraordinaires dans un monde ordinaire. Il leur fallait juste s'extraire du quotidien. Ensuite ils savaient très bien se débrouiller. Pourvu qu'il y ait un coin de table sur lequel poser leur assiette et leur verre. Plus d'une fois, autour de cette même table, ils s'étaient moqués de la vie d'adulte qui pouvait se montrer si assommante.

Ils tenaient leur enfance par la main : marcher pour mieux revenir sur leurs pas, lever les yeux au ciel même si cela ne se faisait pas, savourer un diabolo menthe face à la jetée, s'assoir à côté de la fontaine, sur la petite place, cultiver leur petit bout de jardin, regarder le linge sécher en donnant le sens du vent, manger des glaces, passer des heures avec les copains, boire du thé glacé, beaucoup de thé glacé, croire en l'avenir et se l'imaginer radieux. Ecrire son nom dans le sable humide. Laisser la vague d'après les recouvrir. Rire de cette volonté têtue et obstinée de vouloir coûte que coûte de laisser une trace. Un truc de mecs. S'incliner respectueusement devant les forces de la nature. Accepter de n'être que peu de choses. Profiter du moment présent. Non, en profiter comme si ce devait être le dernier. Faire de beaux rêves. Des rêves éveillés, les meilleurs qui soient. La grande roue de la fête foraine, une fois l'an, leur faisait tourner la tête. Et tous ces rêves qu'ils avaient à l'intérieur.

Loïk et Pierrik allaient très bien ensemble. Ils faisaient les quatre-cent coups. Et sans doute un ou deux de plus. Ils en redemandaient, comme les deux garnements qu'ils étaient.

Rentrer très tard le soir, non, finalement ne pas rentrer du tout. Faire le mur, comme on disait en ce temps-là. Sonner chez les voisins puis s'enfuir en courant. Plus d'une fois, en essayant de rire et reprendre son souffle. Mettre des cochonneries dans les boites aux lettres de ceux qu'ils n'aimaient pas. Les dissimuler entre deux prospectus. Depuis leur cachette, les regarder mettre la main dessus de bon cœur. Faire peur aux canards et aux cygnes, chaque dimanche. En leur faisant des grimaces et en criant fort par-dessus le marché. Semer le gardien du parc juste après. Tenter, toujours en vain, de remplir un gant de toilette avec de l'eau. Avoir plus de chance avec ces petits sacs en plastique transparent, qui tombaient ensuite dans la rue en faisant la bombe. Sauter gaiement et à pieds joints dans la vie.

La grandeur de leur amitié, croix de bois, croix de fer, n'avait d'égale que celle de leurs sottises. Mais ils refusaient que les bêtises ne soient que de Cambrai[31]. Au contraire, ils voulaient qu'elles jalonnent la route qu'ils s'étaient choisie, pour ne pas se perdre en chemin, pour ne

---

[31] Friandise du XIXème siècle en forme de coussin rectangulaire, aromatisée à la menthe et rayée de sucre caramélisé.

pas devenir comme tous les autres. Les *Shadoks*[32] pompaient pendant qu'ils faisaient les idiots.

Pourtant, l'âge de raison avait fini par tout emporter. Et l'âge adulte était pire encore. Personne ne les avait prévenus que grandir donnait la gueule de bois. Ni que la vie était une grosse radine de passer si vite.

De leurs années d'insouciance, restait une grande cabane. Ils avaient fait le serment de la préserver et de lui rendre visite le plus souvent possible. Elle veillerait sur leurs promesses et leurs secrets, comme sur leurs petits trésors. Il fallait que leur complicité d'enfants laisse une trace, un petit quelque chose pour plus tard. Qu'elle ait toujours un coup d'avance sur la vie.

Des années plus tard, la cabane était toujours là. Elle fixait Loïk du regard. Elle n'avait pas beaucoup changé. Les tempes grisonnantes, peut-être. Mais le bois était drôlement joli lorsqu'il s'éclaircissait et se patinait. Elle était plus petite que dans ses souvenirs. Beaucoup plus petite. Qu'avait-elle donc fait de leurs rêves de grandeur ?

Loïk ferma les yeux.

A l'époque, je me moquais des citadins, des gars des villes. Je préférais me perdre dans les jardins. Plonger dans les almanachs des comices agricoles et des bals de nos campagnes. Célébrer la fin des moissons. Frissonner en réalisant que le soleil du soir ne traînait jamais longtemps. Couvrir délicatement mes épaules tandis que

---

[32] Série télévisée d'animation française créée par Jacques Rouxel et Jean-Paul Couturier, racontée par Claude Piéplu (1968 à 1973 pour la première diffusion). Les Shadoks ont l'apparence d'oiseaux rondouillards, avec de longues pattes et des ailes minuscules. Ils construisent des machines improbables qui ne fonctionnent pas. La plus emblématique de leurs inventions étant le Cosmopompe. (*Wikipedia*)

l'on disposait quelques grandes bougies dans l'herbe fraîchement coupée. Voir les premières lumières s'allumer dans la grande bâtisse de granit, qui semblait revenir à la vie en arrière-plan. Accueillir le crépuscule et la rosée. Humer avec délice l'air du soir. Traîner pieds nus dans l'herbe, sans plus rien entre la terre et moi. Observer la sarabande des flammes qui dansaient et virevoltaient dans la vieille lanterne. Murmurer à l'oreille des lampions qui s'agitaient, allaient et venaient sans bruit, au bout des branches du grand peuplier. Regarder la nature sur le point de s'endormir, et les ombres s'allonger au-delà du raisonnable. Savourer en silence. Partager tout cela avec Pierrik.

-N'était-il pas mon meilleur ami ?

Pleine d'incompréhension, la vieille cabane me faisait face. Cette fois, je ne pouvais plus fuir, je devais l'affronter en face à face.

-Tu nous as manqué. Où étais-tu donc passé ?

-Je m'étais absenté un moment. Je suis sincèrement désolé.

-Et qu'as-tu donc fait de vos promesses, depuis tout ce temps ?

Je redoutais ce moment où, un jour, la nature me prendrait à témoin. Grande, entière, sans concession. Comme souvent. Mais il ne fallait pas se fier aux remontrances. Derrière sa contrariété de façade, elle entretenait le fol espoir de me redonner goût à nos rendez-vous réguliers. Elle m'offrait de nouveau son amitié. Une chance unique de nous réconcilier pour de bon.

Il fallait que je dise quelque chose. Alors, perdu pour perdu, je bredouillai une excuse.

-Tu sais, il y a Camille maintenant.

-Les gens du pays m'en ont parlé. Tu es heureux, au moins ?

-Disons que je me suis réconcilié avec l'âge adulte, parce qu'il était sans doute temps.

Loïk s'attendait à tout instant à voir apparaître une secrétaire à chignon pour dactylographier leur improbable dialogue sur les touches en acier de sa vieille machine.

-Et Pierrik dans tout ça ? Tu as pensé à lui ne serait-ce que de temps en temps ?

En grandissant, on enterrait petit à petit ses rêves d'enfant.

En vieillissant, on enterrait petit à petit ses copains d'enfance.

-Tu sais, c'est seulement maintenant que je réalise. Sauf qu'il est désormais trop tard.

Avec Pierrik, sans jamais se fâcher, pas une seule fois, ils avaient bêtement laissé la routine prendre le dessus. Puis l'absence. Elle avait un drôle de goût, amer, surtout lorsqu'elle devenait définitive. Parfois on n'apprenait pas de ses erreurs. Pas tout de suite. Cela venait avec le temps, mais toujours trop tard.

La vie avait appris à s'en aller sans faire de bruit. Comme si elle entendait nous laisser en tête à tête avec ces futilités dont elle avait le secret, et qui ne valaient pas grand-chose. Depuis toujours la vie était livrée avec ses *accessoires*.

J'avais maintenant l'âge des presque vieux. On appelait cela pudiquement la seconde partie de carrière. Réflexion faite, elle était bien plus que simplement entamée. J'en avais croqué un bon bout déjà. Et pour tout vous dire, je préférais celle d'avant. Car l'âge des presque vieux venait avec les 'chers disparus', le manque, les enterrements, et toutes ces choses terriblement tristes et ennuyeuses. Ces choses qui ne me ressemblaient pas. Ces choses dont je n'avais franchement pas envie. Parce qu'elles me demandaient trop de mots, trop de pardons, trop d'excuses. Elles froissaient ma conception de l'existence et de ce qu'il fallait faire de la vie ici-bas. Au fond de moi, je préférais être profondément heureux que terriblement désolé.

Il se mit à pleuvoir.

Une pluie triste et mélancolique qui n'était pas d'ici. Comme un dernier pied de nez de l'ami Pierrik. Une pluie qui manquait de finesse et de retenue. Elle aussi semblait contrariée. Le vent lui tenait compagnie. Il faisait l'intéressant.

-Je te l'avais bien dit. Mais tu ne m'as pas écoutée, têtu comme tu es. Tu tiens cela de ton père.

En un mot comme en dix, le ciel faisait la gueule. Logique. Le dégât des eaux n'était pas loin.

Loïk tenait dans ses mains le roman préféré de Pierrik. C'était à peu près tout ce qu'il restait de lui. Il le serrait contre lui pour le protéger de cette humidité pénétrante. Mais la pluie était la plus forte. Elle avait trouvé le moyen de se glisser entre les pages. On ne lirait bientôt qu'un mot sur deux. Un mot *sûr d'eux*. Comme si leur belle amitié devait laisser celui qui reste *lessivé, rincé*. Parfois, les mots semblaient *couler de source* pour de vrai.

-Il faudra penser à démonter la vieille cabane. Elle a fait son temps. La vie doit continuer, dit-il à demi-mots, dans un sourire triste et fatigué. Mais un sourire qui tenait le coup quand même.

Pierrik n'était plus là, les souvenirs pouvaient lentement disparaître à leur tour.

La pluie cessa. Le jour perçait. Comme pour lui laisser le temps réfléchir et de dégringoler de ce moment hors du temps. La jeune Manon se tenait à ses côtés. Elle avait eu le privilège de les connaître tous les deux. D'abord séparément. Puis ensemble. Il y avait bien pire qu'enterrer un ami d'enfance : il y avait enterrer un amour d'enfance.

Ses cheveux en broussaille sur le front, on voyait bien qu'elle était malheureuse comme une pierre. Et par ici, les pierres en granit, ça nous connaissait. Certaines femmes caressaient l'idée d'être belles. Avec elle c'était différent. C'était sa beauté sauvage qui vous caressait les yeux.

Comme le faisaient les marins, on se salua une dernière fois, en se souhaitant bon vent et bonne mer. On se rappela qu'ici on avait aimé réfléchir au monde tous les trois. Plus une ou deux pièces rapportées, mais qui n'étaient pas restées plus longtemps. C'était juste nous trois, notre petit monde à nous, et le grand monde tout autour.

Loïk songea que l'absence de Pierrik était d'un épouvantable mauvais goût.

-Tu vois Manon, je crois à la magie des lieux. Je crois à leur capacité à nous reconnecter à l'essentiel. A celui qui n'est plus là. Les lieux comme celui-ci sont peuplés de visages familiers. La nature nous réconcilie, nous réunit par-delà les contingences de la vie matérielle. A nous d'entendre. A nous de ne jamais oublier.

-Allez viens, il n'y a plus rien de bon ici Loïk. Pour toi, pour lui, pour nous.

-Juste un moment, s'il te plait. Je le lui dois. Je nous le dois, moi qui n'ai pas su prendre le temps jusqu'à aujourd'hui.

Il resta debout un instant. Pour écouter, écouter encore un peu le bruit de la vie qui passait.

Loïk connaissait bien ces adieux qui prenaient leur temps. Ces adieux qui faisaient du sentiment. Il luttait encore, et leurs souvenirs d'amitié aussi. La grande bicyclette bleue et son panier en osier. Ses vitesses capricieuses et sa chaîne qui *déraille*. Le moelleux des serviettes de plage en éponge. Les rencontres sincères et insouciantes sur lesquelles veillaient bruyamment les mouettes. L'eau qui piquait en plus de pétiller, la faute aux méduses. Les petites voiles rouges sur fond de cirés jaunes. Un vivier et une grande épuisette pour deux, de l'eau jusqu'aux genoux. Bien droits dans leurs bottes. De l'eau, de grands pins. L'odeur d'un gâteau qui finissait de cuire. Ils avaient le bonheur. Le bonheur des choses simples.

Et maintenant ? Devait-il fuir le plus loin possible, quitte à faire une croix sur ce que la vie lui avait offert de plus beau ? Rester ici un peu plus longtemps au risque de ressasser le passé et de croiser ses parents ?

Une grande branche émit un craquement sinistre, avant de se détacher de l'arbre plus que centenaire. Il eut donc sa réponse. Il était désormais temps de rentrer. Il ne fallait pas insister davantage.

-Je te dépose à la gare ?

Carantec n'était pas sous son meilleur jour. Ils entendaient la pluie se jeter contre le parebrise. Il pleuvait de plus en plus fort. Le trajet jusqu'à la gare de Roscoff se fit en silence. Ils n'échangèrent que quelques mots. Les dialogues étaient au *régime sec*.

-Je suis content que tu aies pu m'accompagner, Manon. Merci d'avoir été là.

-Oui moi aussi. Cela lui aurait fait plaisir tu sais. Je crois qu'il ne t'attendait plus.

Il l'aimait bien Manon. Jusqu'à cette fameuse piqûre au sang de tortue, à la puberté. Depuis, elle était lente pour tout. Surtout pour se décider, pour faire des projets, pour se construire un avenir qui puisse enfin regarder droit devant lui. Puis, un jour, elle n'eut plus goût à rien, et coupa les ponts. Brutalement, sans donner de ses nouvelles. Jusqu'à ce qu'elle lui fasse part du décès de Pierrik, il y a tout juste quelques jours.

Il lui en avait voulu. Un peu. Beaucoup, pour être tout à fait honnête. Des fois, la mort secouait les vivants.

La voiture ralentit à l'approche de la gare, déserte. Ils étaient arrivés.

-Au revoir, Manon.

Il devait faire vite. Car les adieux étaient comme ces pommes gâtées qui vous pourrissaient tout un cageot, si on ne les retirait pas à temps. Alors, il ne se retourna pas, et ne vit pas son signe de la main. Désormais, elle apprendrait à se fabriquer des souvenirs sans lui. Il n'eut même pas le temps d'être triste que tout finisse ainsi. Il était trop occupé à mettre un semblant d'ordre dans sa tête qui prenait l'eau.

La pluie redoublait.

Quelques larmes vinrent lui tenir compagnie. Je crois qu'elles retournaient d'où elles venaient. Son amitié d'enfance avec Loïk n'aurait pas de successeur. On ne réparait pas ce genre de fractures en mettant de la pommade dessus.

Sur le trajet du retour, il s'écroula, vaincu par la fatigue. Il y avait deux sortes de fatigues : celle qui appelait le sommeil, et celle qui avait besoin d'être seule. La sienne était du genre contrarié, au milieu des rares voyageurs et des valises à roulettes qui changeaient de direction sans prévenir. Ces fatigues-là enfantaient souvent d'un sommeil agité, sans rêves.

Depuis toujours, le mouvement de va et vient des trains charriait avec lui les mêmes scènes : le sentiment de manque, les accolades fraternelles, les sanglots qui nous échappent, les au-revoir à moitié. Les pires, c'étaient ceux-là. Cette fois, c'était son tour.

Sur la tombe de Pierrik, il avait posé une photo d'eux. Une photo de tous les trois. Ils n'avaient pas tant changé que cela.

En route vers Paris, le vent se fit de plus en plus mauvais. La brume dérobait le soleil. Entre rires et larmes, le temps jouait avec ses nerfs qui n'avaient vraiment pas besoin de cela.

Il était un peu perdu.

Le bonheur déteste qu'on le surprenne.

Chapitre 28

Pour que la vie continue, malgré tout

Dans son malheur, Loïk regardait le paysage défiler, et son train traverser la vie. Et le paysage regardait passer son train. Etranglé par l'émotion, il compatissait en silence, un silence qui se suffisait à lui-même. Les silhouettes des cyprès (et pourtant si loin) battaient la mesure de l'après-midi, entre deux nuages menaçants. Les bois serraient les rangs. Entre rêve et réalité, passé et présent, l'esprit de Loïk vagabondait. Il errait, sans port d'attache, balloté par les flots de la vie, décidément bien imprévisibles.

Loïk avait les traits tirés d'avoir trop pleuré. Une digue en lui s'était rompue. L'ami Pierrik s'en était allé. La blessure prendrait du temps avant de cicatriser tout à fait. Et certaines blessures ne se refermaient jamais vraiment.

Dehors, il pleuvait toujours. En rangs serrés, par paquets entiers, comme pour mieux le laver de son chagrin. Il s'étira, puis se rendormit, d'un sommeil agité.

Une heure plus tard, il était enfin de retour chez lui, gare de l'ouest.

Son train entra en gare au ralenti. Comme s'il refusait d'être en avance un jour comme celui-ci.

Tout au bout du quai, il distingua le visage réconfortant et familier de Camille. Et cette vision le ravit. Toute en retenue, comme à l'accoutumée, son cœur lui faisait de grands signes. Elle était si heureuse de le retrouver. Triste

255

pour lui, bien sûr, mais heureuse quand même. Son regard protecteur lui offrit le réconfort dont il avait tant besoin.

Qu'il était bien auprès d'elle. Il faudrait qu'il pense à le lui dire. Et à le lui dire plus souvent. Tous les jours. Pour qu'il ne soit jamais trop tard.

-Et maintenant ?

Camille ne relâcha pas son étreinte. Parce qu'elle les mettait à l'abri de tout le reste. Le reste, à cet instant, ils s'en fichaient.

-Ensuite c'est loin. Ensuite c'est plus tard.

Autour d'eux, la gare n'avait rien changé à ses petites habitudes.

Lucas était en retard, une fois de plus.

Hortense courrait pour servir ses derniers clients, juste avant la fermeture.

Hugo donnait ses consignes et saluait les équipes du soir qui venaient de prendre leur poste.

Léon attendait son train pour rentrer. Pour une fois, il était d'équipe de jour.

Ludivine guettait le prochain train pour le Croisic. Elle était drôlement chargée. Téo l'attendait avec impatience.

On restait sans nouvelles de Rose. Quelle affaire ! Mais on était quand même soulagés de ne plus la croiser.

Gilles continuait à photographier la vie. Il tentait toujours de se faire oublier derrière son objectif. En vain.

-On t'a reconnu tu sais, inutile de te cacher !

Les meilleurs *objectifs* devaient avoir de l'ambition. Juste ce qu'il fallait.

Chaque chose semblait à sa place. Mais les apparences étaient parfois trompeuses. C'était même leur passe-temps favori. En réalité, cette fin de journée dissimulait ses véritables intentions. Sous ses dehors routiniers, elle leur préparait un bien mauvais coup. Un coup tordu, capable de vous prendre en traître. Rubrique horoscope, sous le signe du taureau, le sien, il était écrit que la journée de Loïk serait mauvaise. Et jusque-là, l'horoscope avait eu tout bon. Il n'y avait pas de raison pour que la fin d'après-midi emportât avec elle les dernières mauvaises ondes. N'en faisant qu'à sa tête, la vie avait parfois la discipline d'un lâcher d'enfants dans une piscine à boules.

Ce fut Camille qui le vit la première. Un petit bout d'homme, pas bien grand, qui pleurait toutes les larmes de son corps. Comme si on venait de lui annoncer que l'éducation nationale avait supprimé les vacances jusqu'à nouvel ordre. Ses joues dégoulinaient, il donnait l'impression d'avoir d'épluché trois kilos d'oignons. Il errait sans but précis. Inconsolable, la panique déformait les traits de son visage.

La vie était faite pour basculer. Où et quand elle avait décidé.

Il y a encore un instant, les parents du jeune garçon étaient là, à portée de main. Lui, s'était juste absenté un instant. Un pas de côté, un seul, pour se joindre aux autres enfants qu'il entendait se refiler ce rire joyeux et contagieux. Pourraient-ils lui apprendre à ne plus avoir peur lorsqu'ils partaient en voyage ? Un peu plus loin, il y avait cette grande vitrine. Il pouvait presque la toucher du doigt. Et ses rêves avec. Elle l'appelait.

-Approche-toi, encore un peu, personne n'en saura rien tu sais. Juste un moment, tu retrouveras tes parents plus tard. Ils ne vont pas partir sans toi, quand même.

L'instant d'après il avait enjambé la courte distance qui le séparait encore de la devanture du magasin. Dans la vitrine, une armée de chevaliers semblaient garder les frontières d'un pays imaginaire. Il aurait tant voulu en être, lui qui passait tout son temps libre (et son argent de poche) au moyen-âge. Dans son monde, il était bien. Il y avait des herses, de hautes murailles, un pont-levis, des étendards de toute sorte, des armoiries bigarrées.

Il était ailleurs, et ne fit pas attention à sa mère qui le cherchait du regard. Elle l'appelait, avant de s'éloigner aussitôt dans l'autre direction. Inutile de crier, elle ne l'entendrait pas avec tout ce vacarme. Trop tard, elle venait de disparaître entre deux voyageurs.

Aussi attentif que prévenant, un grand monsieur à la barbe sévère (mieux valait la barbe que le monsieur !) le rattrapa juste à temps. L'instant d'après, la petite famille était de nouveau réunie. Le petit bonhomme retrouva les bras de sa maman et ils purent se consoler l'un l'autre.

-On l'avait échappé belle !

Le temps était décidément bien relatif. S'absenter un court instant n'avait pas le même sens pour tout le monde. Vraiment pas. Avec lui, l'absence momentanée pouvait devenir sentiment d'abandon. Le temps était étrange. C'est sans doute pour cela que personne n'arrivait à lui mettre la main dessus.

Perdu dans ses pensées, distrait par les aventures de ce petit garçon décidément bien intrépide Loïk réalisa soudainement qu'il y avait quelque chose de changé chez Camille.

-Oui, mais quoi ?

Cela ne sautait pas aux yeux. C'était un sentiment curieux, presque diffus, à peine palpable.

Il y avait quelque chose de changé dans leur étreinte. Comme si l'innocence venait de fuir sans laisser d'adresse. Entre eux deux, depuis tout de suite, il y avait de la retenue. Une retenue qui n'était pas là l'instant d'avant. Il l'aurait juré. Il ne se trompait que rarement sur la nature des énergies qu'il percevait, bonnes ou mauvaises. *La Force*, aurait dit Georges Lucas. Il est vrai que les Bretons grandissaient à l'ombre des menhirs, des dolmens et des mégalithes.

Le doute résonnait dans sa voix, comme un écho désagréable. Une voix d'adulte qui aurait grandi trop vite, réfléchie au point d'en paraître presque soucieuse. Un voile trouble obscurcissait son regard d'ordinaire si lumineux. C'était bizarre. Comme si elle se trouvait coincée malgré elle à l'intérieur d'une apparence qui faisait semblant. Cela la grattait.

-Camille ?

-Ne dis rien. Ne pose pas de question. Viens.

Cela ne lui inspirait rien de bon. Il pressentait une inflation subite de son budget aspirine. L'inquiétude pouvait être contagieuse. Elle était bien pire que la fameuse tourista des grands départs.

[La gare confirma, et pria pour que Loïk n'explosât pas].

Le bonheur évite les réunions de famille.

Il fait bien.

Chapitre 29

Les histoires de famille

-Loïk, c'est à propos de ta mère.

Cette voix…

[C'était le moment de vérité. Je vous retrouve dans un petit moment. Le devoir m'appelle, vous me raconterez plus tard. Courageuse, mais pas téméraire pour un sou !]

Loïk n'avait pas vu Yann, son père, depuis…

Il avait dû être bel homme, un jour. Avant que ses cheveux ne s'échappent par paquets entiers, en commençant par les tempes. A cet âge-là, épaisseur du portefeuille et de la chevelure suivaient des logiques de croissance diamétralement opposées.

En descendant un peu plus bas, il rencontra dans son regard un grand vide. Comme si la vie était sur le point de prendre congé.

Il peinait à garder son calme.

-Un père, un père, tu parles d'un père…

La faute aux promesses jamais tenues. Un peu comme avec ces gens qui vous promettaient la lune avant de se raviser et de vous offrir, la main sur le cœur, un aller simple pour le Nouvion en Thiérache[33]. Son père était passé maître dans l'art de l'illusion.

---

[33] Bourg rural de 2 730 habitants au nord du département de

261

Pour cela, il employait ces mots qu'on ne connaissait plus aujourd'hui. Il y ajoutait des références culturelles improbables, à peu près toutes les deux phrases. Il avait toujours vécu dans une autre époque. Recraché par une improbable machine à remonter le temps qui viendrait de réaliser son erreur. A moins que ce ne soit un dictionnaire. Il amusait la galerie, voilà tout. Mais son fils était hermétique à ce genre de procédés.

Pour ne rien arranger, son père était le pire des indécis. Il pouvait réfléchir des heures durant à la meilleure solution à apporter à l'équation 'slip ou caleçon' ? Mais tout le monde connaissait la réponse : c'était sa femme qui *tenait la culotte*, aucun doute là-dessus.

Il fallait le pincer vraiment très fort pour qu'il rigole. En insistant jusqu'à ce qu'il cède. En général, cela pouvait durer un moment.

Avec le temps, Yann et Loïk avaient réussi à placer les relations père-fils sur un terrain particulièrement instable et glissant.

L'effet de surprise passé, le silence retomba de tout son poids, aussi lourd et pesant qu'un ciel d'orage.

Loïk le voyait s'agiter sur sa chaise, mal à l'aise. Déjà il ne l'écoutait plus. Les sons se propageaient dans la salle encore vide à cette heure, sans trouver preneur. Pas davantage d'oreille un tant soit peu intéressée pour les accueillir. Et surtout pas les siennes.

Comment son père osait-il venir ici ?

Le charme de l'endroit était rompu. Sa petite crêperie venait d'un coup d'entrer dans l'âge adulte. Il avait

---

l'Aisne et à quelques kilomètres de la Belgique. Code postal 02170.

pourtant tout fait pour lui épargner cela, mettant plus d'une fois en garde son personnel.

-Surtout, veiller à laisser à la porte les vieilles histoires de famille. Ne leur ouvrez sous aucun prétexte.

-Vous êtes sûr patron ? Ce pourrait-être important ?

-Question de principe, faites-moi confiance. Et ne vous laissez pas faire. Le moment venu, les ennuis sauront se travestir et paraître bien plus présentables qu'ils ne le sont en réalité. Une fois à l'intérieur, vous ne pourrez plus vous en débarrasser.

-Trop tard !

Ses consignes avaient apparemment manqué de clarté. Il s'occuperait de cela plus tard, s'il y avait un plus tard et que la contrariété ne l'emportait pas définitivement sur tout le reste.

Il se rappela juste à temps que la colère était fort mauvaise conseillère. En plus, pour tout dire, il avait horreur des conseils.

[Attendez, je vérifie… ça va, Ludivine n'est pas dans les parages…]

Pour éviter de recevoir des conseils, il avait choisi d'en donner. C'est pour cela qu'il était chef. Et cheffer, c'était un métier à temps plein. Demandez donc à son chef de cuisine ! Loïk l'avait recruté à l'époque parce qu'il ressemblait à *Monsieur Propre*[34]. Il avait avec le célèbre personnage une sorte de ressemblance capillaire. Plus un poil sur le caillou, comme si son cerveau avait décidé de prendre l'air.

---

[34] Personnage de fiction représenté dans les publicités pour des produits de nettoyage du même nom (Procter & Gamble, 1958)

Visiblement, il n'était pas le seul. Son père aussi. Une grande première depuis tout ce temps. Il devait pour cela y avoir une bonne raison. Quelque chose de grave était arrivé. Autrement il n'aurait jamais pris le train pour gagner Paris, qu'il tenait en horreur. Il n'avait jamais pardonné l'exil de son fils vers la capitale. Il estimait qu'il gâchait son talent en choisissant de l'exercer dans une gare parisienne. Un crime de lèse-majesté.

-Loïk, tes ancêtres te regardent de là où ils se trouvent. Ne fraternise pas avec l'ennemi. Ou alors tu connaîtras le même sort que les déserteurs, les traîtres à leur patrie. Ne fais pas cela, ta région te le demande. Je te le demande.

Yann avait haussé les épaules, trouvant tout cela aussi excessif que déplacé. Puis ils ne s'étaient plus vu ni parlé.

Pendant que Loïk prenait son destin en mains, son père se refermait sur lui-même chaque jour un peu plus.

Aujourd'hui, Yann se tenait face à lui. Il avait fait tout ce chemin pour venir lui demander de l'aide. Il allait devoir abattre ses cartes, Loïk ne lui laisserait pas le choix. Pas cette fois. Aussi se risqua-t-il à découvert. *Les découverts*, ça le connaissait, surtout ces temps-ci.

Le premier pas pouvait les conduire l'un comme l'autre dans le précipice. Il fallait rester prudent.

-Tu as trouvé de quoi te payer le billet de train ? Ce doit être important alors.

Son père avait toujours eu les poches en peau de hérisson. *L'Avare*, c'était lui. En moins célèbre. Sa notoriété ne s'aventurait pas au-delà de sa commune de résidence. Ou de *retraite*, plutôt. Il faut dire que son père ne se mélangeait pas beaucoup aux autres.

Loïk poursuivit sur sa lancée, tant qu'il en avait le courage. *A cœur vaillant, rien d'impossible.*

-Je ne pensais pas que tu finirais un jour par t'intéresser à ma nouvelle vie. J'ai attendu un moment, tu sais. Je te sers quelque chose ou tu sautes déjà dans le prochain train ?

-On va encore parler de cette histoire longtemps ?

-Cette histoire, c'est la mienne au cas où tu commencerais déjà à perdre la mémoire ! Remarque, elle ne ferait que suivre en cela ta légendaire générosité et ton ouverture sur les autres.

Les amabilités étaient de sortie, dans leur plus bel habit du dimanche. Les dimanches des repas de famille et de la ligne haute tension dans le salon. On ne les faisait pas disparaître d'un coup de baguette magique, ça se saurait.

Yann soupira.

En regardant son fils, il revoyait le gamin surexcité qui bousculait sa petite vie bien rangée, en commençant par les lampes et la vaisselle qui casse. Il pouvait quitter la table en plein milieu des repas, ne respectait rien, et surtout pas l'ordre établi. Il prenait la parole sans y avoir été invité, mangeait bruyamment avec les coudes sur la table, en levant les yeux au ciel à chacune de ses remarques. Il se comportait comme un sale petit anarchiste à la table familiale. Là où son père attendait de l'ordre, du respect, et que l'on ne parlât pas la bouche pleine. Ses consignes étaient faites pour être respectées, un point c'est tout. Pour s'en assurer, il pouvait les projeter à-travers la maison avec une force peu commune.

Il fixa son fils du regard.

-Ta mère a disparu.

Loïk lui fit répéter plusieurs fois. Le temps de rattraper sa mâchoire, qui venait de chuter de plusieurs étages. Etait-ce une nouvelle ruse de son père. Plus rien ne l'étonnait.

Il resta sur ses gardes.

-Depuis combien de temps ? Te connaissant il a bien dû se passer plusieurs jours avant que tu t'en aperçoives...

Son père ne faisait attention à rien, ou pas grand-chose. Ses besoins et ses envies dictaient tout le reste. Le centre de l'univers, c'était lui. Descendant direct des *carnivorous vulgaris*, il avait toujours faim. Ne trouvant pas le faitout en train de mijoter, comme il était d'usage à l'heure du souper, il avait soudainement réalisé que quelque chose ne tournait pas rond.

-Gwen ?

Dans son esprit, l'égalité des sexes passait toujours après les tâches ménagères. Les hommes du coin faisaient comme lui. Le baobab qui poussait dans la paume de leur main (tout poussait en Bretagne !) n'avait d'égal que la hauteur vertigineuse des coiffes des vieilles bigoudènes. Appelons un chat un chat, ils n'en fichaient pas une. Et lui encore moins que les autres.

-Même la routine fout le camp !

Tout en grognant, il avait dû poser le canard local puis s'extraire péniblement du vieux fauteuil qui surveillait leurs terres, face à la grande baie vitrée. Le vent venait de la mer et forcissait. A l'étage, une fenêtre claqua, comme un mauvais présage.

Nouvelle tentative.

-Gwen ? Jamais là quand on a besoin d'elle celle-là ! A croire qu'elle le fait exprès.

Il prit le vieux chat à témoin. Un chat à peu près aussi vieux que le fauteuil lui-même. Tous les trois -le chat, le fauteuil et Yann- pouvaient se tenir compagnie des heures durant, et même plusieurs jours d'affilée s'il le fallait. Ils s'étaient apprivoisés. C'était devenu un fauteuil en poils de chat. Un fauteuil accueillant qui ronronnait pendant que la cheminée crépitait. A condition de ne pas s'asseoir sur le chat, naturellement. C'était un chat qui apprenait vite : il avait désormais aussi mauvais caractère que son maître. Même si, pour cela, il avait dû se donner beaucoup de mal.

Le chat en question était resté en Bretagne.

-Tu crois que c'est facile pour moi de venir jusqu'ici quémander ton aide ? Toi qui nous a abandonnés depuis tout ce temps !

-C'est la meilleure ! Et qu'as-tu fait pour me retenir ?

Yann songea qu'être père n'allait pas de soi. Cela ne s'apprenait pas. Il n'y avait pas de livre pour cela. On tâtonnait, on commettait des erreurs. Puis on s'en voulait. On se disait qu'on ferait mieux la prochaine fois. Mais en vrai, il n'y avait pas de prochaine fois. On persistait à faire comme si.

Camille tenta de s'interposer entre les deux bretons. Elle se dit qu'ils étaient pareils aux mégalithes qui les avaient regardé grandir. Fiers, ils ne cédaient jamais un pouce de terrain aux éléments ni aux forces de la nature.

-A-t-elle dit où elle se rendait ? Changé ses habitudes ? Tu n'as rien remarqué qui puisse sortir de l'ordinaire ?

Autant demander à un paresseux de se mettre au jogging.

-Papa, c'est important.

Loïk eut un mouvement de surprise. Il pensait avoir enfermé à double tour le mot 'papa', l'avoir remisé sur une étagère où il pourrait prendre la poussière jusqu'à disparaître tout à fait. Tiens, comme chez Lucas, du côté des objets trouvés, par exemple.

Pour lui, le mot papa allait avec les jeux à la télé qu'on regardait ensemble, les histoires du soir avant de s'endormir, les découvertes du petit chimiste amusant, et les matchs de foot dans le jardin. Tout ce qui tissait des liens pour la vie. Tout ce dont il avait cruellement manqué, et qui lui manquait encore terriblement, des années plus tard.

Si on ne voulait pas qu'une blessure cicatrise, on y versait de la toxine botulique. Son père ne le savait que trop bien. Pour l'heure il y avait plus grave. Les disputes attendraient, on pouvait leur faire confiance pour cela. Elles seraient toujours là une fois sa mère de retour. On les reprendrait là où on les avait laissées.

-Parfois les gens disparaissent pour de bon, fils. Ils s'évanouissent dans la nature sans laisser de traces. Tu n'as jamais entendu parler de l'affaire Dupont de Ligonnès ?

-Oui, mais toi tu es en vie. Maman n'était donc pas fâchée après toi, tu peux en être certain. Cela nous fait donc une piste de moins à explorer.

Yann n'avait pas touché à sa crêpe qui semblait avoir été pensée pour le goûter de *Hulk*. Juste un coup de fourchette ou deux, pour faire semblant.

Loïk retourna au combat, un ou deux uppercuts pour mettre son père dans les cordes. Il ignora Camille, qui lui faisait les gros yeux.

-Dis-moi, d'habitude tu as bien meilleur appétit. Ce n'est pas ton heure habituelle peut-être ?

Le vieux proverbe africain disait que même en frottant fort on ne changeait pas les rayures d'un zèbre. Et les zèbres bretons étaient bien pires que les autres.

Loïk n'en revenait toujours pas.

-Mais enfin, c'est absurde, on ne disparaît pas à soixante-dix ans passés ! Tout de même !

-Soixante-seize. Et deux mois. Je vois que tu nous as oubliés pour de bon. Il est vrai que tu as manqué quelques anniversaires, entre autres choses. On ne te voit plus beaucoup par chez nous. Tu t'es trouvé d'autres parents ? Puisque c'est tellement mieux ici, paraît-il.

Crochet du gauche. Touché ! La contre-attaque ne se fit pas attendre.

-Ne juge pas ma vie, Yann. Tu as fait tenir ta vie dans une bouteille, comme tes maquettes. Je vois devant moi un type qui se dépêche d'aller à la mort, tout seul.

-Au moins je vais quelque part, moi !

-Vous allez arrêter à la fin tous les deux ?

-Yann, j'aimerais quand même qu'un jour tu penses enfin à vivre.

Le temps se gâtait franchement. La mer rentrait, le vent forcissait. Bien établi, il soufflait cette fois en rafales, ça moutonnait sévère. A l'intérieur aussi. C'était même pire, cela résonnait. Mais cela ne *raisonnait* plus du tout en revanche. Un curieux phénomène. Comme son père tiens !

-D'accord.

Yann fit un geste de la main, un peu las, pour signifier que l'heure était venue de conclure un cessez-le-feu, même précaire. Histoire de permettre à chacun de camp de compter ses morts et de soigner ses blessés. Pour l'armistice et la fin définitive des hostilités on verrait plus tard.

La raison était de retour. Elle passa une tête dans la salle du restaurant.

-Pas trop tôt. Entre donc, on t'attendait.

Trop heureux de cette diversion, on rajouta bien volontiers un couvert.

Trois bolées de cidre en profitèrent pour se matérialiser sur leur table, comme par enchantement. L'heure était grave, aussi avait-on décidé de convoquer tout ce que la Bretagne comptait de forces vives, de forces de la nature. Quelques pommes, même fermentées, ne seraient de trop pour retrouver la trace de Gwen.

La mère de Loïk (il n'avait pas perdu son 'K' en route, seulement son calme de façade) affichait fièrement ses origines dans son prénom. Comme la regrettée Lenaïg avant elle.

En plus d'être têtus comme son père, les bretons étaient fiers comme sa mère.

Une seconde tournée de cidre, aussi brut que les bretons pouvaient l'être, délia les langues. On pouvait en venir aux choses sérieuses.

-C'est pas le tout, mais on a une vieille dame à retrouver !

L'élégance de son père était décidément légendaire. Mais comment avait-elle pu tenir tout ce temps ?

-Tiens, je te passe ton frère. Il est avec les gendarmes et l'adjudant-chef.

Avec son frère Erik (oui, avec un 'k', on ne plaisantait pas avec ça), ils n'étaient pas vraiment fâchés. Juste un peu en froid. Leur 'k' à la fin, c'était leur signe de reconnaissance, la marque de fabrique de leur clan. Ça, au moins, leur père ne pourrait jamais le leur enlever.

On entendait Erik s'agiter de l'autre côté, au bout du fil. On l'avait mis sur haut-parleur. Sans doute pas les meilleures circonstances qui soient pour se reparler après toutes ces années.

-Rien. Non, je comprends. Trop tôt pour engager des recherches ? Oui, elle a toute sa tête. Non, c'est la première fois. Enfin je crois.

Les scénarios les plus improbables se bousculaient dans leurs têtes : un amant caché brutalement ressorti de la vieille penderie, un corbeau malfaisant cherchant à faire chanter toute la famille en séquestrant leur mère contre rançon (le pauvre, s'il savait !) ? Le mystère prenait de l'épaisseur. Au point qu'on ne voyait plus au-travers.

[Je vous l'avais bien dit. Quoi de mieux qu'une gare pour une bonne vieille partie de *Cluedo* ? J'accuse le vieux père contrarié avec le chandelier dans la bibliothèque de la maison familiale, un jour de tempête. Qui dit mieux ? Ou le vieux chat avec sa gamelle dans l'arrière cuisine.]

Facétieux, le bonheur n'en fait parfois qu'à sa tête.

Chapitre 30

Gwen a du[35]...

Gwen oubliait de plus en plus de choses ces derniers temps.

-Tête en l'air, va !

[Moi, je connaissais bien cela. Les voyageurs pouvaient même parfois laisser leurs bagages et leur bonne humeur en plan derrière eux. Alors ne comptez pas sur moi pour lui en tenir rigueur, jamais de la vie !]

Cela avait commencé par les petits détails insignifiants du quotidien. Puis elle n'arriva plus à remettre la main sur les papiers importants. Les rendez-vous planifiés sombraient eux aussi dans l'oubli. D'ailleurs, avait-elle bien éteint en partant ? Elle se fichait de l'ampoule comme de sa dernière chemise (la planète ne lui en voudrait pas tant que cela), mais la vieille gazinière la préoccupait bien davantage. Il y a tout juste un mois, elle avait égaré sa voiture. Elle avait dû parcourir un par un les trois niveaux

---

[35] Le Gwen-ha-Du est le drapeau populaire officiel Breton (signifie noir et blanc). Il se compose de neuf bandes horizontales noires et blanches et de onze mouchetures d'hermines. Les hermines représentent les ducs de Bretagne et sont pareilles aux fleurs de lys des rois de France. Les cinq bandes noires représentent les pays Rennais, Nantais, Dolois, Malouin et Penthièvre (Haute Bretagne), et les quatre bandes blanches les comtés de Léon, du Trégor, de Cornouaille et le pays Vannetais (Basse Bretagne).

du parking du centre-ville, ce qui lui avait pris un certain temps. Rien à faire, impossible de se souvenir où elle s'était garée ! Sa vieille *Renault Super Cinq* l'attendait sagement à trois rues de là où elle se trouvait, dans l'autre parking, celui de l'hôtel de ville. Bien sûr, elle n'en avait parlé à personne.

-Inutile de les inquiéter. Imaginez un peu qu'ils ne me laissent plus sortir seule à l'avenir...

Mais oublier son Loïk, ça non ! Il était son fils préféré, même si une maman ne devrait jamais dire cela.

Elle n'avait pas parlé de l'invitation à Yann. Elle l'avait lue et relue, puis soigneusement rangée dans le tiroir de droite de la grande console de l'entrée. A l'abri des regards en général, et du sien en particulier. Elle ne voulait pas d'une nouvelle scène. Elle les avait en horreur. Elle ne se souvenait que trop bien de l'annonce du premier mariage de Loïk, des années plus tôt. Imaginez : une femme allait le priver de son fils. Forcément, elle ne serait pas assez bien pour lui. Lorsque Loïk avait atteint l'âge de la majorité, son père l'avait pris entre quatre yeux :

-Fils, dis-toi bien par principe que ta future femme, je ne l'aime pas. Je la trouve bête et moche. A partir de là, ça ne pourra aller qu'en s'améliorant, je dis bien éventuellement.

Ça, c'était dit, et avec tout le tact et toute la diplomatie qui le caractérisaient.

Alors célibataire, Loïk n'y avait pas plus prêté attention que cela. Puis il avait rencontré Marie. Et effectivement, son père avait tenu parole, pour une fois. Il la regardait à peine. Et il ne l'aimait pas davantage, même par politesse. Elle était à ses yeux une empêcheuse de tourner en rond, une pièce rapportée sans valeur pour leur famille.

-Et puis quoi encore ?

Il disait qu'il ne lui trouvait rien de spécial, que son fils méritait tellement mieux, et qu'on ne plaisantait pas avec le mariage. Puis il s'était muré dans le silence. Dès qu'elle arrivait, prenant sur elle pour une visite de courtoisie (elle en avait du courage...), il enfilait un vieux short à peine présentable et filait dans le jardin bricoler. C'était à chaque fois pareil. Il pouvait alors disparaître plusieurs heures d'affilée. Il ne rentrait qu'à la nuit tombée, parce qu'on n'y voyait plus rien.

-C'est bon, elle est partie ? Ce n'est pas trop tôt !

Gwen haussait les épaules. Elle ne discutait même plus. Cela ne servait à rien.

Depuis, Yann avait vieilli, sans s'adoucir pour autant. Il ne parlait pas davantage à son fils. Pire, son cœur donnait désormais des signes de faiblesse. Fini l'école buissonnière dans le fond du jardin qui entourait la propriété...

Maintenant que Gwen y réfléchissait, cacher cette invitation, c'était un peu comme faire acte de prévention. Faire une bonne action. Il la remercierait, un jour de lui éviter un nouveau malaise. A son âge, on n'était jamais trop prudent. Mais dans le cas contraire, s'il venait finalement à découvrir le pot aux roses, cela lui ferait les pieds ! Gwen avait décidé de comploter en douce dans le dos de son mari.

D'ailleurs, remarquerait-il son absence ? Son départ pourrait fort bien passer inaperçu. Qui sait, elle pourrait peut-être même faire deux fois l'aller-retour jusqu'à Paris.

Elle haussa les épaules. Une nouvelle fois.

De plus en plus, elle avait l'impression de faire tapisserie, de se fondre dans le décor, en arrière-plan. C'était très désagréable. Un peu comme lui. Ils ne vivaient plus vraiment ensemble, ils cohabitaient, comme deux colocataires, sauf qu'ils avaient passé l'âge. La maison était suffisamment grande pour cela. Ils ne s'y croisaient que de temps à autre, à l'heure des repas. Repas qu'ils prenaient la plupart du temps dans un silence contrarié. Elle perdait la tête, et lui n'avait jamais trouvé les mots justes, les mots agréables, ceux qui savaient faire plaisir. Quelle fine équipe !

Le jour arriva, et Gwen prit donc la route. En fredonnant un petit air entraînant. Le vieil autoradio avait rendu l'âme depuis bien longtemps. De toutes les façons, on ne vendait plus les cassettes qui allaient dedans. C'était bien dommage, elle adorait écouter en boucle les plus grands succès d'*Abba*. Toute sa jeunesse !

Pendant ce temps-là, imperturbables, les kilomètres défilaient : *gimme gimme a man after midnight…* Un homme oui, mais alors un vrai, un prince charmant Ce serait pour son prochain karma, peut-être.

-Tiens, c'est curieux, je me souviens parfaitement des paroles.

C'est fou ce que l'Alzheimer pouvait être sélectif.

Au beau milieu de la route, à mi-distance entre la Bretagne et l'Ile de France, elle tomba sur le Perche. On l'avait délicatement posé là, bien en évidence, au milieu du bocage. Un chouette petit coin de France qui avait bercé ses jeunes années. Aux dernières nouvelles, plus toutes fraîches il est vrai, sa vieille amie Aline y résidait toujours. De mémoire (prudence donc), elle tenait une maison d'hôtes du côté de Fresnay sur Sarthe[36]. Elles échangeaient toujours un petit mot pour la nouvelle année, sans faute, et s'appelaient deux à trois fois l'an. Mais

---

[36] Voir *Les Copains à Bord*, du même auteur, Mars 2021

Gwen ne se souvenait plus trop à quand remontait précisément leur dernière conversation.

-C'est bien la tête qui fiche le camp, ma pauvre Gwen ! Ah je vous jure, on n'est pas aidés ! Fichue vieillesse…

Le Perche touchait la Sarthe, pays de la rillette et des maisons de maître. Il y avait par ici bien plus de notaires, d'avocats et d'experts comptables par habitant que partout ailleurs. Du moins c'était l'impression que cela lui avait toujours fait. Les belles années *Moulinex* étaient révolues, même si *le plastique c'était fantastique*, comme le disait la chanson[37]. La seule industrie du coin digne de ce nom avait plié bagage. Un comble car elle avait pourtant su anticiper le tout robot, bien avant tous les autres. Alors, il avait bien fallu remplacer tous ces emplois perdus.

Les agents immobiliers avaient aussitôt flairé la bonne affaire et sauté sur l'occasion. En commençant par tout racheter pour presque rien. En le revendant ensuite au triple du prix à de jeunes actifs avides de fuir la capitale avec femme, enfants et bagages. La faute aux promesses non tenues de la vie parisienne qu'on leur avait fait miroiter. Cette ville où les factures et les temps de transport se cumulaient. A Paris, les nœuds étaient du genre *coulant*. Ils vous étranglaient.

Dans agent immobilier, il y avait agent. Gwen ne voyait que cela. Comme dans agent infectieux. Elle les détestait. Elle les regardait tournoyer au-dessus de leur proie, la *prenant de haut*. Une fois entre leurs griffes, mandats et exclusivités faisaient le reste. En rajoutant un 'r', l'agent devenait argent. Pas de doute, c'était bien lui.

---

[37] Elmer Food Beat, *Le plastique c'est fantastique* tiré de l'album *30cm*, 1990

277

#A une lettre près. Et celle-ci n'était pas donnée ! Appuyez bien en signant, il y a trois carbones, voilà, merci bien, c'est parfait.

Aline était absente.

Les voisins la renseignèrent bien volontiers, une fois qu'elle eut frappé à leur porte comme une sourde pendant de longues minutes. Ou peut-être n'étaient-ce que quelques instants ? Elle ne se souvenait plus.

-Voilà que cela recommence, nom d'un chien !

Ils durent s'y reprendre à deux fois pour lui expliquer. Et elle dut s'y reprendre à deux fois pour comprendre. Une histoire d'obsèques du côté de Nantes. Un certain Archimède[38]. Curieux prénom, mais qu'importe. Il avait été emporté suffisamment jeune pour ne pas connaître les emmerdements qui venaient avec la vieillesse songea-t-elle. Quelle veine ! Emporté par une vague scélérate. Mais bizarrement enterré sur une île, baignée par ce même océan meurtrier. Elle n'était pas la seule à perdre la tête, visiblement.

-Du coup, je me sens un peu moins seule !

Pas grave, du coup elle repasserait au retour. Si elle y pensait. Les *trous* de mémoire creusaient généralement très profond. Bing, un coup de pelle. Et bing, un autre. Ne restait plus ensuite qu'à reboucher le trou, comme si de rien n'était.

-Repose en paix.

Elle mangea un bout en conduisant. A moins qu'elle ne conduisît en mangeant. C'était formellement déconseillé, mais au fond d'une logique absolue : ses vagues souvenirs

---

[38] In *Les Copains à bord*, Mars 2021. Vous ne l'avez pas encore lu ? Foncez…

du code de la route avaient disparu avec tout le reste. Elle avait la tête d'une passoire. Elle ressemblait au temps.

En réalité, elle faisait semblant de conduire. Je ne voyais que cette explication.

-De toutes les façons, j'ai toujours été fâchée avec les règles de *bonne conduite*. J'ai passé l'âge désormais.

Elle conduisait à l'ancienne, sans GPS, direction assistée, ni aide à la conduite. Sans téléphone non plus, car tant qu'à n'avoir plus toute sa tête, autant faire les choses bien. Au moins elle ne serait pas verbalisée pour cela. Pour tout le reste peut-être, mais ça...

Les taiseux *verbalisaient* rarement.

-Pas vue, pas prise !

Après une longue route, l'hôtel du Vieux Logis lui ouvrit les bras. Aux portes de Dreux, il avait opté pour ce nom passe-partout, comme pour se faire oublier. Son enseigne lumineuse n'affichait plus qu'une lettre sur deux, et encore dans les bons jours. Il n'avait de vieux que le nom, car il n'offrait rien d'ancien à ses clients. Et pour cause, il avait vu le jour avec l'an 2000.

Ici, un peu à l'écart de la Route Nationale, inutile de réserver. Il suffisait de frapper, et l'on vous ouvrait. Il y avait toujours une ou plusieurs chambres de libres, au moins. L'écriteau 'complet' n'avait jamais servi.

La chambre sentait le propre. La poussière avait été faite. La poussière donnait l'impression d'avoir sans doute été faite. Mais quand exactement ? La fine couche de particules avait le mérite d'être homogène et équitablement répartie dans toute la pièce.

D'époque, le vieux téléviseur semblait s'être égaré. Que pouvait-il donc bien faire ici ? Il dévisageait Gwen avec son antenne et ses gros boutons (ceux du téléviseur,

pas ceux de Gwen qui n'en avait jamais eu, Dieu merci !).
Il n'offrait pour seule distraction que quatre chaines, dont
une codée après vingt-et-une heure, et une autre pas très
nette. Comme au bon vieux temps. Comme un fait-exprès
pour lui rappeler d'où elle venait.

Il y avait aussi une vieille Bible dans le tiroir de la table
de nuit. Comme dans tous les hôtels de province et les
motels d'Amérique du Nord. Gwen n'était jamais allée en
Amérique du Nord. Ou peut-être bien que si. Bref. Elle en
tourna machinalement quelques pages, se contentant de les
parcourir en diagonale. Son attention avait de plus en plus
de mal à se fixer au-delà de quelques minutes. Ses cours
de catéchisme remontaient à loin. Ils avaient précédé sa
première communion, qui fut aussi la dernière. Elle ne
s'était même pas mariée à l'Eglise. Mais elle priait Dieu
tous les soirs pour qu'il veuille bien avoir la bonté de la
débarrasser de son encombrant mari. Puisse-t-il avoir pitié
d'elle, l'absoudre de ses (rares) pêchés, et surtout emporter
Yann au plus tôt. Quand était prévue la prochaine
collecte ? Elle promit de se renseigner dès son retour, sans
faute.

Elle se fit servir une légère collation avant de regagner
sa chambre, songeuse.

Ainsi donc, son Loïk avait rencontré quelqu'un.

-Pas trop tôt !

Il pourrait donc refaire sa vie une seconde fois. Pas une
deuxième fois, le choix des mots avait en l'espèce une
grande importance. Bientôt, elle serait trop vieille pour
suivre. C'était un 'deux' qui n'appelait pas de 'règle de
trois'. Elle y tenait, et se mont(r)ait très à cheval (de *trois*)
sur le sujet.

La première fois, c'était quand il avait quitté sa femme
d'avant. Il avait bien fait.

-Quelle sale petite peste celle-là. Et une Bourguignonne en plus !

Elle lui avait déplu dès le premier jour. Mais également tous les jours qui avaient suivi. Aussi surprenant que cela puisse paraître, elle était pour une fois (la seule) tombée d'accord avec son Yann de mari.

Elle n'était pas prête de l'oublier, la première épouse de son fils. Bizarrement les souvenirs les plus désagréables étaient aussi les plus tenaces. Plus tenaces encore que les poux, les morpions et les punaises de lit. Ces souvenirs-là sentaient le renfermé. Tellement incrustés que rien ne semblait devoir en venir à bout. Un jour, peut-être.

-Prions ! Pour cela, il lui faudrait de nouveau aller à la messe. Finalement, c'était peut-être un investissement à considérer…

En attendant, elle devait se reposer pour récupérer un peu et être en forme demain. Il fallait qu'elle soit en forme. Elle serait en forme. Pour son fils.

-Pourquoi, déjà, au fait ?

La nuit lui tomba dessus comme un seul homme.

-Humm, très agréable comme sensation.

Elle était loin de chez elle. Plus loin qu'elle ne l'avait jamais été. Ses dernières pensées à peu près cohérentes eurent raison de ses paupières. Ou plutôt de ce qu'il en restait après deux heures à éviter les phares des camions qui circulaient dans l'autre sens.

-*Les routiers étaient sympas*, sauf de nuit, marmonna-t-elle entre un premier ronflement et un traversin qui attendait de recueillir son témoignage. Ravi d'aider, il lui ferait la courte échelle jusqu'au lendemain demain. Alors, elle pourrait marier son fils une <u>deuxième</u> fois.

Au même moment, à quatre-vingt-deux kilomètres de
là très précisément, s'achevait un service maussade et
déprimant. Les rires et les histoires drôles s'en étaient
soigneusement tenues à l'écart. Comme si la demi-
douzaine de convives de la petite crêperie avaient été mise
dans la confidence.

-Attendez que je recompte pour voir. Oui, c'est bien
cela.

Comptant leurs sous, ils avaient poussé le vice jusqu'à
faire l'économie des entrées, des desserts et de la boisson.
Il y avait des soirs comme cela...

Yann tenait pour une fois compagnie à Loïk. Lui aussi
avait le moral dans les chaussettes. Sa barbe avalait un
mot sur deux. Environ.

Ils furent quelques-uns ce soir-là à venir témoigner de
leur amitié et à soutenir Loïk. Un salut amical, un gentil
mot, une parole de réconfort, quelques fleurs.

-Merci Hortense. Je préfère les *pensées* aux *soucis*. Je
te reconnais bien là.

En fait, cela sembla naturel à chacun.

-Tu en aurais fait de même pour nous.

Gilles, Hortense, Hugo, Léon, Lucas : par ordre
alphabétique, aucun ne manqua à l'appel. On pouvait
compter sur eux. La gare de l'ouest formait une grande
famille, unie et soudée.

[Pas comme d'autres, suivez mon regard. Si ce n'était
pas désolant !]

Entre deux accès de contrariété, et quelques reproches
à la volée, Yann réalisa d'un coup que son fils était devenu
quelqu'un. Quelqu'un qui comptait. Qui comptait pour les
autres. Et sur qui les autres comptaient. Quelqu'un qui
rayonnait plus loin que son village d'origine. Ce que lui

n'avait pas eu le courage d'entreprendre, et encore moins de réussir. Quelqu'un qui comptait dans le grand monde, celui de la capitale. Quelqu'un qui avait réussi sa vie. Yann commençait à réaliser qu'il s'était trompé. Qu'il s'était égaré, un peu comme sa femme. Bien sûr, il refusait de l'admettre tout à fait. Il avait son honneur et sa réputation à défendre, tout de même. Du moins ce qu'il en restait. C'est fou ce que l'égo pouvait être têtu quand il voulait. Mais il voyait bien que tout le monde lui faisait un peu les gros yeux.

Yann était fier de son fils. Immensément fier. Bien plus que la grandeur des bretons, de leurs légendes et de leur histoire. Ce n'était tout de même pas rien.

-Bonne nuit fils.

-Bonne nuit papa.

[Capture d'écran, je clique sur sauvegarder. Voilà, c'est fait, bonne nuit.]

Le bonheur aime quand on le poursuit.
Cela le fait rire aux éclats.

Chapitre 31

Mamounette carbure au super

Le lendemain, le soleil fut le premier debout. Les autres n'arrivèrent qu'ensuite.

-Pas de chance, encore perdu !

[Pour patienter, je vous propose un petit résumé des événements récents. Et de quoi patienter. J'insiste, c'est pour moi. Le café est juste comme il faut : serré et servi à bonne température.]

Ainsi donc, pour en arriver là, il avait fallu rien de moins qu'un exil, le rachat d'une petite crêperie, une décennie de brouille familiale, et la fuite d'une mère qui retrouvait ses vingt ans à défaut de toute sa tête. Il avait également fallu tordre le bras au destin pour faire se croiser Camille et Loïk, que Ludivine (Lulu) décide enfin de vivre sa vie et de se fier aux seuls bons conseils qui vaillent. Et qu'un vendredi soir en apparence comme les autres, sur la route du Croisic, un certain Téo décide de s'asseoir à sa place. Le bonheur était de retour. On avait aussi ouvert une petite librairie qui rencontrait un succès grandissant. Flairant le bon coup, et le beaucoup, les auteurs qui comptaient (une histoire de *chiffres et de lettres*, donc) la trouvèrent très à leur goût. Et pour cause, elle ne désemplissait pas. Depuis l'ouverture, s'en dégageait une atmosphère unique.

Impeccable grâce à Léon et son orchestre, la gare de l'ouest restait fleurie en toutes saisons par la magie d'Hortense et de ses apprentis, à qui elle transmettait sa passion avec ferveur. C'était l'un de ces métiers où l'esprit du geste précédait toujours le geste. Les plantes et les fleurs avaient une vie bien à elles. Hugo bossait (qui venait de boss), Gilles photographiait et Lucas remettait un peu d'ordre dans les oublis des uns et des autres, s'efforçant de les trier par ordre d'importance et de contrariété. Les passagers, eux, étaient toujours de passage, comme d'habitude. Imperturbables, les trains faisaient comme si de rien n'était. Ils entraient et sortaient, tête haute, et à l'heure s'il vous plaît. La plupart du temps.

[J'étais la plus heureuse des gares.]

L'amour vrai, le bonheur et la joie n'avaient plus qu'à se presser de nous rejoindre.

Restait pour cela un fils, une mère, un mari, une femme à réunir. Puis à réconcilier, ce qui ne s'annonçait pas une mince affaire.

[-Ah, les voilà. Merci d'avoir patienté. N'hésitez pas si je peux vous être utile en quoi que ce soit. Je vous souhaite une très belle journée.]

Hortense était sur le pont. Pour l'occasion elle s'était faite aider par un vieil ami pépiniériste. Ce qu'elle préférait chez lui, c'était son estafette. Elle disait en toutes lettres : 'votre jardin mérite un bon *plant* '. Lorsqu'il la promenait en ville, cela faisait rire tout le monde. Sauf ceux qui préféraient lever les yeux au ciel, ne voyant que le jeu de mots un peu lourd. Mais il fallait reconnaître que les affaires marchaient drôlement bien. Car du coup on se disait que ses arbres devaient être faits du même *bois* que lui, joyeux et résistant. Hortense avait eu une brève aventure avec lui. Aussi intense qu'éphémère. Puis ils avaient rompu et étaient l'un comme l'autre passés à autre chose.

Jeu de mots ou pas, l'estafette gênait. Garée en double file, elle ne faisait plus rire personne pour le coup.

Mais l'attention de tous se reporta sur une vieille *Renault Super Cinq* en parfait état de marche. Toutes options, elle était suffisamment sûre de son charme et de ses atouts pour ignorer la signalisation, et se poser derrière l'estafette, comme si de rien n'était.

En Bretagne, c'est ce que Gwen faisait. Et personne n'osait lui dire quoi que ce soit. Elle ne laissa pas le jeune policier achever sa phrase.

-Madame, je vous assure, vous ne pouvez pas… Vous n'avez pas le droit !

-Hé bien s'il le faut, j'aurai le gauche jeune homme. J'ai passé l'âge vous savez…

-…

Trop tard, elle avait tourné les talons pour se diriger d'un pas décidé (un pas de maman) vers la gare qui lui faisait face. La grande gare de la très grande ville, puisqu'il n'y en avait pas de plus grande dans le pays, jusqu'à nouvel ordre.

[Je confirme, aucune ne m'arrivait ne serait-ce qu'à la cheville.]

Elle ne jeta même pas un rapide coup d'œil derrière elle.

-Même pas peur.

Le capot de sa vieille *Renault* sentait le chaud. Et pas qu'un peu. *Qui voulait aller loin devait ménager sa monture*, disait l'adage. Mais elle l'avait oublié. Lui aussi. Comme tout le reste. Je crois même qu'elle lui avait tiré la langue pendant qu'elle s'admirait dans le rétroviseur intérieur. Histoire de ne pas oublier tout à fait son visage, sait-on jamais. Son visage de mère poule, qui pensait bien en avoir fini avec les mariages. Depuis le temps ! Elle recompta à la hâte et à voix haute. Pas de doute possible. Elle avait déjà marié tous ses enfants une fois. Elle espérait ne pas devoir tout recommencer à zéro. Mais bon, le premier mariage de Loïk comptait pour du beurre. On n'allait pas revenir là-dessus. C'était pour rire, même si son grand garçon avait dégusté.

-Le pauvre petit.

Elle avait avalé les derniers kilomètres depuis Dreux d'un pas décidé. Un pas de *Dreux*. Dans le genre pied au plancher. Pas de quoi affoler les radars tout de même. C'était une *Super Cinq*, pas la voiture de *Batman* ni d'Alain Prost. Elle allait tout de même suffisamment vite en tous cas pour effrayer ceux qui avaient croisé sa route. C'était ce qui arrivait quand on avait décidé de ne pas faire son âge.

En se levant ce matin, du pied droit s'il vous plaît (celui qui enfonçait l'accélérateur), elle avait sauté dans ses vêtements avec un entrain qu'elle ne se connaissait plus. Elle avait ensuite gagné dix bonnes minutes en n'ayant pas à préparer ceux de son mari pour la première fois depuis qu'ils vivaient sous le même toit. Mais pas la dernière, elle s'en fit la promesse.

-Juré, craché.

Et elle avait aussitôt joint le geste à la parole. La femme de chambre en ferait son affaire, en même temps que la poussière.

En partant, elle n'oublia rien derrière elle (applaudissements).

Partir dès potron-minet, c'était la garantie de 'passer avant le trafic' avait-elle rajouté, dans un brillant exercice d'auto-persuasion matinal. Cette phrase, c'était celle qu'ils réservaient autrefois aux longs trajets d'été, sur l'axe nord-sud. Lorsqu'ils parvenaient encore à conduire plusieurs heures d'affilée sans se disputer comme du poisson pourri. Cela lui semblait tellement loin… Peu de temps après, ils avaient arrêté de voyager. Mais pas de se disputer. Et si vous vouliez tout savoir, le poisson n'avait pas meilleure mine. Il n'était pas de toute première fraîcheur.

-Qui a dit espèce de vieille morue ? J'entends encore très bien vous savez. Alors un peu de respect !

Son horizon avait décidé d'épouser (c'était le jour qui voulait ça) les contours du Finistère. Six mille sept-cent-trente-trois kilomètres carrés tout de même. Pour un peu plus de neuf-cent-mille concitoyens et frères bretons. Largement de quoi s'occuper.

-Cela le faisait, non ?

Bien sûr, Yann, son mari, avait encore trouvé que cela faisait beaucoup trop de monde. Lui, l'ermite.

-Il aurait dû s'appeler Bernard, tiens !

Il s'était lancé dans une longue tirade dont il avait le secret, prenant comme toujours son épouse à témoin. Ce que Yann aimait par-dessus tout, c'était faire l'autruche et enfouir sa tête dans le plancher des vaches.

-Yann, tu me fatigues.

Ce jour-là, Gwen décida de s'offrir un bon restaurant, toute seule comme une grande. Sans vraiment claquer la porte derrière elle. Mais en faisant suffisamment de bruit quand même, pour qu'il l'entende. Cela sonna comme une délivrance. Emportée par son élan et grisée par son audace, elle but un peu trop, beaucoup trop. Et rentra malade comme un chien.

Par la suite, Gwen renouvela l'expérience avec un plaisir coupable. D'abord une fois par mois, puis toutes les semaines. Elle avait pris goût à ces rendez-vous avec elle-même. Elle s'apprêtait, puis glissait la clé dans le contact pour le court trajet. Elle emportait avec elle une petite valise, juste le strict nécessaire. Histoire de faire comme si. Comme cela, elle avait l'impression de s'extraire de son quotidien, de voyager, même pas très loin. Cela lui faisait un bien fou. Et puis qui sait, peut-être recevrait-elle un jour une invitation, une vraie, à rester après le service du soir ? Un rendez-vous galant. L'espoir faisait vivre les femmes libérées, même celles qui n'étaient plus toutes jeunes…

Chaque fois, elle prenait place sur la petite table pour deux, contre la grande baie vitrée. Elle avait désormais ses habitudes. De là elle pouvait embrasser d'un seul regard l'intégralité de la longue promenade qui surplombait la mer. En contrebas, les vagues jouaient. Revenant sur leurs pas, elles prenaient leur élan pour mieux enjamber la grande digue censée mettre à l'abri les boutiques et les restaurants du front de mer.

Avec l'océan, ils partageaient les mêmes peines et les mêmes joies.

Deux douzaines d'huîtres plus tard, des numéros trois, servies avec une petite sauce à l'échalote et au vinaigre maison, elle pouvait rentrer chez elle, repue. Calmée, apaisée par les bienfaits de la vue mer, et d'un verre de vin blanc. Un seul, servi bien glacé, surtout. Pour garder la tête froide.

Son retour ne déclenchait généralement pas davantage d'effusion de joie que son départ une ou deux heures plus tôt. Yann s'était généralement assoupi en son absence. Pas assoupli.

#A une lettre près. Et celle-ci venait avec ces ronflements qui ne baissaient de volume que plus tard dans la nuit. Lorsqu'ils auraient reçu pour récompense bien méritée un ou deux coups de coude dans les côtes.

-Tiens, prends ça. Et que je ne t'y reprenne plus !

Entre deux réveils en sursaut, son mari faisait mine de jouer les durs. Il disait qu'il décourageait les envahisseurs en imitant dans son sommeil le bruit d'une très grosse et très vieille machine de guerre au mécanisme un peu grippé. Tous les hommes disaient à peu près la même chose, espérant une clémence qui ne viendrait pas.

-Arrête ton char, Yann !

Cette fois, son absence avait juste décidé de durer un peu plus longtemps. Et un peu plus loin, à peine, jusqu'à Paris. Comme si elle avait un peu mauvaise conscience quand même, Gwen avait claqué la porte un tout petit peu moins fort que d'habitude en partant. Peut-être lui manquerait-elle au moins un peu, pour une fois ? Ce serait une grande première. Mais bon, comme on disait, l'espoir faisait vivre.

L'annonce qui tournait en boucle dans les haut-parleurs attira son attention. Elle était de retour dans la réalité.

-Le propriétaire de la Renault rouge immatriculée 124 GV 29 est invité à déplacer son véhicule de toute urgence.

Elle sourit. Elle aimait être au centre de l'attention. Il suffisait parfois pour cela de braver quelques interdits. Il n'y avait pas d'âge pour s'y mettre. Elle songea avec délice qu'elle pourrait bien y prendre goût et qu'il faudrait veiller à ne pas trop la tenter à l'avenir. Il serait dommage de se faire reconduire à la maison par les gendarmes. Sauf s'ils étaient beaux garçons. Les bêtises, c'était comme le parfum des *Malabar* et des *Carambar*. Ça ne s'oubliait pas.

L'ajout de la mention '*avant enlèvement*' à l'annonce ne la fit pas frémir davantage. Au prix des places de stationnement par ici, elle était certaine d'en sortir quand même gagnante à la fin. Et puis elle savait bien que sa voiture n'irait nulle part. Elle n'était pas du genre à partir avec n'importe qui.

Comme elle l'avait répété sur tous les tons (deux suffisaient) à l'agent qui lui faisait de grands signes, elle n'était qu'une vieille dame, très diminuée, et qui n'avait plus toute sa tête. Et plus toutes ses dents non plus. Comme ses sourires étaient aussi rares que les apparitions de sa Sainteté Place Saint-Pierre à Rome, cela n'avait pas grande importance. En plus elle avait fait un long voyage et ne se sentait pas très bien. Vraiment, elle était parfaite dans son rôle. Palme d'or ou grand prix d'interprétation, au moins.

Elle ne pouvait plus reculer. Il était trop tard pour cela. En plus, la route lui avait donné soif. Elle demanda après Loïk. Charmant, l'agent d'entretien avait proposé de l'y conduire lui-même. Si elle en croyait son badge, il se prénommait Léon. Elle lui tendit un petit billet qu'il refusa aussi sec, avant de retourner s'acquitter de ses tâches, qu'il prenait visiblement très à cœur. Cette gare avait bien de la chance, pensa t'elle en poussant la porte.

Cette dernière émit un grincement peu engageant. Elle dut pousser plus fort. Le petit écriteau qui mettait les clients en garde n'avait donc pas menti. Elle pivota lentement sur ses gonds (la porte, pas Gwen. Elle, était plutôt du genre à *sortir de ses gonds*, surtout avec Yann). A l'intérieur, il n'y avait pas grand monde. Version diplomatique d'il n'y avait personne.

Une jeune fille avec un carré court bien ordonné lui tournait le dos. Gwen l'observa attentivement. Elle semblait un peu perdue, les yeux dans le vague. Elle s'accrochait à son café allongé comme à une planche de salut. Il n'avait plus l'air très chaud. Elle avait à peine touché à sa galette beurre citron. Ça n'avait pas l'air d'aller fort. Quelqu'un s'activait en cuisine. Pour le reste, c'était à peu près tout.

-Restez assis, je vous en prie. Quel accueil !

Gwen prit le temps d'admirer la décoration. De bon goût, elle lui rappelait vaguement quelque chose. Les vieilles photos en noir et blanc parlaient de Quintin, de Binic, du Cap Fréhel, de Guerlédan, de Guémené sur Scorff, d'Arradon plus au Sud. Tous ces coins qu'elle connaissait par cœur. Elle se sentit aussitôt chez elle. Suffisamment en tous cas pour s'affranchir des préliminaires :

-Bonjour, je m'appelle Gwen. Cela sonne comme le drapeau de ma Bretagne d'origine, vous ne trouvez pas ?

Elle tendit une main décidée, qui ne faisait pas son âge. Sa main paraissait quinze ans plus jeune, au moins. Elle avait eu la chance de ne pas devoir travailler la terre. Yann s'en était chargé, enfin un bon point pour lui. Elle avait quand même la peau un peu fripée, avec toute cette pluie. Faute de réponse, elle décida de poursuivre son monologue. Il faut dire qu'à la maison, elle avait l'habitude de faire les questions et les réponses. En essayant de ne pas se contredire trop souvent.

-On dit que l'endroit est fameux. Vous êtes là depuis longtemps ? Tout le monde se lève aussi tôt que vous par ici ?

La jeune fille au carré saisit la main tendue et lui offrit ce regard d'une incroyable profondeur. Si Gwen avait été un homme, un homme plus jeune, elle s'y serait volontiers noyée. Elle en profita pour se féliciter de ne pas aimer les femmes. Mais l'instant d'après, elle le regretta sincèrement.

-Bonjour Gwen, moi c'est Camille. Je vous attendais. Même si je ne vous espérais plus.

Les autres n'allaient pas en revenir.

A ce qu'on dit, le bonheur est contagieux.

Vous y croyez, vous ?

Chapitre 32

Homme, sweet *homme*

L'auteur avait sans doute rêvé cette scène.

C'était son droit, en même temps que son privilège. Il lui en restait si peu.

Il s'était sans doute laissé emporter par l'idée de cette rencontre entre une maman trop longtemps éloignée de son fils (à qui la faute ?) et sa jeune fiancée. Une scène qui n'existait que dans les livres et les romans de gare. Parce que même les évidences et le cours des choses jouaient contre elle. Surtout quand l'auteur, un rien espiègle, décidait d'en rajouter encore et encore.

Par exemple en vidant la petite crêperie de presque tous ces occupants, histoire de leur laisser un peu d'intimité. Tant pis pour ce car de touristes japonais, à la fois bruyants et indisciplinés. Les seuls capables de suivre un parapluie sous le soleil pour ne pas se perdre.

Tout comme les meilleurs restaurants, les auteurs pouvaient stopper la course du temps, les allées et venues des uns, mais aussi des autres. Ils aimaient remettre les choses dans le bon ordre, et, surtout, leur donner à la fois du relief et du sens. Auteurs et restaurants partageaient un même don : celui de repérer puis de réparer les imparfaits, les floués de la vie. Ils étaient le refuge des existences cabossées. Gwen s'y était tout de suite sentie bien. Voilà qu'elle marchait dans les pas de Camille, qui l'avait précédée ici.

A cette petite crêperie, Camille avait un jour confié sa solitude, et tout ce qui n'allait pas chez elle, lui parlant en toute franchise de sa petite vie qui faisait tout pour ne pas attirer l'attention. En retour, elle avait reçu une oreille attentive, et avait pu y trouver refuge. C'était parfait pour revenir à la vie Elle ne l'oublierait pas. C'était au tour de Gwen. C'était le lieu parfait pour se rencontrer et mettre en commun leurs chemins de vie.

J'aurais aimé être petite souris, celle de l'oreiller, pour écouter derrière les portes. Et savoir de quoi Camille et Gwen allaient bien pouvoir parler. Pour rentrer à mon tour dans leur intimité. Pour me joindre à leur dialogue, quitte à chuchoter moi aussi.

J'imaginais une longue liste de recommandations. Les futures belles-mères en raffolaient, particulièrement avant d'unir leurs enfants. Elles ne lâchaient rien, depuis la nuit des temps. Je voyais déjà Gwen en train de poser les limites contractuelles de la garantie constructeur ('ni repris, ni échangé'), puis d'énumérer les rares défauts de son fils, histoire que cela ne paraisse pas trop louche quand même. Un élan de sincérité faisait toujours son petit effet.

-Attention Camille, son pire défaut, c'est tout de même son père. Croyez-en ma longue expérience.

Elle la mettrait en garde. Dans cette affaire, ce n'était plus du vice caché. Avec Yann, c'était du *sévice* apparent. Il fallait que cela marche entre eux. Mieux, que ça marche comme sur des roulettes.

-Vous là, prêtez-moi votre valise. Merci bien, on vous la rendra.

Leur dialogue fut parfois improbable, sans queue ni tête. C'était à prévoir, avec celle de Gwen qui partait à vau l'eau. Parfois, elle avait la cervelle à marée basse. Le tout, c'était alors de ne pas tomber sur les marées d'équinoxe.

Elle décida d'en rajouter sur Yann, de charger la barque. Le rendu était sidérant, sidéral même.

-Je suis ton père ! (voix métallique à la *Dark Vador*[39], et des lumières qui clignotent sur la poitrine).

Mais Gwen parla aussi longuement de son fils, de leurs souvenirs heureux, que sa mémoire avait su protéger jusqu'à aujourd'hui au prix d'un gros effort. Il était maintenant temps de les transmettre, comme on passerait le relais. Camille était toute jeune. Pour Gwen, c'était encore une enfant. Elle voyait en elle la fille qu'elle n'avait pas eue. Elle n'aimait pas quand la vie lui faisait se sentir vieille. Peut-être un peu aussi parce qu'elle savait qu'il n'y avait plus rien après le troisième âge. Devait-elle se livrer tout à fait, parler à Camille de son désir d'être grand-mère, avant qu'il ne lui échappe pour de bon et ne disparaisse dans les méandres et les profondeurs de sa mémoire de petite vieille ?

Ses futurs petits-enfants offriraient-ils une seconde vie à Yann ? Celle d'un grand-père enfin réconcilié avec lui-même, et tant qu'à faire avec les autres. C'était un risque à courir. Elle réfléchit longuement. Oui, il en valait la peine. Mais pour cela, il fallait se dépêcher avant qu'elle ne change d'avis. Dans sa Bretagne, le vent pouvait vite tourner. Et une ligne de grain occulter le soleil, sans transition. Pour se repérer avec certitude, un rapide coup d'œil au thermomètre suffisait : onze degrés, comme tous les autres jours de l'année.

Au cours de leur échange, il y eut aussi leurs silences à toutes les deux. Malgré leur différence d'âge, elles en connaissaient la valeur. Certains moments privilégiés avaient appris à se passer des mots, à se révéler et prendre

---

[39] Célèbre personnage de la saga de Georges Lucas, *Star Wars*. Symbole du côté obscur de la Force.

de l'épaisseur dans le calme et les bruits feutrés des débuts de journée.

C'était sans compter sur ce fichu haut-parleur. Il en devenait insupportable à force de répéter toujours la même chose.

-Mais empaillez-le donc le propriétaire de ce véhicule, à la fin !

Quand on vous disait que Gwen n'avait plus toute sa tête…

Suffisamment quand même pour trouver Camille presque trop bien pour son fils. Il faudrait qu'elle en parle à Loïk, entre quatre yeux. Comme au bon vieux temps. Celui des mises au point et des bonnes raclées. Elles servaient à lui remettre la tête entre les deux oreilles. Il ne fallait pas croire, même si elle avait l'air sympa comme ça, la Gwen…

-Fais bien attention à elle. Sinon tu auras affaire à moi, je te le garantis mon garçon. Et tu sais que tu peux faire confiance à ta mère.

En fait, *Dark Vador*, c'était elle ! Avec aussi un peu de *Godzilla*. Gwen ne faisait jamais les choses à moitié.

Déjà, l'image de papy Yann entouré de ses petits-enfants et d'un beau labrador affectueux (le chien, pas le grand-père) s'était enfuie en courant. Avec l'Alzheimer, cela ne trainait pas ! Elle devait éviter à tout prix à Camille de croiser son futur beau-père. Cela pourrait tout faire capoter. Epouser d'un coup la Bretagne, son folklore, ses traditions, l'obstination têtue de ses habitants, pourquoi pas. Mais pas le pays des bêtes sauvages et des korrigans. Non, Camille ne méritait pas ça.

Elles parlèrent encore un moment, comme seules les femmes savaient le faire entre-elles. C'était comme avec ces chocolats célèbres : *quand il n'y en avait plus, il y en avait encore.* Le temps passait. Mais plus vite, et en mieux.

La porte d'entrée grinça.

-On vous a dit de pousser fort. C'est même écrit dessus. C'est exaspérant à la fin !

Au fond, les gens étaient comme les clients songea-t-elle. Ils n'écoutaient jamais rien.

Personne n'avait donc eu le temps de mettre un peu d'huile depuis toute à l'heure ? Mais que faisait donc Loïk ? Il y avait des raclées qui se perdaient. Même des années plus tard. Même avec la main fripée.

-Maman ?

-Gwen ?

Tout à leur surprise, père et fils parlèrent presque en même temps. Miracle, ils s'exprimaient enfin d'une seule et même voix !

-Vas-y !

-Non, toi d'abord.

-Je n'en ferai rien.

-Pardon mais j'insiste.

-Vous avez fini tous les deux ?

Gwen eut juste le temps d'enfiler un demi sourire de circonstance, avec le peu de dents qu'il lui restait. Elle pivota sur sa chaise, sans se faire le fémur, et fit face aux bras qui se jetaient sur elle. Juste à temps.

-Allons, personne n'est mort à ce que je sache… Mais enfin, doucement voyons, vous me faîtes mal.

Elle adressa un clin d'œil complice à Camille. Elle n'était pas dupe de cet amour soudain. Trop de bons sentiments d'un coup. Elle n'était plus habituée. Pour être bien sûre, elle vérifia en se pinçant. Plus de doute possible. Elle vérifia tout de même une seconde fois.

Il y a les bonheurs pour tout de suite ou pour après.

Chapitre 33

Ça s'en va et ça revient, c'est fait de tout petits rien[40]

[Je versai une petite larme émue. C'était tout moi, ça. Les retrouvailles, j'en avais fait mon métier. Gwen, Yann, Loïk, Camille : je les trouvais touchants. Hauts en couleurs, ça c'était certain, mais touchants quand même. Je les avais mis en garde, à ma façon : *le train ne passait pas deux fois*. Cela valait aussi pour les histoires de famille. Surtout lorsqu'elles avaient cette désagréable tendance à se diriger vers la fin de l'histoire. Moi je dis ça...]

La petite crêperie reprenait vie. Les phrases, les apostrophes et les signes de ponctuation s'y télescopaient de nouveau dans un joyeux désordre. Ils avaient le bon goût des retrouvailles et du soulagement. Pour faire simple, c'était un truc de *ouf* !

-Si tu savais, tu nous as fait une de ces peurs...

-Si tu savais, nous nous sommes fait un sang d'encre.

-Si tu savais, nous t'avons cherchée partout...

Puis plus rien. On se regardait, et cela suffisait à notre bonheur. Un ange passa, poursuivi par un camion de la fourrière.

---

[40] Claude François, *Chanson populaire*, 1974, © EMI Music Publishing France, Sony / ATV Music Publishing LLC

-Le propriétaire du véhicule immatriculé...

-Maman, ce n'est pas ta voiture qu'ils appellent depuis tout à l'heure ?

-Tu crois mon chéri ? (Ne se prononçait pas à la manière des anciennes connaissances de Lulu. Cette fois, c'était sincère et authentique. Cela n'avait plus rien à voir).

-Mais où l'as-tu donc abandonnée pour qu'ils te poursuivent ainsi ?

- ...

Gagner du temps. Jouer sur sa mémoire qui fichait le camp, au hasard… Une vraie fausse moitié de mensonge, en quelque sorte. Rien de bien méchant, surtout à son âge.

-Elle a une extinction de voix. Le voyage, le changement de temps, enfin, tout ça quoi. Du coup, elle ne pourra pas leur répondre elle-même, j'en ai peur. Tu veux être chou et aller voir ? Je n'en avais pas tout à fait fini avec ta charmante fiancée, mademoiselle, mademoiselle, mademoiselle comment déjà ?

-Ah, parce que…

Gwen rassura Camille du regard quand même. Façon de dire qu'elle se souvenait de l'essentiel, et que pour le reste elle simulait. Ses cours de théâtre…

Le prénom de Camille, Yann ne remarqua que cela. Il avait un air de déjà vu. Rendez-vous compte, elle s'appelait elle aussi 'fiancée'…

-Une autre ! V'la ti pas qu'ce machin chose recommence depuis le début.

Comme dans le jeu de l'oie du début du chapitre 3. Yann venait de tomber sur la cinquante-huitième case, synonyme d'horreur et de grand malheur. *Gémissons,*

gémissons, gémissons, mais espérons. Peut-être cette Camille serait-elle mieux que la précédente ? Ou alors elle finirait tout pareil. A voir. Il se demandait s'il ne préférait pas finalement les oies aux pintades.

Yann se fit tout raconter *par le menu.* Sa simple présence valait sérum de vérité. C'était l'endroit parfait pour *se mettre à table.* Il fallait juste que cela lui monte au cerveau. Et, pauvre de nous, l'ascenseur était en panne.

-J'ai dû rater un épisode. Mais quand ? Et surtout, lequel ?

D'habitude, entre fiançailles et mariage, il s'écoulait un peu de temps. Au moins de quoi permettre à tout le monde de se retourner, et à des gens comme lui de faire capoter l'union prévue. Il était de ceux qui ne pouvaient pas s'empêcher de prendre la parole lorsqu'on leur proposait de *'se taire à jamais'. Prêtre* à tout le Yann, lui qui était tout sauf un saint.

Répartie inégalement entre les Hommes par le grand architecte de l'univers, la patience n'était pas son fort.

Soit dit en passant, cela me rappelait une figure de style…

-Donc vous êtes venue jusqu'ici me demander la main de mon fils, c'est bien ça ? N'est-ce tout de même pas un peu curieux de faire cela dans une gare ?

Gwen soupira.

-Non Yann, ça c'était avant. Tu vois, la main de ton fils, hé bien elle l'a prise dans la sienne, sans rien ne demander à personne. Et surtout pas à toi, pour commencer. Sois rassuré, tu vois elle est perspicace, en plus d'avoir bon goût.

[Grognements]

Je dirais même plus, ta future belle fille a de la suite dans les idées.

[Nouveaux grognements.]

-Brillante l'idée de la gare ! Quel génie cette petite !

Elle pourrait ainsi s'échapper plus vite une fois qu'elle aurait cerné le personnage, et fait le tour de la question. A condition de parvenir pour cela à contourner son imposante bedaine. On l'appelait pudiquement la rondeur des hommes d'action qui avaient abandonné le terrain depuis quelques années…

-Tiens, mon mari est sous spi. Pour une fois dans sa vie, il pourrait soutenir *ce qu'il avance*.

[J'en avais vu passer, des choses et des gens. Mais des comme Gwen et Yann pas tant que cela. Au fond, tout au fond, ils s'aimaient encore je crois. Un amour vache, sans doute, mais il en restait encore un peu. Suffisamment pour que le feu reprenne. Suffisamment pour vieillir heureux, avec tout un tas de petits enfants. Ils donneraient des coups de pied dans le fauteuil de papy Yann, en jouant aux indiens. Leur grand-père ferait semblant de se fâcher. Et Gwen de le disputer. Mais ce serait pour de faux. C'était comme cela en tous cas que je voyais les choses. Mais chut, voilà Loïk. Botus et mouche cousue, je compte sur vous hein…]

-Maman, ta voiture est partie faire un tour. Tu lui as donné la permission de quelle heure ?

-Merci mon fils. Sais-tu au moins dans quelle *direction* elle est partie cette *assistée* ?

-Et cela te fait rire ?

-A mon âge, j'ai envie d'aventure. Alors pour tout te dire, oui. Beaucoup. Camille, tu en penses-quoi, toi ?

Camille hésita entre amusement et embarras. Puis elle sourit.

-*Les voyages forment la jeunesse*, Gwen. Je crois qu'elle trouvera le chemin du retour toute seule comme une grande.

Son sourire n'appelait pas de surenchère. Il parlait pour tous les autres et venait clôturer le débat.

Même Yann n'eut cette fois pas le temps de grogner. Juste froncer le sourcil, et à peine. Son porte-monnaie en souffrirait bien un peu, mais il s'en remettrait. Ils avaient de l'argent de côté et ne manquaient de rien. Sauf de bonne humeur et d'une maison qui se mettait à rire de temps en temps. Par exemple quand les jours rallongeaient et qu'il faisait soleil dans leur grand jardin.

-Vivement les petits enfants !

Gwen se frotta les mains. Camille sauta sur l'occasion, qui ne se représenterait sans doute pas.

-Et si tu te remettais à écrire pour raconter ton histoire, et venir nous en parler un jour à 'poussières d'étoile', qu'en dis-tu ?

Décidément, cette petite lui plaisait de plus en plus.

-Et après tout, pourquoi pas ?

Il n'y avait pas d'âge pour se lancer. L'écriture lui permettrait aussi de s'absenter plus régulièrement encore, si d'aventure pépé ne mettait pas un peu d'eau dans son vin. Bonnes bouteilles ou pas, elle n'attendrait pas davantage.

-Ecrire, toi ?

Et voilà, qu'est-ce que je vous disais ?

-Je ne voudrais pas vous bousculer, mais on a un train à prendre.

Yann manqua de s'étouffer. C'était trop pour une seule fois.

-Non papa, je plaisante. Mais nous sommes attendus.

A deux pas de là, une Marianne règlementaire en plâtre, faisait les cent pas. Elle commençait à trouver le temps long. Une certitude : on ne la rejoindrait pas en *Renault Super Cinq*…

Le bonheur se voit, se touche, et s'entend.

Chapitre 34

Plus on est de fous, moins il y a de riz[41]

[J'étais malheureuse comme une pierre. Rendez-vous compte, Camille et Loïk allaient célébrer leur union hors de nos murs ! J'allais devoir me passer d'eux. Une grande nouveauté depuis que j'avais fait leur connaissance. Et moi qui ne pouvait pas quitter mon poste... J'étais au bout de ma vie.

-Allez donc vous amuser sans moi, et ne m'attendez pas. Je vois bien que je vais vous ralentir...

Cela me rappelait le jour de la grande grève, le jour où ils s'étaient enfin rencontrés. Aujourd'hui aussi, quelques boutiques avaient fermé pour la journée et baissé leur rideau.

Chez Hortense d'abord. Une grande première. Jamais malade, toujours aux bons soins pour ses clients. L'amour et ses petits vieux attendraient (je vois qu'on a bonne mémoire, meilleure que celle de Gwen en tous cas !). Elle contrôlerait une à une les tiges de ses tulipes plus tard. Elle avait mieux à faire, bien mieux.

Sur leurs étagères, les objets trouvés s'impatientaient. Qui donc allait veiller sur eux, si même Lucas les abandonnait à son tour ? Pour patienter, ils feraient bien une place à la vieille *Renault Super Cinq* de Gwen. Elle ne

---

[41] Vieille expression indienne, tendance basmati. Une des blagues préférées de l'auteur. Le pauvre.

devrait plus tarder maintenant. Lucas ferait une de ces têtes en rentrant...

Léon avait fait simple. Comme toujours. Il avait pris le train d'encore avant. Ce n'était pas plus compliqué que cela. Exceptionnellement, il avait demandé un peu d'aide pour que tout le monde redouble de vigilance : pas de papiers gras, pas de mégots de cigarette. Et on ne laisse pas non plus sa belle-mère derrière soi. Le message valait aussi pour Gwen, des fois que les retrouvailles avec Yann ne se passeraient pas tout à fait comme prévu... Il s'en était fallu de peu.

En bonne compagnie côté 'poussières d'étoiles', Gilles dédicaçait son premier ouvrage, baptisé 'tu veux ma photo ?'. Il y racontait sa vie, son œuvre, et ses envies d'ailleurs. C'était curieux, au fil des pages, il revenait toujours à moi. J'étais sa gare, son inspiration, sa muse. S'il n'y avait pas eu le chef Hugo dans ma vie, je crois bien que nous aurions pu envisager quelque chose de plus sérieux entre nous. Un petit 'crush" comme disaient les jeunes (bis)... Ceux avec les écouteurs. Quel dommage, ils ne lisaient pas. Ou alors pas suffisamment. Dans le livre de Gilles, il y avait des images, ils auraient pu faire un effort.

J'espérais encore le retour de Ludivine et de Téo, pour l'occasion. Je guettais le grand panneau. Mais il fallait se faire une raison : pas de train en provenance du Croisic. Ils nous manqueraient.

Je me consolais en les sachant heureux, au bout de cette ligne qu'ils avaient empruntée tant de fois. Séparément, puis à deux. Et maintenant tous les quatre. Oui, grande nouvelle, les jumeaux avaient fini par pointer le bout de leur nez. Alors, je ne pouvais pas trop leur en vouloir. Ils passeraient pour les prochaines vacances, c'est ce qu'ils m'avaient dit. Je savais qu'ils tiendraient parole. Parce qu'ils étaient comme ça.

La vie continuait. Mais elle n'avait pas la même saveur sans eux, mes vrais amis. C'était bête, mais une gare aussi pouvait s'attacher. Même si ce n'était pas autorisé par le règlement. Même si Hugo me disputerait. Mais je lui ferais me yeux doux, et il me pardonnerait volontiers.

La vie était faite d'allers et de retours. D'ailleurs elle ne se gênait même pas : les trains n'avaient pas *freiné* leurs ardeurs. Ils ne ralentissaient pas la cadence. Chef Hugo serait content.

Indifférents au bonheur qui était dans l'air, les uns croisaient et bousculaient les autres.

Personne ne remarqua que le piano demi-queue jouait une marche nuptiale. Les fauteuils posés là le regardaient, emportés par les notes de musique. Les notes fuguaient, comme à l'accoutumée

Une *Renault Super Cinq* regardait la scène. Elle attendait au feu rouge, en route pour la fourrière. Elle prenait des grandes vacances, à cause de l'Alzheimer. Elle n'avait jamais aimé la Bretagne.

Un peu plus loin, deux jeunes mariés s'embrassaient.

Et deux vieux mariés aussi.

Le riz basmati que l'on jeta était cuit à point !

Léon faisait semblant de ne pas voir.

-Tiens, c'est déjà l'heure de dîner ? Pas trop tôt, ajouta Yann.

Tout était juste et parfait. Jusqu'à la prochaine fois.

J'espérais vous revoir très bientôt. Vous alliez me manquer.

Si d'aventure vous passez par ici, j'aurai plaisir à vous retrouver autour d'une crêpe super complète. Il y aura toujours une petite place pour vous. J'en profiterai pour vous présenter mes amis. Parce que, qui sait, ils se pourraient bien qu'à leur tour, ils fassent souffler un vent de fraîcheur bienvenu dans votre vie.

Mais je ne vous en dis pas plus. Nous en reparlerons très bientôt, croyez en mon expérience...]

Je venais tout juste de refermer ma parenthèse. Il vous appartenait désormais d'aller *à la ligne*, et d'ouvrir la vôtre.

Qu'elle soit belle comme aucune autre, et remplie d'étoiles et de papillons.

-Prenez garde à la fermeture des portes, attention au départ !

Je vous souhaite *tout le bonheur du monde*[42].

Epilogue

Une seule gare pouvait largement suffire à notre bonheur. Aucunement besoin de posséder les quatre, contrairement au célèbre jeu de société. Les idées reçues avaient décidément la tête bien dure, au moins tout autant que les bretons de cette aventure.

Cette histoire nous rappelle que les trains mériteraient d'être empruntés avec davantage de respect. Pour ce qu'ils sont et ce qu'ils nous offrent. Ils méritent d'être remarqués lorsqu'ils passent en nous saluant.

Le tourbillon du progrès est sur le point de les emporter, si nous n'y prenons garde.

Les compartiments d'autrefois, symboles du voyage a plusieurs et du chemin partagé, ont d'ores et déjà succombé aux sirènes des places isolées. Le service à la place a suivi peu après. Le moelleux des sièges s'en est allé lui aussi. Ils sont désormais fins et durs, alors que nos corps ne sont ni l'un ni l'autre.

Le train à grande vitesse avale désormais les kilomètres et les petites gares sur sa route. Bientôt il en fera de même avec les contrôleurs, ces chefs de bord que l'on s'apprête à sacrifier avec *application*, celle des QR codes comme disent les jeunes.

J'essaye de suivre, en me disant que celui qui a inventé la modernité devait être de fort méchante humeur.

Je n'oublie pas non plus toutes ces lignes que cette fichue rentabilité a fini par avaler. Elles, les diagonales, les

314

transversales, les oubliées. La faute aux grands centres urbains.

Et que dire de nos billets de train d'antan ?

Comme vous, j'aimais laisser glisser mes doigts sur leur peau cartonnée. Les regarder. Les plier pour la première fois dans une poche à peine assez grande pour les accueillir. Pour qu'ils fassent semblant de s'y égarer. Les chercher au fond de mon sac, avec une certaine fébrilité. Jouer à me faire faire peur. Puis les retrouver (soupir de soulagement). Les collectionner une fois le voyage terminé.

Commencer le suivant dans le bruit du composteur. Ce grand gaillard orangé dont la simplicité et l'austérité me barraient le passage, à l'entrée du quai :

-Halte ! Qui va là ?

En ce temps-là, nos billets se faisaient *billets d'entrée*. Et le programme avait la forme d'un dépliant, celui des horaires de la ligne que l'on empruntait. Il se lisait dans les deux sens.

Les trains rassemblent, réunissent, recollent les morceaux de vie, consolent, réparent les existences. Surtout lorsque l'on a plusieurs vies.

Mais si l'on court souvent après le train, on ne le rattrape jamais vraiment.

Et si l'échec, comme pour le reste, c'était quand on arrêtait d'essayer ?

Les gares d'hier et d'aujourd'hui cachent bien leur jeu, nous dissimulent leurs véritables intentions. Qu'elles se tournent vers le nord, le sud, l'est ou l'ouest.

Bien plus qu'un entrelacs de voies ferrées, elles forment un réseau d'humanités, une géographie de fraternités. Elles sont vie, lumière et partage. Elles relient encore les solitudes contrariées, les individualités lasses et fatiguées, les passions qui ne demandent qu'à grandir, les retrouvailles qui n'en peuvent plus d'attendre. Mais jusqu'à quand ?

Elles réconcilient aussi les contraires, entre avance et retard, départ et arrivée, aller et retour, retrouvailles et séparations, grandes lignes et trains de banlieue, TGV et tortillard.

Une gare, c'est un peu tout cela à la fois.

On y entre comme on en sort, pas tout à fait le même.

C'était peut-être pour cela qu'on y revient toujours.

Comme Ludivine et Téo, Camille et Loïk, Léon, Hortense, Gilles, Hugo, et tous ceux qui continueront de croiser notre route. Sans oublier Rose, même si elle nous manquera sans doute moins que d'autres.

En serez-vous ?

Et si, comme eux, nous nous réapprenions à voyager ?

Dans les voyages, ce n'est pas la géographique qui compte.

En chacune et chacun de nous sommeille un aventurier. Il nous reste à vivre pleinement les aventures promises par les étiquettes de nos bagages.

Et si nous choisissions de faire pétiller, nous aussi, le temps qui nous restait ?

Si nous nous laissions mettre ko par la beauté du monde ?

Si nous décidions de ne plus baisser les bras, mais plutôt de les tendre, comme dans tendrement ?

Nous sommes tous un peu comme ces vieilles maisons 'à rénover'. Il suffit de retrouver l'envie de s'y mettre, de se retrousser les manches.

Il fait soleil. Les fenêtres sont grandes ouvertes. Le soleil taquine notre peau, comme s'il jouait avec.

Quand le jour se lèvera, nous aurons fait le tour de la terre ensemble.

Pour aller plus loin

Au moment d'entamer ce dernier chapitre, je suis une nouvelle fois traversé par un curieux sentiment. Cette nostalgie qui accompagne la fin du voyage et tout le bonheur qu'il vous a apporté.

Les trains de nuit, les heures passées dans les gares de France sont comme autant de souvenirs qui se font la courte-échelle dans ma mémoire. Nous en avons toutes et tous quelques-uns à raconter, joyeux ou déchirants, en forme de départ ou d'arrivée. Nous n'avons d'ailleurs pas fini de les enrichir, ni de les mettre de côté pour plus tard. Pour tous les moments forts de nos existences, il y a toujours une gare non loin de là.

Les aventures de nos personnages leur ont permis de remonter à la surface et de se façonner un terrain d'expression, gare de l'ouest. Page après page, je pouvais presque les sentir, les toucher, les saisir. Leur présence avait quelque chose de profondément réconfortant. En leur compagnie, je me sens heureux.

Ils ont éclairé ce troisième roman, qui fait la part belle aux voyages. Les voyages qui donnent sur l'océan, car il fallait bien qu'il soit de la partie, d'une manière ou d'une autre. Il compte tellement pour moi.

Ecrire est sans doute le premier voyage.

Le plus précieux, je trouve. J'aime me laisser entraîner par la magie d'un mot, d'une phrase, d'un instant. Lire beaucoup me permet d'écrire beaucoup. Chaque livre est comme une porte ouverte. Elle donne sur le champ des possibles. J'accepte de ne pas tout à fait en distinguer les contours lorsque je le contemple pour la première fois.

Lire provoque les rencontres. Lire convoque les souvenirs. Puis les souvenirs invitent à leur tour l'enfance et l'amitié à se joindre à nous. L'inspiration n'est alors jamais loin. Elle se tient en embuscade. Elle est suffisamment facétieuse et sûre d'elle pour me saisir lorsque l'envie lui prend. C'est qu'elle n'a de comptes à rendre à personne. Et c'est comme cela que je l'aime, à l'état brut.

Plus je lis, plus j'écris. Plus j'écris et plus je lis. L'un ne va pas sans l'autre voyez-vous.

J'écris spontanément. C'est-à-dire avec spontanéité.

Pour tout vous avouer, je laisse les mots prendre les devants. Et s'assembler comme bon leur semble. Je les laisse libres de se gonfler de fierté ou d'impertinence selon leur humeur du moment. Il faut qu'ils se sentent suffisamment libres et en confiance. Je joue avec eux. Ils n'aiment pas toujours que je leur torde le bras à l'excès. Et je sais que vous non plus d'ailleurs. J'aime les agencer, les arranger pour qu'ils vous fassent passer du sourire au rire, puis de l'émotion aux larmes. J'aime prendre soin d'eux. Pour qu'à leur tour ils prennent soin de vous.

J'écris un peu chaque jour. Et la succession de ces jours heureux, de ces mots joueurs et affectueux, fera ou pas un prochain roman, le moment venu. Quand ils l'auront décidé. Les mots n'aiment pas les précipices. Et pas davantage la précipitation. Ils nous le rappellent, sans cesse.

Ils ont un super pouvoir : ils font que les larmes frappent à nos yeux. Et que bien souvent nous leur ouvrons. Tant mieux. Les mots sont faits pour être accueillis, les bras grands ouvert.

Je m'empresse de toujours les saisir au vol. Car dès que j'ai le dos tourné, ils ont cette fâcheuse tendance à fuir et à ne laisser dans leur sillage que de lamentables regrets. Je vais finir par croire que les mots aiment tomber dans l'oubli. Pour contrer leur penchant naturel, il me faut les fixer, les coucher sur le papier. Je m'y emploie, dans une gymnastique quotidienne. Ils me le rendent bien.

Les mots à l'état sauvage, n'ont souvent ni queue ni tête. Ils sont insaisissables et indisciplinés. La preuve, chez moi ils se bousculent tout le temps. Et se multiplient sans cesse. L'un donne naissance à l'autre, et ainsi de suite. Ils font parfois tout et son contraire. Ils ont même de la suite dans les idées. Mais, toujours, ils ne demandent qu'à être partagés.

Chacun de mes romans a bénéficié d'un ou de plusieurs regards protecteurs, tout en suggestions bienveillantes. Un immense merci, du fond du cœur, à Soizic, Candice et Nicole pour le temps qu'elles ont bien voulu consacrer à cette petite gare qui tentait de trouver sa voie, de sortir de l'anonymat, et de donner bien plus que ce qu'elle recevait. Vos regards de lectrices averties ont éclairé ce récit, lui ont apporté de nouveaux personnages, et parfois même lui ont permis d'emprunter des chemins nouveaux. Pour tout cela, merci.

Merci à Julia, une amie de trente ans, qui a mis son talent et son trait de crayon au service des personnages et de la couverture de ce roman. Elle a su leur donner ce petit supplément d'âme qui fait toute la différence. La couverture de ce roman lui ressemble.

Les livres ont besoin d'attention. Les miens, aussi modestes et imparfaits soient-ils, comme tous les autres. C'est une affaire de famille. Je crois qu'ils méritent de respirer le grand air, de regarder la mer, depuis un sac de plage ou un coin de transat. *Une transat* jamais en solitaire puisqu'il est essentiel de les partager, les transmettre, en parler encore et encore.

Mes deux premiers romans ont beaucoup voyagé, grâce à vous, jusqu'à Tokyo ou New York, en passant par la Suisse et la Belgique. Ils ont eu la plus belle des vies. Ayant pris confiance en eux, ils se sont même invités à plusieurs reprises dans les pages du petit dernier : la poire de l'oncle Grégoire, Aline la maman d'Alex, du côté de Fresnay sur Sarthe. Bien sûr, cela ne vous a pas échappé. Comme autant de petit cailloux posés là, l'air de rien, pour baliser votre chemin de lecture.

Cette histoire a le goût des autres. Elle nous ressemble. Je l'ai écrite pour que le bonheur puisse se lire *comme dans un livre ouvert*. Pour qu'elle nous donne envie de nous lever le matin et de nous coucher le soir en nous disant 'quelle belle journée !'

La gare de l'ouest, c'est celle que nous avons toutes et tous croisée un jour, en faisant les cent pas ou en simple coup de vent.

-Quel est le but de votre voyage, travail ou loisirs ?

Nous ne sommes que de passage. Mais le voyage est bien ce que nous décidons d'en faire.

Nous pouvons le ralentir, l'accélérer, le mettre sur pause. Lui donner un air d'aventure. Un air qui s'affranchira enfin de la routine dans laquelle on se complait trop souvent à l'enfermer.

On peut aussi le partager, le vivre à plusieurs. Intensément. En faire un lieu de rencontre. Et cela commence avant même de monter à bord.

Avez-vous seulement prêté attention à tous ceux qui rendent votre voyage meilleur ?

Que leur avez-vous donné de vous ?

L'avez-vous fait avec sincérité ?

Le voyage n'aime ni l'ordinaire ni l'égoïsme.

Cette histoire nous rappelle qu'il mérite bien mieux.

Tout simplement parce qu'au bout du quai, il y a le monde, sur un air de Michel Jonasz[43] :

Alors on regardait les bateaux

On suçait des glaces à l'eau

Les palaces, les restaurants

On ne faisait que passer d'vant

Et on regardait les bateaux

Le matin on se réveillait tôt

Sur la plage pendant des heures

On prenait de belles couleurs.

Si vous me le permettez, j'aimerais partager un dernier conseil avec vous, avant que vous ne vous mettiez en route. Ne vous encombrez pas davantage, vos bagages attendront bien votre retour...

L'essentiel est ailleurs, souvenons-nous toujours que tout au bout du chemin, nous ne pouvons rien emporter...

Je vous souhaite de vous remettre en route, de voyager beaucoup, de plus en plus loin, et de vous laisser emporter. De courir sous la pluie, de désobéir. De prendre le train

---

[43] *Les vacances au bord de la mer*, Michel Jonasz ©Warner Chappell Music France, 1975

comme on prendrait la mer. En ouvrant grand les yeux et les bras.

De l'autre côté, il y le bonheur et les autres, avec ce qu'ils ont de meilleur en eux.

Assise sur une pierre, écoutant la rivière qui coulait en contrebas, il prit conscience tout à coup du temps passé, du temps qu'il lui restait et de cet espace succinct, entre les deux, qui constituait l'instant.[44]

Je vous souhaite le plus beau des voyages, et vous embrasse affectueusement.

Prenez bien soin de vous, surtout.

---

[44] Alexis Michalak, *Loin*, ©Editions Albin Michel, 2019

Printed in Great Britain
by Amazon